甘霖 著

中国文联出版社
http://www.clapnet.cn

《石斋诗札》编辑委员会

顾　　问：滕子瑛　古　月

主　　任：王保玉

副 主 任：邓宗华

编　　委：王保玉　艾智泉　李来源　李书敏　李贵森　林　夏　李　琳

柯　琦　郝琳文（女）　陶　巧（女）　张　海　张北泉

张尚平　张汉林　费　宏　杨　矿　杨昌永　邓宗华　刘之俭

刘建新　刘治荣　刘国正　龚光万　龚廉淳

作　　者：甘　霖

主　　编：李书敏

副 主 编：龚廉淳　郝琳文（女）

封面设计：林　夏

美术编辑：张　茂

甘霖画像（王宏瑶画）

作者简介

甘霖（名甘秉明，字霖，号巴翁、云樵，滔石斋主，缙云山人），生于一九五〇年，汉族，重庆籍人，大学文化，书法家。为国内多所大学客座教授。

五岁悉开启蒙，曾临多家名帖。事非班科，学无长师，信步书坛，大器晚成，诸体兼修，长于行草。高腕长毫，纵横使转，行笔似风，用墨节滞，笔画乖张，结体迥异，形体飘逸。观念新奇，书论独标，善工辞赋，字无媚态，书显侠骨。青年时期凸显大家风范，曾被推举为长江三峡地区书画代表人物，被授予『海峡两岸和平文化使者』称号。曾先后为北京理工大学等院校及国家大型企业集团撰词写赋。

性高骨傲，飘逸洒脱，重情讲义，不求浮名，不与时弊。二十世纪八十年代初加入书法家协会后，开创出一条『人奇』『性奇』『书奇』的独特艺术道路。几十年遍游各大山川，与自然对话，共天地同眠。潜行民间，博众家之长，纳华夏精髓。学古不泥，与历代书法名家对话，逐渐形成甘氏书风。

自二〇〇八年以来，其作品先后荣膺入选《中国书法十大名家》《中国九大殿堂级艺术家》《典范中国——影响中国书坛四大家》《中国国礼选择与推荐》

《和平颂——当代艺坛八大领军人物》《中国传世名作收藏与鉴赏》《中国书画传奇人物》《中国美术家二〇一〇年珍藏版》《华夏大家》《中华当代书画艺术名家典藏》《一代书坛佳作》《宋庄艺术家专集》《中华传世名家系列专集》《中华翰墨》《收藏》《盛世收藏》《今日中国》《中国书画界十大名家献礼『两会』·百家权威网络媒体报道特展》《中外交流》《中国当代书法史》《新中国美术大典》《书法中国》《中外画刊》《鉴藏》《名家翰墨》《重庆与世界》《二〇一一年中华名人名家书画艺术作品集》《红岩》《今日重庆》《重庆文化》《〈人民日报〉海外版》《亚洲时报》《重庆日报》《四川日报》《华西都市报》《重庆晨报》《重庆晚报》《重庆时报》《贵州日报》等。曾入选《中国楹联年鉴二〇〇七—二〇〇九》《中国楹联年鉴二〇一〇—二〇一二》。

曾先后出版《奔流诗集》《甘霖书法作品集》及《石斋诗札》等。

巴山夜雨稠千古　万里山河飙风流

——甘霖先生《石斋诗札》序

一

巴山骄纵。

乌江婉蜒魅，嘉陵逶迤来；长江满江酒，渴饮入我怀。

提笔如剑纵马去，万里山河书风流。

鬼神泣，美人如雪。甘霖安在？

凡六百余首《石斋诗札》：东临龙头，西醉名山；南品千娇，北望京都。

谁寂寥？

二

都说昔人已乘黄鹤去。

我云旭草癫，素醉狂，唐诗恸，宋词殇。

李白醉酒戏贵妃，伯虎倜傥点秋香。如椽大笔咏华夏，夜半涛声润锦堂。

我醉我吟我痴狂，梅花得意压群芳。

书罢调头长歌去，踏雪归来不留香。

又何妨？

三

当年我曾骑白马。

云飞扬，地苍莽。五岁童蒙临华章，黔山秀水入豪肠，写尽千山纵古今，潜行民间任我往。

书胸臆，诗千行，傲骨柔情壮。

正是：长安古道风萧萧，何处识前朝。

华山枫红，秦川绿摇，恰似当年少。

我自朝踏长江水，暮击滔滔黄河浪。

话沧桑？

四

何须向天借千年。

发如剑，独眼笑乾坤。

看尽千帆追旭日，还喜浊酒再相逢。他日巴翁游仙景，人间纸贵洛阳巷。

巴云：千秋岁，子夜歌早，夜半乐前调，湘江夜月红锦袍，疏影暗香生。

还听巴山夜雨时，情悠扬。

再看长江舞翩跹，酒酣畅。

天地间：霖公挥毫，一书惊盛唐！

说不尽……

龚廉淳

二〇一六年四月十六日晨于春城

醉后天地宽　梦里日月明

——我的自序

在人民解放军一九四九年从南岸攻进陪都的次年，缙云山麓一个叫泡木沟的地方，我出生了。从此开始了一个山里孩子的梦想之路。

孩提时代，我首先熟悉的是老屋后九峰连绵的山脉以及从山脚望过去一湾又一湾的农家村舍、蜿蜒穿过堂屋前的小溪，以及春天里怒放的山茶野菊，夏日中鼓噪的树蝉和蹦跳的蚂蚱，秋风下飒飒的山林和金黄的稻粟，冬日里似刀割脸的寒冽霜风。还有那些天天都看到的黑扑扑的写满岁月与沧桑的农家脸庞，以及田间摇头晃耳甩尾驱蚊的耕牛……

记忆中仿佛还停留在昨天——在一次山洪暴发老宅的土墙院坍塌后，我便随母亲举家到了当时人称『北碚豆花土坨酒，好耍不过澄江口』的澄江镇大桥边上的唐房嘴，后来相继辗转住过下矶口、地质宿舍、胜利街，还曾恍惚记起母亲牵着我去后山竹林里摇竹子煮鸡蛋；顽皮的我顶着日头顺着肥皂厂排水沟搜寻残余的肥皂块；为了生计，母亲在嘉陵江边为人捶捣洗衣，在大街叫卖冰糕，牵着我深夜在漕上地里刨红薯……

夜幕笼罩下宽宽的街道、高高的路灯、排排的梧桐成了我们这些儿时伙伴逮猫躲觅的天堂。每每夜幕降临前，街道两沿满是被水泼湿后浓浓蒸发出来的水蒸气和各自家中搬出来的凉板凉椅凉床，那时没有空调电扇，人们就是这样整晚整晚露宿街头……

直到会唱『华莹山上莽苍苍哟……』这样的革命歌曲的时候，我长大了。父亲是地勘工作者，长年奔走在不知名的遥远地方，一年中难得的几天也是我和妹妹既高兴又害怕的时候，哪怕只有短短的几天，心里那股兴奋劲就别提了……

都说不逃学的孩子出息不大。天性使然，我从来就没有逃过学。可能是祖辈留下的基因遗传吧，这是长大后听母亲说起才知道的。我父亲以及父亲的父亲的毛笔字当时在十里八乡都是有知名度的。一旦徜徉在知识的海洋我仿佛就成了一个饥渴的孩子。每每谈起往事，那儿时替同桌抢着答题、为老师分忧改题、中考时丢三落四忘题；和临街小孩穿上父辈的大号劳保服，用旧轮胎皮剪成的皮筋牢牢束紧腰杆，集体哄偷西师的广柑和西农的桑葚则是经常的事；瞒着母亲与伙伴们翻飞游弋于龙风河坝中的弄潮儿——不顾被大人拿走衣裤深夜赤条条灰溜溜回家认错；像小大人一样泥瓦匠般砌筑水池喂养一群跛脚的雏鸭，每天放学后还要屁颠屁颠赶到郊外给兔子采寻草料；推开夹壁墙，家中厨房后门便是小山，顺着小路山上是一片闹市中罕见的橙子林，带着弹弓摸上去打完鸟，偷偷放进灶房炉火里烤熟后美滋滋品尝野味；体育场上的弹珠游戏中一群孩子追逐着一场又一场的输赢……童年里，我时常想，总不长大该有多好啊！

不知何时，有个梦想蹦进脑海里——父辈总说『字是打门锤、敲门砖』，一定要练好字。望着台阶上青春靓丽的老师和她用各色粉笔写在黑板上娟秀遒劲的粉笔字，心灵悸动，天赋萌发，爱屋及乌，从此爱上了写毛笔字。老师在黑板上写，我在座位上描，课桌上从此留下千疮百孔的刻画痕，书本间画得可以说是稀里糊涂不成原样，班主任自然成了我真正意义上的启蒙老师。从那时起，梨园小学一年一度的书法比赛第一名便从未旁落。

我和滞留在城市的众多孩子一起唱着『离开了山城，告别了家乡……』下乡了。为了让时光填补空虚的心灵，除了农活外，我找到当地农村惯用知青看山护青的好机会，整天躲在果城黄沙岗丘桑梓林间读书和练习写字的个人世界里。每每暮色降临浑然不晓，竟自陶醉在书法的大千世界里……后来我进过茶厂、开过手扶拖拉机、当过机修钳工，二十世纪七十年代成了第一批『工农兵大学生』，毕业分配到化工企业，一九八三年人才流动回到了生养我的家乡，先后从事过环保工作、经济协作和人大中心管理工作直到二〇〇五年因车祸致双眼残疾……都说我们这一代人经历多、磨难多、坎坷多，多在哪里？都说现在的六七十岁的人是共和国的财富，是共和国的栋梁。是不是我不清楚，我想可能是经受折腾时的承受能力和遭遇社会动荡下的理性多了些吧……

二〇〇七年，在朋友的全力规劝下，我带着创作的一百五十七幅作品在成渝两地举办了人生首次个人书法作品展览，在获得社会的好评后硬生生闯进了人们称之为艺术的殿堂，从此一发不可收。后来在一位美籍华人的引领下到了北京，开始了我的文化北漂。我还记得离开山城前，一位挚友发了一条信息给我：『快六十岁的人还北漂，其志可嘉！其心可钦！其行可赏！其人可敬！』北漂就北漂吧，北京是中国政治、经济、文化的中心嘛。于是从北上首都、到南下闽粤、再西行东渡，几十年来足迹踏遍华夏三山五岳、蛮荒境地、尘封洞穴、原始河流……长白山下，松花江畔留下了我的款款诗情；西行途中记录着我的飞天琵琶憧憬；八百里秦川有我的驿站惊梦；云贵高原目睹我的蛮荒癫狂醉墨；富春江畔西子湖边有我的匆匆行色辞赋；蓬莱仙境徜徉着我的离歌风骚；桃花源里追溯有我的哥伦布般的痴狂喜泣……

几十年来，走遍了大江南北之后，我写下了林林总总千余首自认为可以称为诗词歌赋的东西，款款表达出对东方神奇的顶礼膜拜。实事求是地说，我不是科班出身，我也从未拜师求学，这只能说是我一生的爱好和追求了！

所以，《石斋诗札》出版后，奢望读者勿用词人的眼光盘根错节居高临下般审视我，我的诗词还没有上升到流芳千古的高度，充其量也是在东方神奇面前『烟雨无端带香来』般坦露真情而已。

我不图虚名浮利，也请不要用流俗噪世的目光庖丁解牛般剥噬我，我只是茫茫天际中一颗稍纵即逝的流星而已，看到时光花甲已过且渐然陨落。

我也不是大家，我就是『穷山恶水出刁民』中天马行空、独往独来的自由人；我就是玩世不恭、桀骜不驯的共和国一介闲散；我希望大家看到甘霖骨子里热爱祖国、热爱家乡的本能和秉性就行。我曾在六十岁生日宴会答谢词中用三个『感谢』以谢诸君：感谢父母，给了我生命，让我成为拥有五千年灿烂文化国度的一个公民；感谢社会，给了我自由，在六十年健康成长过程中虽有坎坷，但是一生享受和平终无战事；感谢朋友，给了我真情，让我一路走来总有笑声且不孤单。知足者常乐！常乐者知足！心宽者长寿！长寿者心宽！

《石斋诗札》收集了本人几十年各类诗和词以及曲、小令等五百多首。可以说，基本上是借学填词和仿作试笔，包括用历代大家的名号串成以及用唐诗、宋词、元曲词牌和地名组成的词曲等。为了儿时的梦想，为了写好诗词，笨鸟先飞嘛！我翻阅学习了不少的古书古典和近现代出版的有关书籍。如周振甫于一九六二年出版的《诗词例话》、王力于一九七七年出版的《诗词格律》、龙榆生于一九七八年出版的《唐宋词格律》、唐圭璋于一九八一年出版的《唐宋词简释》和《元人小令格律》、徐洪火于一九七八年出版的《诗词曲律常识》、车锡伦于一九七八年出版的《韵哲新编》、陆永品于一九八八年出版的《诗词鉴赏新解》以及近现代大量有关如何写好诗词的工具书籍后，方敢试着落笔。

实事求是地说，《石斋诗札》里力求写出我的真实感情来，写出一些与传统唐诗宋词不同个性的东西来，但由于本人才疏学浅，心中总是忐忑不安，唯恐误人子弟。

《石斋诗札》原计划出版《石斋诗札》和《巴翁文稿》上下两册，由于时间和整理方面的原因，不能如期出版，只有先行出版上集，望广大读者见谅！很多友人曾好心提醒希望我邀请国内大家作序，我还是以自己的意愿行事。于是我专程去了趟云南，与我个性风格气味相投并且知我懂我的云南好兄弟龚廉淳为我写下了《石斋诗札》序。

这就是我——甘霖。

随着《石斋诗札》的出版，我只能说，我将我的大半生赤裸裸地呈现在广大读者面前，我的嗜好、我的情怀、我的心扉、我的灵魂、我的乡恋。如果读者从中能够有所斩获，本人将不胜荣幸之至！

甘霖

二〇一六年九月二十八日

目录

满江红·京都怀古……一
偶翻《当代名家书法集》有感而作……一
满庭芳·朝天门放怀……二
巴蜀歌……二
满江红·三峡抒怀……四
临江仙·都江堰……五
千秋岁·草堂……六
远望洱海有感……六
思帝乡·苍山洱海……六
菩萨蛮·丽江风光……七
丽江古城……七
登九华山眺望莲花峰……八
望九华山……八
西山游记……九
望天柱山……九
东川红土地三首……一〇
思帝乡·丽江美五首……一〇
离　堆……一一
满江红·玉龙雪山……一二
卜算子·风花雪月……一三
越调·小桃红·钓鱼台……一三
卜算子·大理……一四
汉宫春·滇池……一四
黔西遇雪途中作……一五
书斋偶作……一六
游花溪河……一六
忆奢香夫人……一六
南山偶作……一七
河传·狮子峰远望……一七
石林吟……一八
抚仙湖……一八
天净沙·抚仙湖两首……一九
玉龙雪山……二〇
乌夜啼·古城离……二〇
乌玉龙雪山十二景说……二一
蝶恋花·嘉州大弥勒造象记……二一
七律·怀海通……二二
水调歌头·峨眉山……二三

峨眉山拾遗……二三
都江堰……二四
兴走九寨沟……二五
仙吕·解三酲·乐山大佛……二六
四姑娘山……二六
双沟风光……二七
川西行……二七
踏莎行·松花湖……二八
九寨沟……二八
浪淘沙·九寨沟风光……二八
江城子·武当山游记……二九
醉花间·天台山下……二九
登鹳雀楼览胜……三〇
鹳雀楼……三〇
塞　外……三一
登芦芽山有感……三一
望太行……三二
王莽岭放歌……三二
壶口瀑布五首……三三
忆秦娥·五台山……三四
贵州大学受聘有感……三四
为『红熙阁』题作……三五
晋　祠……三五
游平遥古城……三六
忆古城……三六
游晋祠说典故……三七
介休绵山……三八
采桑子·观应县木塔……三九
南吕·四块玉·金沙滩……四〇
点绛唇·北岳悬空寺……四〇
悬空寺……四一
柳梢青·离江州……四一
五台山……四二
水龙吟·壶口观瀑记……四二
忆秦娥·绵上……四三
介　子……四四
重游云冈石窟有感……四四
太岳武当……四四

苏幕遮·古城凤凰……四五
边城夜泊……四六
凤凰情别……四六
武当山……四七
破阵子·屈原……四七
屈子行吟歌……四八
点绛唇·香溪与昭君……四八
蝶恋花·安阳行……四九
长相思·香溪游后感……五〇
桂枝香·京都偶作……五一
虞美人·中秋……五一
望　月……五二
满江红·岳飞……五二
忆秦娥·黄水别离……五三
竹　韵……五四
将进酒……五四
醉花阴·改韵和清照词……五五
阮郎归·无题……五五
关河令·大都……五六
鹅岭公园……五六
天净沙·涂山古道拾遗……五八
女冠子·梦……五八
西京初会……五八
醉花阴·君王欺……五九
中吕·山坡羊·斋室偶感……六〇
水调歌头·荣宝斋随想……六〇
沉醉东风·樵琴……六一
词牌乐·无题……六二
一剪梅·乡愁……六二
中吕·山坡羊·天问……六三
改韵和李白诗《把酒问天》……六三
西游漫记四首……六四
安公子·潘家园……六五
踏莎行·兵马俑归来途中……六五
龙门石窟劫后记游……六六
少年游·汉城……六七
踏莎行·华山……六七
水龙吟·龙门石窟……六八

伊阙史说（双韵）……七〇
梦江南·偶作……七〇
醉垂鞭·涞滩古镇游记……七一
河传·石宝寨……七一
减字木兰花·汉城差出有感……七二
唐多令·重回故乡……七二
游『翠云廊』观松柏作『天香』词……七二
翠云廊怀古……七三
霜天晓角·翠云廊……七四
廊中吟……七四
『西岭雪山』拾遗……七四
登西岭白沙岗观『阴阳界』得句……七五
千秋岁·武陵春早……七五
『杜甫亭』远眺有感……七六
西岭红石尖观云海有感……七六
颐和园·瀛台感怀……七七
游清漪园……七八
万寿山……七八
西　堤……七八
游承德『热河行宫』作『沁园春』以寄怀……七九
点绛唇·宋庄记事……八〇
蝶恋花·后堡……八一
越调·冬日说滕翁……八一
冬日寿光……八二
菩萨蛮·寿光赴宴……八二
崂山太清宫拾遗……八三
崂　山……八三
兄弟酒歌……八四
念奴娇·梦台湾……八五
望江南·野柳……八六
青门引·涂山翁……八六
长相思·情走御河……八六
行香子·『七夕』……八七
菩萨蛮·银杏赞……八七
辛卯·春怨……八七
原韵和明钟羽正《望仙楼》……八八
江城子·利川行……八八
幸游『腾龙洞』后作三首……八九

齐岳山偶遇…………九〇
清明二首…………九〇
黄钟·节节高·长寿湖…………九一
长寿湖趣联…………九一
双调·寿阳春·长寿湖…………九二
兰陵王·登西山过龙门望滇池…………九二
南吕·四块玉·怀清台…………九三
怀清台外怀巴清…………九三
泛舟长寿湖…………九四
钗头凤·巴乡谷…………九四
天净沙·名人拾遗…………九五
观日食二首…………九五
缙云山冬日寄语…………九六
长寿湖诗二首…………九六
关河令·道光二十五…………九七
水调歌头·问月…………九七
双调（改）·折桂令·漫步西域…………九八
武陵春·偶思…………九八
菩萨蛮·竹韵…………九九
七　夕…………九九
七律·僧人达摩…………九九
水调歌头·南非游记…………一〇〇
七律·赞张旭…………一〇一
七律·赞怀素…………一〇一
夜游宫·丰都鬼城…………一〇二
九乡春早…………一〇三
原韵和苏轼《题平都山》三首…………一〇四
奈何桥…………一〇五
越调·云篆山寺秋日有感…………一〇五
双调·庆东原·圣灯山寺…………一〇六
巴南垂钓…………一〇六
越调·落梅风·东泉…………一〇六
长相思·南山怨…………一〇七
华岩寺外遇方丈…………一〇七
爱莲说与周敦颐…………一〇八
中吕·山坡羊·无题…………一〇九
中吕·山坡羊·书斋随想…………一〇九
中吕·朝天子·文峰古镇…………一一〇

梦江南·清明……一一〇
少年游·鸿恩寺……一一〇
虞美人·左江拾遗……一一一
唐多令·御临河……一一二
一剪梅·乡思……一一二
浣溪沙·金刀峡……一一三
菩萨蛮·江南好……一一四
梅　花……一一四
单调·折桂令·北碚……一一四
铜　梁……一一五
相见欢·女瑞……一一五
醉花阴·白云寺……一一六
登缙云山观『贺龙院』有感……一一六
浣溪沙·寺外遇子樵……一一六
清平乐·春走红熙庄……一一七
南乡子·金刀峡猴趣……一一七
变调·寿阳春·金刀峡……一一七
云山醉酒歌……一一八
越调·寨儿令·感怀……一一八
迁居遇雪四首……一一九
土墙院旧事……一二〇
偏岩古镇……一二〇
渔家傲·钓鱼城怀古……一二一
渔家傲·濮阳忆……一二二
访三清山道家不遇……一二三
登庐山有感……一二四
庐山观日出……一二四
登庐山偶得……一二五
漕上梅……一二五
琵琶仙·『白鹤梁水下博物馆』观后感……一二五
改韵和元稹《庐山独夜》诗二首……一二六
原韵和宋李觏诗……一二七
蝶恋花·匡庐……一二八
张家界拾遗……一二八
醉花阴·庐山三叠泉……一二九
诗情张家界……一三〇
长相思·钓鱼台……一三〇
相见欢·合川遇挚友同游钓鱼台……一三〇

原韵和杨兄鹊桥仙·中秋月……一三一
怀忠州……一三一
中吕·普天乐·忠州魂……一三二
临江仙·华岩寺……一三四
白帝城怀古……一三五
凤栖梧·九锅箐森林公园……一三五
夔 门……一三六
《陋室铭》与刘禹锡……一三六
大足石刻……一三七
古剑山……一三八
夜泊温塘峡……一三八
长相思·江津……一三八
水调歌头·游三峡登神女峰……一三九
四面山秋色……一三九
长相思·四面山……一四〇
长相思·鸳鸯瀑……一四〇
卜算子·塘河古镇有感……一四一
双调·水仙子·天梯情……一四二
黄钟·人月圆·宝顶山……一四二
长相思·大足宝顶山……一四二
正宫·塞鸿秋·秦良玉……一四三
清平乐·大足……一四三
藏头诗·大足石刻……一四四
鼓浪屿感怀……一四四
风流子·情走鼓浪屿……一四六
双调·骤雨打新荷·龙水荷塘……一四六
渔家傲·鹤游坪史迹示怀……一四六
垫江『荔枝古道』忆……一四八
垫江太平宴记……一四九
菩萨蛮·白帝城怀古……一四九
双调·殿前欢·金佛山……一五〇
七律·金佛山……一五一
花犯·梅花……一五一
山坡羊·双桂堂感怀……一五二
拜谒双桂堂……一五二
双桂堂……一五三
观小南海地震遗址……一五三
沉醉东风·梁平柚……一五四

梁　平……一五四
奉　节……一五五
蝶恋花·奉节夔门……一五五
长相思·天坑地缝……一五六
古柏行……一五六
浣溪沙·垫江游……一五八
垫江回文诗……一五八
垫江赏牡丹……一五九
『太平』牡丹……一五九
青玉案·垫江寻师不遇……一六〇
华岩寺袈裟传说……一六一
天赐谷浴……一六一
海兰云天赞……一六一
花园渡……一六二
石宝寨随笔……一六三
今说盛山……一六三
长相思·龙隐寺……一六四
蝶恋花·潼南马龙山卧佛记……一六四
赏花说潼南……一六五
长相思·双江古镇……一六五
黄钟·横山荒……一六六
双调·水仙子·磁器口……一六七
中吕·喜春来·天台逸峰古镇……一六八
水调歌头·万州……一六八
情怀万州……一六九
渔家傲·黑山谷……一七〇
青玉案·石林踩山会……一七〇
万盛·石林……一七一
踏莎行·万盛石林有感……一七二
南吕·四块玉·黑山谷……一七二
雨霖铃·芙蓉洞……一七三
念奴娇·天生三桥……一七四
三桥趣聊……一七五
三桥错四首……一七六
永遇乐·酉水河……一七七
南乡子·永川……一七七
茶乡情歌……一七八
端午悼屈原……一七九

大西峒游后并谢友人……一七九
双调·雁儿落过得胜令·永川……一八〇
无　题……一八〇
少年游·有感龚滩移迁……一八〇
龚　滩……一八一
一丛花·桃花源……一八一
青玉案·桃源仙洞……一八一
七星关外风光说……一八二
杜　鹃……一八二
取道龚滩不见途中……一八三
卜算子·春游统景……一八三
龚滩古镇游记……一八三
醉垂鞭·统景温泉……一八四
照母山……一八五
江州城门歌……一八五
双调·蟾宫曲·敦煌……一八六
临江仙·敦煌莫高窟……一八六
八声甘州·原韵和柳永词·西路行……一八七
越调·小桃红·镇远……一八八
念奴娇·舞阳河……一八九
黄钟·节节高·镇远……一九〇
舞阳河畔……一九一
满江红·登黔灵山……一九一
满江红·再登黔灵山……一九二
满江红·燕山……一九二
清平乐·三进周庄……一九三
采桑子·龙宫洞探……一九四
水调歌头·十丈洞观瀑……一九四
十丈洞瀑布……一九六
望海潮·黄果树瀑布群观后……一九六
游澄迈步金山寺记……一九七
黄果树瀑布趣联……一九七
海南三亚途中得词『声声慢』……一九八
观　瀑……一九八
越调·柳营曲·黔女……一九九
菩萨蛮·三江入海口忆冼夫人……一九九
望海潮·龙宫……一九九
一剪梅·丹霞谷地……二〇〇

忆秦娥·娄山关……二〇一
虞美人·南温泉……二〇二
十里温泉城……二〇二
正宫·小梁州·四洞沟……二〇二
越调·落梅风……二〇三
朝天子·子吟……二〇三
念奴娇·初探织金洞……二〇三
再游织金洞……二〇五
江城子·双调·三游织金洞……二〇五
封寺隐情……二〇六
浣溪沙·花溪……二〇六
双调·蟾宫曲·花溪……二〇七
梵净山游记……二〇八
游梵净山得句……二〇九
长相思·荔波情……二〇九
踏莎行·游万峰林……二一〇
长相思·万峰林泉……二一一
好事近·天台旧忆……二一二
双调·清江引·乌江史行考……二一二

过马岭河峡谷……二一四
满庭芳·麦积山石窟游记……二一四
云　海……二一五
莫高窟二首……二一六
登『一棵树』望江州夜景……二一六
嘉峪关……二一七
暮　春……二一七
玉门关二首……二一七
月牙泉……二一八
取道晋江经舟山游海天佛国有感……二一八
游『南温泉』得韵……二一九
渔家傲·山海关……二一九
山海关……二二〇
浪淘沙·北戴河……二二〇
蝶恋花·秦皇岛……二二〇
清平乐·祭祖……二二二
思远人·乡客……二二三
七律·山海关……二二三
祝英台近·佛图关……二二四

黄钟·巴山情怀……二二五
嵩山远望……二二六
一游漓江……二二六
蝶恋花·云阳龙冈天坑游记……二二六
再游漓江……二二七
三游漓江……二二八
南吕·四块玉·天涯海角……二二八
虞美人·海口五公寺感怀……二二九
中吕·山坡羊·天涯海角……二二九
越调·文昌忆宋庆龄……二三〇
江城子·海口旧事……二三〇
朝天子·海瑞……二三〇
见龙塔下忆翰林……二三一
翰林忆……二三二
蜈支洲岛……二三二
临江仙·五指山……二三三
鹧鸪天·海南风光……二三四
访『东坡书院』怀别驾……二三四
儋州游记……二三四
大小洞天……二三五
东山岭……二三六
玉带滩上望博鳌会址……二三六
东过分界州岛……二三七
双调·折桂令·黄山……二三七
黄　山……二三九
花犯·梅花……二三九
双调·折桂令·天柱山……二四〇
古镇安居游记……二四一
灯　会……二四二
古镇游记……二四二
石堤滩头……二四二
灯会观舞龙……二四三
峨眉山雪……二四三
『翠云廊』怀古……二四三
剑门关……二四四
游峨眉宿金顶诗赠果政方丈……二四四
重游『九寨沟』……二四五
夜合花·暮游西湖……二四五

缙云山『九峰』览胜……二四六
巴山寄语……二四六
登『洛阳桥』不遇拾遗……二四七
山居赏秋……二四七
游北温泉怀作孚先生……二四八
浣溪沙·阆中古城……二四八
中吕·山坡羊·张飞庙前怀桓侯……二四九
忆张飞二首……二四九
河传·巴马游记……二五〇
拜谒华岩寺赏『疏林夜雨』景有感……二五〇
华岩寺外望『双峰耸翠』有感……二五一
踏莎行·拜谒普陀山……二五一
月色邕江岸……二五一
长相思·游友谊关随想……二五二
德天瀑布……二五二
观『龙冈石笋』记……二五三
天下第一坑……二五三
八达岭长城游记……二五四
双调·折桂令·长城闻天籁……二五五
嘉峪关感怀……二五五
越调·寨儿令·八达岭……二五五
中山古镇游记……二五六
运河风光……二五七
中吕·朝天子·龙兴得意楼小酌……二五七
渔家傲·迤东观花海……二五八
九龙瀑……二五八
巫山一段云·泰昌古镇游记……二五九
梦江南·飞云洞悬棺有感……二六〇
秋日即景……二六〇
宁厂古镇拾遗……二六〇
净音寺……二六一
大溪河游记……二六一
唐多令·大溪史话……二六一
破阵子·登王屋山望天坛……二六二
天坛峰……二六三
霜天晓角·三峡怀古……二六四
登华山远眺五峰……二六四
车过『泥河湾』怀古……二六五

初游四洞沟……二六五
天仙子·重游九龙壁……二六五
双调·折桂令·登泰山有感……二六六
渔家傲·泰山游记……二六八
泰山望远……二六八
蓬莱阁游记……二六八
夜半二首……二六九
江城子·铁山坪风光……二六九
游滕王阁有感……二七〇
『滕王阁』怀古……二七〇
读王勃《滕王阁饯别序》夜作……二七一
辞别王兄赴美有感……二七一
南吕·四块玉·金山寺……二七二
莫愁湖畔……二七二
莫愁湖……二七二
金陵悲……二七三
赏『金陵四十八景』……二七三
端午宜兴席间作……二七三
东溪古镇……二七四
渔家傲·东溪……二七四
原韵和清陈锟《古剑山诗》……二七五
东溪会友别情……二七五
满庭芳·三江口放怀……二七五
龙年花墒偶感……二七六
夜泊秦淮河……二七六
兴游大宁河剪刀峰……二七七
重　阳……二七七
情走泸沽湖……二七八
亮海情歌……二七九
高原魂……二七九
偶阅《祁连山丹霞风光》有感……二七九
西子柳……二八〇
为某会馆征联而作……二八〇
书屋偶作……二八一
观瀑得句……二八一
渝北拾遗……二八二
高阳台·西湖秋渡……二八二
东山游记……二八三

望江南·太湖东山……二八三
风入松·东山紫金庵……二八三
与友人暮游西湖……二八四
西湖『湖心亭』观莲……二八四
醉书西湖……二八四
登『江郎山』……二八五
江郎山八景诗……二八六
黄钟·节节高·夜宿松桃……二八六
横山偶作三首……二八六
梵净山……二八七
与汉林游『梵净山』后记……二八八
雨中登山有感二首……二八八
赴大路以会汉林贤弟……二八九
改韵回建新《黛湖》诗……二八九
黛湖夜吟……二八九
高隆湾……二九〇
上里古镇三首……二九〇
御街行·高隆湾……二九一
夜游宫·东郊访友遇雨后作……二九一
与子瑛驱车重游红土地……二九二
红土地随想……二九二
西山龙门游记……二九二
龙　门……二九三
云　上……二九三
思帝乡·天梯……二九四
青秀山游记……二九四
游马鹿山望『羊肠飞寨』有感……二九四
『武鸣歌圩节』上……二九五
破阵子·北部湾感作……二九五
三里洋渡风光……二九六
上林风光……二九六
望江南·青秀山……二九七
起风山……二九七
春到大明山……二九七
杜　鹃……二九八
游大明山有感……二九八
明山松……二九九
黑水河游记……二九九

灵阳寺……二九九
秋游『常家庄园』……三〇〇
西　湖……三〇一
相见欢·东阳渡头……三〇一
浣溪沙·云山秋寄……三〇一
蝶恋花·夜泊陵江岸……三〇二
采莲令·登青秀山眺望绿城风光……三〇二
秋蕊香·棕榈泉……三〇二
唐多令·辞绿城……三〇三
望江南·古街遇……三〇三
秋日观崖岭……三〇三
浣花溪头……三〇四
西陵夜泊……三〇四
登坛子岭有感……三〇四
一剪梅·日光岩……三〇五
原韵和林则徐《镇远道中》诗……三〇五
飞泉瀑下……三〇五
白帝城……三〇六
西江千户苗寨……三〇六
花溪十里河滩……三〇七
冬日喜雪缙云山……三〇八
南　山……三〇八
重游杜甫草堂有感……三〇八
云山早雪……三〇九
登八门楼望古镇……三〇九
古镇游后……三一〇
峨眉山雪……三一〇
三峨雪早……三一〇
归自谣·佛图关外……三一一
小镇春色……三一一
长亭怨慢·故里……三一一
嘉州乘船观佛记……三一二
万峰林赞……三一二
盐业博物馆观后……三一三
远　望……三一三
玉京秋·东溪……三一三
渔歌子·三多桥……三一四
九乡洞外随笔……三一四

为东杏凉茶题书……三一四
西溪子·南山笛……三一五
西湖暮色……三一五
暗香·秋风山梁……三一五
千秋岁·子夜歌……三一六
金殿即事……三一六
九乡风光……三一七
茶山竹海有感……三一七
附录：甘霖诗词部分手稿……三一八
后记……三二六

马仑草原

满江红·京都怀古〔一〕

戊子京都，七月流火，再捧唐诗宋词，回首往事，追古抚今，无限感怀。临窗眺望，填词一首，示怀香堂。

北望京都，风樯动，独占香堂。喜临窗，千古诗赋，万代华章。红日辉映中原路，京华烟雨生穹苍。古乖时，智永千字文，二晋王。旭草癫，素醉狂。唐诗恸，宋词殇。俱往矣，历代文墨登场。名利淘尽江水浊，各抛华年尘嚣上。看今日，多少江郎尽，好寂寥。

注：〔一〕《满江红·京都怀古》表达作者戊子年出山后赴京客居昌平香堂之心情。

偶翻《当代名家书法集》有感而作

白云本无常，花开各自香。

浮世多作弄，今人少脊梁。

遗恨前朝事，文章后来长。

一朝巴翁去，纸贵万人巷〔一〕。

注：〔一〕陆游曾有诗句：『一朝此翁死，千金求不得。』此处借用时有改动。

长江大桥

满庭芳·朝天门〔一〕放怀

甲子年作于桂花园

古埠朝天，江州雄关。望尽江南风烟。扬子出秦，渝水流巴，壮观。晚景半岛浩渺，苍穹下，繁星点点。携两江，向东去，不待圣旨南传〔二〕。　黄葛晚渡，晓月海棠。江城一派新颜。巴山夜雨，琴台书案，放怀。巴渝风流人物，数不尽，还看当代。镇西域，扼水关，千古浩瀚。

注：〔一〕朝天门：位于重庆城区东北长江、嘉陵江交汇处，襟带两江，江面广阔，百舸争流；壁垒三面，地势中高，两侧渐次向下倾斜，石阶沿山而高，气势雄伟壮观。朝天门始于公元前三一四年，秦将张仪灭巴国后修筑巴郡城池时所建。明初戴鼎扩建重庆旧城，按九宫八卦之数造城门十七座，其中规模最大的一座城门即朝天门。门上原书四个大字『古渝雄关』。〔二〕不待圣旨南传：据史书记载，朝天门为历代江州地方官接皇帝圣旨的地方，因古代称皇帝为天子，故此而得名。

巴蜀歌

春日作于锦官城

庚申暮春三月与某君车过蓉城，抵青白江，目睹四川人民在紫阳同志带领下，抓纲治蜀，一年巨变。想『四人帮』横行时，天府大乱，怨情横生，感触颇深，夜不能寐，赋此巴蜀歌四首聊以示怀。

川江风光

陕青藏黔滇湘鄂，巴蜀川里又一国〔一〕。
原平阡陌半离天，谷高纵横合城郭。
久忆都江水深浅，长见峨眉出复没。
臣甫诗兴总不断，先主武侯班师贺。

一转乾坤天地乐，锦城又添生机多。
黄帝创世造苍穹，领袖建华立中国。
自古离乱终难止，从来治蜀意如何？
只因一人好领导，长使诸葛笑语多。

天府本是富庶地，几番狼烟吹又恶。
四霸欺天横行时，庶民愁向何处说。
偃旗息鼓才安民，卷地事非又撩火。
好男志酬岭南雨，儿女共勉巴蜀歌。

夔门风光

江春海日戊午过，举国同庆除四祸。
赵老功高重振业，邓总三起将车过。
十年革命见岩红，一朝巨变出贤多。
几宵梦回几宵惊，几番作笔几番乐。

注：〔一〕陕青藏黔滇湘鄂：为四川省相邻之省份。巴蜀川：均指四川省。

满江红·三峡抒怀

丙寅年作于大田湾

九派横流，穿南北，东西一线〔一〕。河汉落，势以磅礴，声以浩瀚。豪情溢出东方白，江水古今东入海。剪不断，照月空〔二〕，万里走霄汉。聚涓溪，纳五湖。连九域，通三界。天人合，阅尽春色无限。数尽风流自豪杰，多少英雄与江眠。满江红，长风待破浪，济沧海〔三〕！

注：〔一〕九派：长江经川江流至湖北、江西、九江一带有九大支流，历史上从来就有九派之说，九派亦指长江。九派在中国民间传说中也指九大武术流派。〔二〕剪不断，照月空：胡仔《苕溪渔隐丛话》后集卷四中有『海风吹不断，江月照还空』一说。此处为借用。〔三〕长风待破浪，济沧海：李白有诗句云『长风破浪会有时，

直挂云帆济沧海』。此处有改动。

临江仙·都江堰

甲子兴游都江堰后作

蜀汉湔堋〔一〕都安患，岷江水泛平川〔二〕。千年社稷何时安？治水治民心，得民得江山。

岷峨郡守〔三〕功千秋，穿玉垒宝瓶灌。安澜桥下水流边。传道青城山〔四〕，拜水都江堰〔五〕。

注：〔一〕湔堋：秦蜀郡太守李冰建堰初期，都江堰称『湔堋』。因为都江堰旁的玉垒山在秦汉以前叫『湔山』，而那时都江堰周围的主要居民是氐羌人，他们把堰叫作『堋』，都江堰故称『湔堋』。蜀汉时，都江堰设『都安』县，因县得名，都江堰又称『都安堰』。亦称『金堤』。〔二〕岷江水位高于西川周边地区（成都平原），即高水低川，一遇水患，西川一片汪洋大海。因说『岷江水泛平川』。〔三〕指秦蜀郡太守李冰。李冰曾隐居岷峨。战国末期秦昭王委任隐居岷峨的李冰为蜀国郡守。〔四〕指天师张道陵传道青城山。东汉顺帝时，张道陵从洛阳越秦岭到鹤鸣山修道，汉安二年（143）七月一日，率弟子来青城山结茅传道。张道陵在青城一带山区传道多年，汉桓帝永寿二年（156）在青城山羽化，葬于第三混元顶。后青城山成为天师道的发祥地。〔五〕拜水都江堰：引自余秋雨散文《都江堰》。此处引用时略有变动。

锦里古街

千秋岁·草堂〔一〕

乙未年作

人月圆时，秋江送霜角。少年游时红锦袍。小街小桃红，天香楚天遥。摸鱼儿，苏幕遮处眉妩笑。后庭花初开，凭栏人讨巧。长相思，念奴娇。浣花溪头咽，鹧鸪天边叫。忆江南，玉楼春上望海潮。

注：〔一〕《千秋岁》曲中均由词牌名组成。

远望洱海有感

癸未夏日作

下关风过天生桥，上关花开百里香。苍山雪凝有传说，洱海独钓金月亮。

思帝乡〔一〕·苍山洱海

癸未夏日于大理客栈

夏日游，蝴蝶绕泉头。水流十八溪歌，洱海秀。云卷十九峰舞，苍山遒。欲逐草而居，醉千秋。

大巴山景

注：〔一〕思帝乡：宋词词牌名。原为唐教坊曲名，后引用为词牌名，唐起为源，宋时为盛。单调三十六字，七句五平韵。首创为温庭筠。本词选用韦庄首创之体裁，全词为单调三十四字，七句五平韵。

菩萨蛮·丽江风光

癸未夏游丽江作

大研古城月如钩，玉龙雪山朔风高。水在桥下淌，桥在城中挑。帘外情歌飞，栈里杜康烧。何日是归期，长桥更短桥。

丽江古城

癸未夏作于古城丽江

丽江风景美如画，大研〔二〕古城名天下。
小街流水经纬淌，斗拱石桥纵横跨。
映雪桥上走玉龙，束河民居四方家。
五凤楼前彩凤舞，纳西净地古乐话。
五花石铺城中路，雨不泥脚旱不沙。

异域风光

云横玉龙霜雪消，方知丽江暖万家。

注：〔一〕大研：丽江。丽江古城又称『大研』。

登九华山眺望莲花峰

几番汗洒云台下，遥看莲花云中发。
九子泉落舟渡口，五溪山色放鹤家。

望九华山

天公铸成九子山，我与黄山赌年华。
江上王维风中醉，石畔青莲花涧发。

华山

西山游记

戊子年春游西山作

建宁滇池有奇朽〔一〕，西山龙门无平丘。
千寻峭壁崖畔松，万顷碧波水边柳。
满天沙鸥冲天啸，半封洞窟坐春秋。
旧时庄楚水固城〔二〕，四面青山访道由。

注：〔一〕蜀汉时期，诸葛亮拥兵南征攻克昆明（当时称益州郡）后改名为建宁郡。南朝时期昆明又成为桂王永历政权下的『滇都』。故此诗有『建宁滇池』两说。〔二〕指战国时期楚将庄蹻在晋宁筑城建郡置都，建立滇国。

望天柱山〔一〕

天柱峰高揽日月，蓬莱千仞锁云烟。
叶公安知龙腾至，古今几人上山巅〔二〕。

注：〔一〕借春秋楚国叶子高（叶公）好龙一事，讽喻真正乐山登山者应当不惧艰难，登临山顶体验登山所获之艰辛、之乐趣、之感悟、之喜悦。〔二〕据当地民间传说，作为登山者，真正登上天柱山顶峰者至今仅有二至三人，足见天柱山登临之艰难。

梯田风光

东川〔一〕红土地三首

辛卯黄钟作于昆明

（一）

东川土地美如画，朝如胭脂晚似霞。
春夏秋冬织天锦，泥石无端成大家。

（二）

田园风光自然成，缤纷四季千树花。
一生只须走一遭，百年终老悔无话。

（三）

眼前山川美如血，活像绣锦片片叠。
彩虹穷时疑不真，丹青色落天地绝。

注：〔一〕东川：云南省北部地区被称为世界泥石流自然博物馆的东川泥石流风景区。

思帝乡·丽江美五首

戊子年夏作于丽江

（一）

丽江美，美在城中水。玉河碧水清波，烟雨帷。春眠泥红苏，千愁褪。柳下人

塞外风光

不归，得月醉。

（二）

丽江美，美在古桥情。木斗石拱柳岸，任飘零。廊桥烹烟霞，倚栏亭。檐下玉龙舞，春风行。

（三）

丽江美，美在城无门。城里城外市井，皆无屏。仰望冰雪川，凉风行。俯看溪鱼戏，飞流银。

（四）

丽江美，美在府宇间。五凤楼八角檐，三叠坛。阁上太极趣，图腾殿。辑宁终无患，边陲安。

（五）

丽江美，美在东巴占。戍疆传奇文化，神祭天。纳西琵琶情，雪中弹。域西古乐引，笛声横。

玉龙雪山

离堆

丙寅春月写于都江堰

秦时明月汉时川，离堆水隔两重天。
岷江从此好田赋，天工治水都江堰。

满江红·玉龙雪山

壬辰年仲夏作于古城

丽江玉龙，神三朵〔一〕，绿雪玉裹〔二〕。擎天柱，山种神奇，雪酿灵果。平原犁铧顶折扇，锦乡谷外白玉壳〔三〕。金壁川，雪茶苔地鲜，曾封岳〔四〕。

甘海子，云衫坪，冰塔林，白水河。草甸子，玉水寨外牧歌。云横冰峰寒霜褪，方知丽江暖春多。待明日！飞越扇子陡〔五〕，观日落！

注：〔一〕三朵指玉龙雪山。〔二〕绿雪玉裹是指玉龙雪山终年不化的雪由于地质和气候岩石等自然因素的影响，在阳光照射下长年呈绿色，与其他雪山的白雪不同，故称『绿雪玉裹』。〔三〕在不同的地点看雪山的景观：站在丽江平原上看，雪山宛如一座竖立的银色犁铧；站在雪山顶上看，又像一把展开的白丝绫折扇；站在锦乡谷草坪仰望雪山，却又像一片在蓝天白云中闪闪发光的白玉壳。〔四〕远在唐南诏国时代，国主异牟寻曾前往玉龙雪山拜山，时尊封为北岳。因有此说。〔五〕扇子陡是玉龙雪山的主峰，海拔五千九百九十六米，是世界上北半球纬度最低、海拔最高的雪峰。

西路沙漠

卜算子·风花雪月

戊子年春作

风吹下关凉，花开上关香〔一〕。风花吹开『紫东』门〔二〕，『叶榆』〔三〕多娇娘。雪映苍山白，月照洱海光。雪月映照三塔寺。云上风流郎。

注：〔一〕大理是我国云贵高原上久负盛名的风花雪月之乡。『风花雪月』是大理最美的四景，即下关风、上关花、苍山雪，洱海月。我国著名作家曹靖华一九六二年到大理后曾赋诗：『下关风，上关花，下关风吹上关花；苍山雪，洱海月，洱海月照苍山雪。』此处另有引用。〔二〕『紫东』门：指大理东城门。据史料称，东门为官宦朝拜必进之门，均得在此下马进城。〔三〕大理古城简称『叶榆』城，又称为『紫城』。

越调·小桃红·钓鱼台〔一〕

辛卯仲夏作于合州

钓鱼台和钓鱼歌，膝下三江合。一竿钓得百姓乐，心如何？危崖留下石杵窝〔二〕。大汗西征，蒙哥命殇，上帝鞭折落！

注：〔一〕此曲为仿作。为作者数次登临钓鱼城后集多次怀旧之念所作。〔二〕相传钓鱼台上一神仙，每日垂钓以供钓鱼城居民享用，三十六年不改，以至危崖留下许多插鱼竿石窝。

黄鹤楼

卜算子·大理〔一〕

戊子初春作

蝴蝶绕泉树，洱海倚苍山。溪涧十八峰十九，风花雪月天。未与丽江春，难共玉龙寒。崇圣三塔紫城会，草长云水间。

注：〔一〕大理：简称『叶榆』，又称『紫城』。东临洱海，西倚苍山，形成『一水绕苍山，苍山抱古城』的城市格局。历史可追溯至唐大历十四年（779）南诏王异牟寻迁都阳苴咩城，已有一千两百年历史。现存的大理古城是以明朝初年在阳苴咩城的基础上恢复的，现在古城始建于明洪武十五年（1382）。一九八二年重修南城门，门头『大理』二字是集郭沫若书法而成。城呈方形，开四门，上建城楼，下有卫城，更有南北三条溪水作为天然屏障，城墙外层是砖砌而成，城内由南到北横贯着五条大街，自西向东纵穿了八条街巷，整座城市呈棋盘式布局。一九八二年二月八日，国务院公布大理古城为中国首批二十四个历史文化名城之一。云南省首批重点文物保护的『世祖皇帝平云南碑』，就耸立在三月街街场上。在古城西北一公里处是被国务院列为全国第一批重点文物保护单位的大理三塔。大理古城城区道路仍保持着明、清以来的棋盘式方格网结构，素有『九街十八巷』之称。

汉宫春·滇池〔一〕

戊子暮春重游昆明湖重作

红土明珠，春洒一池潭，云淡天蓝。草埂沙流白，樱花红遍。西山佛觉，群鸟

泸沽湖

逐，博浪寻欢。螳螂川，普渡河源，秋水伊人谁边？屏障万顷，一弯新月舔，炊烟蒲山。五百里滇池水，深浅谁探？鹤蛇二山，鱼口边，鸡马雄关。是归处，蹬道龙门，风光望无限。

注：〔一〕滇池：滇池位于昆明市区西南的西山脚下，其北端紧邻昆明大观公园，南端至晋宁县内，距市区五里，滇池因以前周围居住『部落』又或池水似倒流状、『滇者，颠也』之缘故，故名『滇池』。滇池又叫『昆明湖』或『昆明池』，古称『滇南泽』。是云南省面积最大的高原湖泊，也是全国第六大淡水湖。素有『高原明珠』之美称。历史上一直是国内度假观光和旅游避暑的最佳胜地。滇池是受第三纪喜马拉雅山地壳运动的影响而构成的高原石灰岩断层陷落湖，海拔一千八百八十六米，滇池周围有大小数十个山峰，山环水抱，天光云影，构成一幅美丽的天然画卷。滇池东南北三面有盘龙江等二十余条河流汇入，湖水由西面海口流出，经普渡河而入金沙江。形似弦月，南北长三十九公里，东西宽十三点五公里，平均宽度约八公里。湖岸线长约二百公里；湖面面积三百平方公里，居云南省首位，素称『五百里滇池』。作者一生数次游历，感慨极深，感受颇佳。

黔西遇雪途中作

壬辰冬日

九驿道外草海甸，关山万里雪不前。

百鸟尚知时令过，春风何时到西黔！

漓江山水

书斋偶作

坐看云起云无常，笑赏花开花自芳。
春风恶时如刀割，寒冬尽头又重阳。

游花溪河

与贵州大学余颖诸友花溪河畔酒后作

春风吹绿黔灵山，花溪两岸尽少年。
满堂笑声歌不断，一壶浊酒散花间。

忆奢香夫人〔一〕

辛卯冬日作于黔西

『奢香』一日统西南，始与滇湘蜀桂连。
龙场古道告宣慰，顺德今入吏女传。

注：〔一〕奢香夫人：奢香，女，彝名舍兹，元末生于永宁（今四川省叙永县）宣抚司。其父兄为君长，任职宣抚使。年方二七，才德贤能，彝人尊称『苴慕』。贵州宣慰使霭翠之妻，后夫故代其职，奢香在反对分裂、

东溪古镇

消弭战乱、维护西南地区民族团结和国家统一中起到了积极的推动作用。打通了川滇黔湘交通要道，沟通了边疆与中原的联系，增进了民族交流，极大地促进了贵州的经济开发和社会进步。谥曰『顺德夫人』。

南山偶作

日照香炉紫烟生，来往山前为度生。
香客不回门难掩，恐误三更点供银。

河传·狮子峰远望

丁亥年初春作

峰高，远眺。云朝朝，烟村初晓。春潮，温塘峡口不停桡。风啸，雨打阔叶蕉。

川江号子纤夫泪。暮色归，林间草莺飞。烟湖滩，运河嘴。道尾，不见家人回。

腾龙洞外

石林吟

燕剪秋水波欲掀，人在林间花下言。
谁家姑娘香罗巾，漂在水面待郎前。

抚仙湖〔一〕

癸未年作于澄江

珠江源头有大池〔二〕，葫芦倒挂三县天〔三〕。
湖水清洌蓝湛碧，大孤小孤象万千〔四〕。
四面青山翡翠绿，琉璃万顷独一潭。
可怜不知来时路，石肖从此忘不还〔五〕。
楚军庄蹻筑王滇〔六〕，遗下千年古祭坛〔七〕。
玛雅文明何处寻？滇南梁水看抚仙〔八〕。

注：〔一〕为作者二〇〇七年自驾车旅游云南滇池抚仙湖等地后所作。〔二〕大池：抚仙湖。唐樊绰所写《蛮书》称抚仙湖为大池。《澄江府志》说：『量水川即唐书梁水县（今澄江、江川一带），大池，抚仙湖也。后亦有称罗伽湖。』〔三〕抚仙湖位于云南玉溪市澄江、江川、华宁三县交界处，故称葫芦倒挂三县天。〔四〕

雪山风光

指抚仙湖中的大小孤山。小孤山现已淹没。故七律中大胆引用此句。〔五〕指石肖二仙。相传玉帝一日远眺凡间，见一状如葫芦的明珠镶嵌在滇蛮万山丛中，龙颜大悦。急令肖、石二仙下凡巡察，以带回宫，装扮天堂。肖、石二仙见抚仙湖景色美丽，忘记了返回天宫之路，化成湖边巨石。〔六〕指楚在滇建立王朝一事。至于古时是否真的有『滇王国』，历史文献中均记载不多。据资料《云南文史博览》介绍关于庄蹻开滇一事，在司马迁《史记·西南夷列传》中曾有详细记载。历史上亦有争议和微词，此不多叙。〔七〕据科考数据记载，抚仙湖底发现类似城池建筑等，如斗兽场、祭祀坛等。〔八〕据科考推断，据说在抚仙湖底的考古发现有疑似玛雅文化的断层和迹象。

天净沙·抚仙湖〔一〕两首

癸未作于澄江

（一）

清风落日晚霞，尖山玉笋流沙，浮柳沉莲归鸦。孤山寺外，小桥帘招客家。

（二）

隐寺翻漪葡坝，浅草颓石弓虾，深海断阶城塌。滇溪大池，葫芦偏偏倒挂。

注：〔一〕作者丁亥仲春驱车游览抚仙湖后，为抚仙湖之美所惊叹，故以天净沙两首词描写抚仙湖之盛景。

高原景色

玉龙雪山

戊子年春作

平原犁铧山折扇，锦乡谷望白玉壳〔一〕。

远近高低各不同，绿雪奇峰神『三朵』〔二〕。

注：〔一〕玉龙雪山由于平均海拔为四千米以上，高山变幻莫测，时而云雾缭绕，雪山忽隐忽现，时而云封山顶，深奥难测，时而山上山下全开，云在半腰横断，时而晴空万里，群峰立见。清时学者木正源曾将玉龙雪山在一年中不同时期和一天中不同时间的变化总结成『玉龙十二景』。可以说是对雪山的深度景观总结。笔者十分有幸亲临其间。因此，在不同的地方看雪山，雪山是不同的景观。站在丽江平原上看玉龙雪山，宛如一座竖立的银色犁铧；站在雪山顶上看雪山，又像一把展开的白丝绫折扇，因此玉龙雪山又称扇子陡和雪斗峰；站在锦乡谷草坪仰望雪山，却又像一片在蓝天白云中闪闪发光的白玉壳。所以诗中有此说。〔二〕诗中的『三朵』即玉龙雪山。玉龙雪山是云南丽江地区纳西族和其他少数民族心中的神圣之山。纳西族是一个十分崇拜神和山的民族，在他们的心目中保护神『三朵』就是玉龙雪山。

乌夜啼·古城离

辛卯年昆明丽江游后记

醉里独上帘楼，月如钩，小桥流红不解他乡愁。　山高远，水低流，烛影残，

今宵别离似曾梦里头。

玉龙雪山

玉龙雪山十二景说〔一〕

壬辰三月作于新牌坊

三色烟笼雪茫茫，六月玉带水迢迢。
晓前曙色破苍穹，暝后夕阳照天烧。
晴霞五色万象新，夜月双辉唱神谣。
白泉玉液满城香，银灯炫焰丽江消。
龙早生雪阻寒侵，五湖倒影过横桥。
绿雪奇峰神三朵，金山壁流云上高。

注：〔一〕清时纳西族学者木正源的『玉龙雪山十二景』为：三色烟笼、六月玉带、晓前曙色、暝后夕阳、晴霞五色、夜月双辉、白泉玉液、银灯炫焰、龙早生雪、五湖倒影、绿雪奇峰、金山壁流。

蝶恋花·嘉州大弥勒造像记〔一〕

甲申凉秋时乐山作　丙戌夏日重记于渝州

临江坐比凌云山，峨眉洞天，胸藏天下愿。两耳悬垂万千山，盘螺赛过星满天。　双裸水稳竞千帆，肩压五岳，口噙乾坤圈。一尊弥勒九重天，四方社稷八州安。

嘉州乐山大佛

注：〔一〕嘉州：今四川省乐山市凌云寺。乐山大佛造像所在地。乐山大佛地处四川省乐山市，岷江、青衣江、大渡河三江汇流处，与乐山城隔江相望。乐山大佛雕凿在岷江、青衣江、大渡河汇流处的岩壁上，依岷江南岸凌云山栖霞峰临江峭壁凿造而成，又名凌云大佛，为弥勒佛坐像。乐山大佛是唐代摩岩造像中的艺术精品之一，是世界上最大的石刻弥勒佛坐像。

七律·怀海通〔一〕

甲申秋作于凌云寺外

海通结庐凌云山，常叹舟行恶水掀。
凭崖凿壁造弥勒，除恶驱邪镇涛天。
离堆又见乌尤隐，两崖危梯栈道险。
一身正气不可辱，护佑悲怜广寒间。

注：〔一〕海通：指海通和尚。据唐《嘉州凌云大佛像记》和明《重修凌云寺记》载，乐山佛像开凿于唐玄宗开元初年（713），完成于唐德宗贞元十九年（803），历时达九十年。乐山大佛凿壁造像发起人海通，贵州人（具体地不详），离乡别家，来到乐山凌云山下当和尚。为了制服江水，海通立志凿佛镇妖。经筹集资金，四处化斋，数年努力，终于解决。

三清山

水调歌头·峨眉山

戊子夏作于锦江　辛卯夏重作于江城

西域高极天，峨眉第一山。群峨四季分明，十里不同天。双桥听琴蛙鼓，幽谷任灵猴攀，金顶佛光显。雷洞观烟云，虎溪听流泉。　迎日出，眺雪峰，瞰百川。灵岩叠翠，龙门飞瀑百里喧。云上灵山出岫，水泻雄峰成潭。清音平湖乱。山深夜重，谁与钟声眠。

峨眉山拾遗〔一〕

辛卯夏作于江城

双桥清音出名山，大坪霁雪走宵汉。
灵岩叠翠琴蛙鼓，象池月夜烟如岚。
红椿倚天知雨时，九老鹤寿仙府诞。
萝峰晴云雾千嶂，圣积晚钟声震远。
白水秋风吹西川，金顶祥光照人寰。
峨眉十景处处美，风光更待有人前。

注：〔一〕峨眉山十景分别为：双桥清音、大坪霁雪、灵岩叠翠、象池月夜、红椿晓雨、九老仙府、萝峰

都江堰

晴云、白水秋风、金顶祥光、圣积晚钟。

都江堰〔一〕

甲申秋作

岷江水患千百年，恶向西川万顷田。
壮士悲歌叹蜀道，司马错语出秦关。
自古蜀中多烦忧，从来得蜀即得天。
岷峨李冰号令出，率众凿开玉垒山。
宝瓶断水离堆半，引流渠灌绿锦官。
穿淘岁修始朝歌，金堤分水欺龙颜。
借天问道青城山，万民拜水都江堰。
千秋功名垂青史，治水堪比安邦难。

九寨沟风光

注：〔一〕都江堰位于四川省成都市都江堰市城西灌口镇岷江上，是中国古代大型水利工程，被誉为『世界水利文化的鼻祖』，是全国著名的旅游胜地。第一批国家级风景名胜区。二〇〇〇年都江堰被确定为世界文化遗产。国家五A级旅游景区。是全世界迄今为止，年代最久、唯一留存、以无坝引水为特征的宏大工程，也是全国重点文物保护单位。都江堰不仅是举世闻名的中国古代水利工程，也是著名的风景名胜区。都江堰景区秀丽，文物古迹众多，主要有伏龙观、二王庙、安澜索桥、玉垒关、离堆公园、玉垒山公园、玉女峰、灵岩寺、普照寺、翠月湖、都江堰水利工程等。

兴走九寨沟

云撒神功笑天穹，九寨风光竟不同。
千年尘封深闺里，一朝出浴风尘中。
高天流水沟谷秀，平镜磨出琼浆浓。
劝君生前赏日月，置身蓬莱羞花红。

四姑娘山

仙吕〔一〕·解三酲·乐山大佛

戊子夏作于锦江

洒家本是弥勒像，怎负海通〔二〕镇三江？心诚人来时阿弥陀佛，闲空襟坐闻梵香。人间万事良心上，罢罢罢，哪方高僧善缘广，礼佛禅让！

注：〔一〕仙吕：元曲曲名之一。〔二〕海通：一生化缘凿建大佛寺，并遭官吏敲诈自剜双眼退官的海通和尚。

四姑娘山〔一〕

戊子年夏日作于蓉城

巴郎垭口客锅庄，干海子上冰川梁。
金县步出谷阴阳，喇嘛滩上擂鼓响〔二〕。
翻山越岭一回眸，历尽艰辛为哪桩？
双沟雪遇四姑娘，最是『王后』涕泪长。

注：〔一〕四姑娘山：位于四川省阿坝藏族羌族自治州小金县与汶川县交界处，是横断山脉东部边缘邛崃山系的最高峰。由四座长年冰雪覆盖的山峰组成。如同头披白纱、姿容俊俏的四位少女。四姑娘山两边分别是著名的海子沟和双桥沟。传说中的四姑娘山（幺妹峰）最高海拔达六千二百五十米，仅次于被誉为『蜀山之王』的贡嘎山，人称『蜀山皇后』『东方圣山』。〔二〕诗中的巴郎（山）垭口、（客）锅庄、干海子、（上）冰川、金

大洋风光

县、（步出）谷阴阳（谷）、喇嘛（寺）滩上擂鼓（石）等均为四姑娘山景区景点地名。此两句是说上四姑娘山可从两沟分别登山。

双沟风光

戊子年偶作

石硐暖火墙，青稞醉人荒。
锅庄跳山朝，花海赶牛羊。
沙棘出早枝，海子生暗香。
贡嘎云霄汉，双沟会姑娘。

川西行

戊子夏作于锦江

浮云从天意，海平随山根。
日暮与雪眠，沙棘依草痕。
石落抛尘泪，难抚凉山魂。
风乱夜不归，路深叩谁门。

自贡世界地质公园

踏莎行·松花湖

庚寅夏与仁龙、彦鹏等游松花湖后作

青山似幔，碧水如绸，松花湖上自泛舟。风高浪急心潮涌，五百里水天上流。鱼斗沙渚，鸟惊斜阳，丰满海天旷日悠。人说江南风景好，北国风光美不收。

九寨沟

天女宝镜落九寨，碧水蓝天从此乖。
百零八湖不同景，游人不知何处来。

浪淘沙·九寨沟风光〔一〕

珍珠生瑶盘，花海浩瀚。双龙湖外芦苇乱。斑驳晶莹玉唾湮，瀑落流滩。白水沟色绝，黄龙飞篷。万紫千红山色中，不似神仙胜神仙，独揽春风。

注：〔一〕九寨沟：位于四川省阿坝藏族羌族自治州的九寨沟县漳扎镇，为白水沟上游白水河的支沟。因沟内有九个藏族村寨而得名。九寨沟风光如画，五彩缤纷，平均海拔二千米以上，遍布原始森林，错落分布着大小

武当山风光

不同、景色各异的一百零八个湖泊，历来有『童话世界』之美称。九寨沟黄龙风景区为国家五A级旅游景区、全国重点风景名胜区。已被列入世界遗产名录。景区主要景点有宝镜岩、盆景滩、芦苇海、五彩池、珍珠滩、镜海、犀牛海、诺日朗瀑布、五花海、树正海和长海等。

江城子〔一〕·武当山游记

天门有道白云闲，鹤影归，暮钟晚。世上第一，亘古无双关。玉清碧，紫霄寒，万山朝圣一柱天。　太和玄武仙室山，牵陕豫，合丹江。秦皇汉武，弄人多离乱。北少林，南武当，滑怀观道在此山。

注：〔一〕江城子：唐词牌名，单调三十五字，七句五平韵。始于晚唐五代十国时期，酒令，韦庄词《花间集》为名作之一。

醉花间·天台山下

云沉沉，雨淫淫，花开在马村。影对半月亭，一处两隔分。　琴诉泪落尘，篱

柬埔寨吴哥窟

笆断烛剩。今朝胜明朝，新人还旧人。

登鹳雀楼览胜

东西华夏一楼塔，立晋望秦得中华。
诗因楼起绝千古，楼因诗成冠四家〔一〕。

注：〔一〕山西鹳雀楼与地处我国长江流域的武昌黄鹤楼、洞庭湖畔的岳阳楼、南昌的滕王阁一起被誉为我国著名的四大名楼。故称『四家』。

鹳雀楼

登临九州近，放眼华夏远。
气吞黄河水，名扬天地间。
古今多少事，谁度功名前。
英雄从来多，风流在今天。

山地景色

塞外

河中府楼立东国，独领风骚中原北。
江山依旧朝代变，阅尽东方凉与热。

登芦芽山有感

辛卯初夏作于宁武客栈

汾河源头朔流还，竟有万年冰洞天。
马仑草原天苍苍，风吹草低牛羊现。
原始草原野茫茫，松涛林海云淡淡。
走马桑干悬棺路，情人谷外话少年。
太子殿前三炷香，芦芽石痕九重天。
人说黄山天下奇，宁武原来也奇险。

太行王莽岭

望太行〔一〕

王莽岭〔二〕上望太行，始知中华有脊梁。
磅礴日出东方红，笑看中原唱炎黄。

注：〔一〕位于距山西省陵川县城四十公里的古郊乡东部崇山峻岭中，总面积一百平方公里左右，是陵川县与河南辉县的界山，是一九九九年山西省向全国生态环境游推荐的首选景区。〔二〕王莽岭：因相传西汉王莽追赶刘秀在此安营扎寨而得名。景区内高低错落五十余座山峰，主峰海拔一千六百六十五米，诸峰千姿百态，嵯峨峥嵘。王莽岭是国家地质公园，属于典型的喀斯特地貌即岩溶峰丛地貌。它是山西省级森林公园，省级风景名胜区。是山西省改变古建单一形象推出的重点自然风光景区，是晋城市旅游业的龙头。是国家四A级景区。是中宣部和国家旅游局确定的中国精品红色旅游示范点，是青少年德育教育基地，是中国农业旅游示范点，是十九个中国旅游目的地之一，是中国县域旅游景区一百强之一。

王莽岭放歌

戊子年孟秋作

绵绵太行八百里，巍巍王莽中原脊。
身在天柱望五岳，界山自分东南西。

壶口瀑布

壶口瀑布五首

庚寅初夏作于吉州

（一）

九曲黄河壶口啸，劈开千年古驿道。
荡尽人间不平事，我自狂狷我自咆。

（二）

壶口龙颜天下惊，千沟万壑难阻停。
狼烟烽火中原路，黄沙万里东方行。

（三）

黄河水涌壶口道，顿作飞雪排空啸。
两岸青山千年绿，卷地风烟震天咆。

（四）

黄河奔流天地间，绿了中原碧了天。
假令一日水不再，中原从此无人烟。

（五）

瀑布隆冬冰凌封，朵朵雪绽壶颈中。

五台山

安得春风过塞北，再起狂飙黄河东。

忆秦娥·五台山〔一〕

辛卯夏与尚平等朝圣五台夜宿锦绣山庄有感

太行北〔二〕，五台山上五峰迭。五峰迭，道有寒暑，佛无凉热。东望日出西观月，南梳锦绣北斗叶〔三〕。北斗叶，『朝圣求法』，『放眼华北』〔四〕。

注：〔一〕五台山：位于我国山西东北部境内，距省会太原市二百多公里的五台县与繁峙县间的太行山北端。五台山是中国佛教圣地和旅游胜地，位列中国十大避暑名山之首，五台山与四川峨眉山、安徽九华山、浙江普陀山被誉为『中国佛教四大名山』。五台山也是中国佛教寺庙最早建筑的群落之一。〔二〕太行北：五台山位于太行山系的北端，故有太行北一说。〔三〕东望日出西观月，南梳锦绣北斗叶：指五台山的五台，即东台、西台、南台、北台、中台。〔四〕放眼华北：因五台山地处华北屋脊之上故有此说。

贵州大学受聘有感

黔山朽木芽出墙，林城春寒料无霜。
无端贵为杏林尊，辜负学子课早堂。

晋祠

为『红熙阁』〔一〕题作

云上九峰闲，山下龙凤淌。
日照半坡树，月洒满庭香。
白发弄风清，少年染青黄。
铜壶三杯尽，柴火一只羊。

注：〔一〕红熙阁：缙云山白云寺下红熙山庄内一书画坊。

晋祠〔一〕

辛卯初春与尚平等友游山西晋祠后作

悬瓮山，晋水源，槐阴流碧数百年。三晋第一，纵横无双，鹿逐中原。胜瀛四照，缸埋镜台。罔非冷暖！圣母殿前戏楹联。窦娘恨，柳氏情，鱼沼泉。文昌阁，真趣銮，羲之好鹅，傅山寿诞〔二〕。尊尊铁汉桥会仙，对越坊前说情怀。轩辕千古祭，晋祠万年观。

注：〔一〕晋祠：位于山西省太原市西南悬瓮山麓，为晋水源头处，是为纪念我国西周时期晋国诸侯唐叔虞而建之祠堂。规模宏大，是一座集店、堂、楼、亭、台、桥、榭为一体的古代园林建筑群。是国家首批全国重点

太平洋风光

文物保护单位之一。可以这样说，晋祠历史就是山西历史的缩写，管中窥豹，可见一斑。了解晋祠荣辱兴衰，对于了解山西，则可事半功倍。〔二〕词中的『圣母戏联』『羲之好鹅』『傅山寿诞』等均为民间传说故事。

游平遥古城

辛卯初春山西晋祠观后作

尧陶古城名天下，天下古堡在平遥。
人说惟有读书高，平遥读书为银钞。

忆古城〔一〕

辛卯春作于太原

城像灵龟古尧陶，井藏金马今传存。
四堞三千垛子虚，五行八业客贾情。
一国书韵四大街，千载文风八面钦。
日出中天皆有彩，福临宝地共沾银。

三里洋渡风光

注：〔一〕指平遥古城，位于山西省太原市西南端，始建于西周宣王时期。它是我国境内至今为止保存最为完整的明清古县城，是华夏汉民族中原地区的典型代表，是研究中国历史政治、经济、文化、军事、建筑、艺术等方面的活标本。被评为国家第二批『历史文化名城』。联合国教科文组织世界遗产委员会已经把平遥古城列入《世界遗产名录》。

游晋祠说典故

辛卯年作于雩都

叔虞祠堂何处寻，悬瓮山南晋水源。
晋祠圣母古邑姜，剪桐封侯玉圭现。
文王千年图霸业，访贤自钩渭水前。
太宗昭陵葬宝盒，《兰亭》千载不复见。
豫让毕生报旧主，襄子断袍赤桥边。
桑梓红水碧玉显，仁杰巧计告则天。
青莲泛舟三日醉，原来杏花酒千宴。
山阴道士若相遇，不待《黄庭》墨迹干。

介休绵山

慈禧夜过待风轩，七贤祠里问七贤。
闯王黄河天相助，驻兵晋祠民心传。
人活百岁终一死，老君洞里藏秘言。
自古忠义多说道，封号最多是关髯。

介休绵山〔一〕

辛卯春日经绵山忆介子推而作

山不在高随仙名，人不在位论修行。
绵山不奇天下归，拜神却在公子推。
当年文王求贤错，始知今日寒食禁。
介子居功不言禄，可怜帝王不知臣。

注：〔一〕绵山位于山西汾河之阴，距介休市区二十公里，最高海拔二千五百多米，山光水色，文物胜迹，佛寺道观，集于一体，是山西省重点风景名胜区。因自然景观奇险峻秀和春秋晋国介子推携母隐居被焚于此而著称，寒食节也源于此。绵山步步有景，景景有典。奇岩、险道、秀水、古柏、唐碑、宋塑、名刹、巨宫和道佛人物组成了绵山独特的自然和人文景观，使人目不暇接，思绪万千，流连忘返。绵山地势险要，历来兵家必争。历

溪边小息

史上战事不断。经典为介子推被焚，文公下诏，在介子推忌日，禁烟寒食。在我国民俗文化中，纪念历史人物的节日只有两个：一是五月端午节，为纪念楚国大夫屈原；一是清明寒食节，为缅怀晋国大夫介子推。随着时间的推移，寒食节已经成为一年中最重要的节日之一。寒食节本来是清明节的前一天，但发展到唐代后期，逐渐演变为一个节日。寒食节历经两千多年，最终发展为四海同祭，生者展孝、祖先享食的盛大节日。

采桑子·观应县木塔〔一〕

辛卯初春后作

千年木塔兴宋辽，横断北岳，佛光辉耀，风吹叶落黄花峁。　金城玉塞今何在？天下奇观，万古仰瞻。缘何不在京城郊！

注：〔一〕应县木塔：应县位于山西省朔州市，成为大都的（今北京）战略屏障。木塔位于应县县城西北角佛宫寺院内，全名为佛宫寺释迦塔。俗简称应县木塔、应州塔、释迦木塔。应县释迦塔是佛宫寺的主体建筑。始建于辽清宁二年（1056），金明昌六年（1195）增修完毕。它是我国现存最古老最高大的重楼式纯木结构楼阁式建筑，是我国古建筑中的瑰宝、世界木结构建筑的典范。与意大利比萨斜塔、法国巴黎埃菲尔铁塔并称为世界三大奇塔。

鸡公山

南吕·四块玉[一]·金沙滩

己丑孟秋作

雁门关，金沙滩，霓裳红颜汴梁宫乱[二]。白沟不见征马还[三]。未曾上擂台，何解仲询[四]谗？怎禁五台山[五]！

注：[一]四块玉，曲牌名。入『南吕宫』。小令兼用。古今经典词有：关汉卿的《南亩耕》、马致远的《西施女》等。[二]指北宋时期潘仁美陷害杨家将之历史故事。汴梁即今南京市。[三]即当年宋兵大败，血染白沟之战事。[四]仲询：潘仁美。潘仁美，字仲询。[五]指杨家将被宋太宗软禁五台山一事。

点绛唇·北岳悬空寺[一]

辛卯春作

壮观北岳，燕雀不飞寺空悬。虚幻奇空，禅音绕山间。危崖何惧！僧卧石外栏。子嘘乎！一缕离愁，红烛风中燃。

注：[一]悬空寺：国家四A级旅游风景区，中国旅游行业十大影响力品牌。位于山西省大同市浑源县城南三点五公里恒山金龙峡的半崖峭壁间。始凿于北魏后期，距今已经有一千五百余年。被誉为『世界一绝』，为北岳恒山著名风景点之一，一九八二年被评为全国重点文物保护单位。悬空寺在海内外享有很高的知名度，是一处不可不观的风景区。悬空寺整个建筑面对北岳恒山，背倚翠屏山，下临深谷，楼阁悬空，结构奇险。若断崖飞

悬空寺

虹，如壁间嵌雕，非常壮观。它是我国古建筑艺术中罕见的经典杰作，是东方文化三教合一、民族融合、共同创造中华文化的精神特征，是我国现存最早的高空摩崖木结构建筑。

悬空寺

辛卯春作于汾河源头

悠悠华夏五千年，悬空寺里皆有源。
佛道儒合寺庙院，三教相安数百年。
琼楼依天飞阁险，神奇出来使人叹。
恒山北岳十八景，唯有此处最壮观。

柳梢青·离江州

赴黔于船中作

小河水潇，半山风烈，暮时离别？春风如剪，寒路霜风劫，囊中苦涩。望江月清冽，船行缓，魂断一觉。今宵不返，伤心归处，难过三月。

阆中风光

五台山

辛卯初春游山西记

东台望海西挂月，南台锦绣北斗叶。
中台翠岩天地中，台上台下五峰迭。
汉藏皈依名山首，佛地寺寺听禅诀。
龙泉牌楼百八梯，朝圣须登黛螺阶。

水龙吟·壶口观瀑记〔一〕

辛卯初夏与尚平、郝婕等壶口游后作

穿太行过吕梁，守望龙冈万里长。沟壑横梁，尘卷沙扬，大漠洪荒。力劈千仞，水穿万壕，安塞鼓昂。雾嶂拍云高，崩雪排啸。极目望，壶口滂！玉带竟自风流，千年涌，万年淌。腴溢中原，福泽社邦，耕农扶桑。河西河东，两岸共襄，中华脊梁。一曲信天游，大爱无疆！引华夏，向东方！

注：〔一〕壶口瀑布：中国的第二大瀑布，黄河上的著名瀑布。瀑布东为山西临汾市吉县壶口镇，西为陕西延安市宜川县壶口乡。黄河至此两岸石壁峭立，河床狭如壶口，故名壶口瀑布。瀑布落差九米，蕴藏丰富的水力资源。景观有『千米龙槽』『水里冒烟』『长虹卧波』『旱地行船』等。壶口景色四时各异，蔚为壮观。以

泸沽湖畔

壶口瀑布风景区，集黄河峡谷、黄土高原、古塬村寨为一体，展现了黄河流域壮美的自然景观和丰富多彩的历史文化积淀。一九八八年被确定为国家重点风景名胜区，一九九一年被评为『中国旅游胜地四十佳』，二〇〇二年晋升为国家级公园。

忆秦娥·绵上〔一〕

辛卯春日过绵山感作

太岳北〔二〕，塞外奇观绵上雪。绵上雪，若冬若春，即日即月。

历代帝王敬子推〔三〕，从来民祭寒食节。寒食节，『顺天应人』，『遵道行德』〔四〕。

注：〔一〕忆秦娥：词牌名，也称『秦楼月』。相传李白首制此词。因词中有『秦娥梦断秦楼月』句，词牌故名『忆秦娥』。词中的『秦娥』指古代秦国的女子弄玉。绵上：今山西省介休市东南处的绵山。绵山古时亦称绵上，为纪念春秋晋国介子推携母隐居被焚又称介山。绵山是我国著名的历史文化名山，亦是我国独具特色的悬崖风景区。〔二〕太岳北：绵山是太岳山（霍山）向北蜿蜒的支脉，故有『太岳北』一说。〔三〕介子推：晋国贤臣，又名介之推，后人尊称为介子。介子推曾经追随重耳数年实现复国后公不言禄，携母绵山隐居。后因晋文公求贤不得，放火焚山抱柳而死。〔四〕介子推在绵山隐居时奉行『顺天应人』『遵道行德』的大道思想。

九寨风光

介子

襄子〔一〕粗细连，黄河高低行。

绵山千尺雪，介子一生情。

注：〔一〕襄子：襄布。即在山西晋城、介休、长治以及襄垣、沁源、平顺等县民间原生态手工纺织的老粗布。

重游云冈石窟有感

辛卯秋作于大同建国酒店

武周平城山不显，一坡洞窟万千态。

安塞鼓出信天游，飞天琵琶胜天籁。

五窟坛耀四壁空，可怜弟子羞无颜。

苍天无语望太行，一纸诉讼告百年。

太岳武当〔一〕

己卯年中作于十堰市

仙山琼楼无双逢，一柱擎天酒旗风〔二〕。

腾龙洞

回首中原八百里，万千豪气贯长虹。

注：〔一〕武当：又名太和山、谢罗山、参上山、仙室山，古有『太岳』『玄岳』『大岳』之美称。其著名景点有太和宫、玄武门、隐仙岩等。位于湖北省西北部十堰丹江口境内，属大巴山东段。西界堵河，东界南河，北界汉江，南界军店河、马南河，背倚苍茫千里的神农架原始森林，面临碧波万顷的丹江口水库。全国八大避暑胜地之一，号称『方圆八百里』，被誉为『亘古无双境地，天下第一仙山』。武当山是联合国公布的世界文化遗产地之一，是中国国家重点风景名胜区，是我国道教名山和武当拳的发源地。二〇〇九年，武当山入选中国道教第一山。〔二〕一柱擎天酒旗风：武当山主峰『天柱峰』，海拔一千六百多米，被誉为『一柱擎天』，四周群峰均于主峰倾斜，形成『万山来朝』的天下奇观，故有此诗句。

苏幕遮·古城凤凰〔一〕

丁亥春夏时节游凤凰城而作

沱江岸，凤凰山，青石悠悠，蹬下水潺潺。边城春秋数百年，洪洞风情，竹楼吊河沿。

似意境！如画面！盐路驿站，从文说当年。午倚阑干数桃花，落红一片，情洒西湘岩。

注：〔一〕湖南凤凰城是凤凰县的县城。凤凰城紧邻沱江而建，吊脚木楼布满山坡。凤凰城于二〇〇一年获

巫山红叶

国务院特批，成为国家历史文化名城之一。曾被新西兰著名作家路易艾黎称赞为『中国最美丽的小城』。据传，天方国（古阿拉伯）神鸟『菲尼克斯』满五百岁后，集香木自焚。复从死灰中复生，鲜美异常，不再死。此鸟即中国百鸟之王凤凰也。凤凰西南有一山酷似展翅而飞的凤凰，凤凰城故以此而得名。凤凰城始建于清康熙四十三年（1704），历经三百年风雨沧桑，古貌犹存。

边城夜泊

丁亥年洪洞返作

青石板上白云多，小桥流水情满坡。
月倚竹楼香帕飞，一泓秋水抛过河。

凤凰情别

丁亥年与秀生等友游洪洞作

一弦秋月沉落？风掀苗寨，雨打沱河。对影深处，潇湘红尘与泥和。 山重水复蓬舟泊，隔江花岸柳色多！碧溪渡口，相思过客，伤情日落〔一〕。

注：〔一〕感伤沈从文《边城》中翠翠旧时婚姻酿成的悲剧故事。

石堤风光

武当山

七十二峰连玉宫，三十六岩盼君临。
二十四涧水空啸，十二玉楼锁清明。
十八盘上蹬道忙，九泉九景九台胜。
四大名山同聚首，五方仙岳一朝廷。

破阵子·屈原〔一〕

辛卯端午时节感作

桃花韵发秭归，青山绿出荆乔。山峦叠翠碧峰峭，流水如黛清可舀。香溪〔二〕《九歌》〔三〕寥。
才堪当佐明主，无计不事昏朝。屈子行吟气如盘，风流古今端午吊。汨罗自『离骚』〔四〕。

注：〔一〕屈原（前340—前287），名屈平，又自名为正则，字原，号灵均，汉族，战国后期楚国丹阳（今湖北省秭归县）人，为楚国左徒、三闾大夫。我国早期最伟大的浪漫主义诗人之一，世界四大文化名人之一。其代表作有《离骚》《九歌》《天问》等。因遭奸佞谗言，两次被贬流放，感因报国无门，悲愤交加，投汨罗江自尽以谢故土。『端午节』即为今人凭吊屈原的节日。〔二〕香溪：秭归香溪，为屈原故里。〔三〕《九歌》：屈

武当山风光

原代表作之一。〔四〕离骚：屈原代表作之一。

屈子行吟歌

戊子年作于江州

平江水出秭归说，两岸青峰醉河伯〔一〕。

玉笥山〔二〕下左徒〔三〕悲，从此诗歌满汨罗。

注：〔一〕河伯：河伯潭，汨罗江屈原投江之地。〔二〕玉笥山：位于汨罗江畔，诗人屈原流放地。〔三〕左徒：屈原。屈原位尊楚国左徒、三闾大夫。

点绛唇·香溪与昭君〔一〕

甲子年作

一扇香沉〔二〕，穿陵出峡向楚荆。黛香流碧，清浊自分明〔三〕！ 宫冷月寒！天子始梦惊〔四〕。归来兮！塞外狼烟断，百年干戈停。

注：〔一〕昭君：姓王，名嫱，封明君、明妃，湖北兴山县香溪宝坪村人。汉元帝时入宫，因不谙贿赂于画师，数年寒宫冷月。至竟宁元年（前33）匈奴呼韩邪单于贡朝求亲，为改变一生命运，昭君主动求行出塞。决心

好望角风光

以汉匈联姻形式实现平生抱负，对后来结束汉匈之间的长期战争起到了十分重要的作用。〔二〕一扇香沉：香溪河自源头河源出兴山、过秭归，于香溪镇后经西陵峡北汇入长江，全长百余里，整个流域呈扇形。『一扇香沉』即写此境。〔三〕清浊自分明：描写香溪河水与长江汇合处之情景。博喻昭君清心善良，胸怀大志。〔四〕词句着重描写王昭君主动出行后，元帝惊见昭君容貌出众，为时已晚无法挽回一事。

蝶恋花·安阳行〔一〕

己丑年八月作于宋庄

豫北安阳古帝都〔二〕，洹水横流，彰德写春秋。小屯甲骨天下惊〔三〕，后母戊鼎妇好求。文王拘此演周易，五经拜首。苏秦六国侯。洪宪学步子牙钓，冢破草荒千年囚。

注：〔一〕系作者己丑年仲夏应中原书界朋友相邀前往，随友游览殷墟和袁林等地，返京后心潮难平，回首安阳乃中华千年第一帝都、华夏文字发源地，文化悠久，须吾辈好生记忆。故《安阳行》一词一改文风，由安阳主要历史典故组成。〔二〕安阳：简称殷、邺，七朝古都，位于河南省的最北部，地处晋、冀、豫三省交汇处，西依太行山脉与山西接壤，北隔漳河与河北省邯郸市相望，东与濮阳市毗邻，南与鹤壁、新乡连接。西倚太行山，东连华北平原。有三千多年的悠久历史、五百年建都史，是早期华夏文明的中心之一，为中国八大

漓江风光

古都之一、中国历史文化名城、中国优秀旅游城市、国家级园林城市，是甲骨文的故乡，是《周易》的发源地、中国文字博物馆、红旗渠、曹操高陵所在地。安阳殷墟是世界公认的现今中国所能确定的最早都城遗址，有『洹水帝都』『殷商故都』『文字之都』之美誉。〔三〕殷墟为国家五A级旅游景区。位于河南省安阳市殷都区小屯村，横跨洹河两岸，是中国商代后期都城遗址，是中国历史上被证实的第一个都城，商代从盘庚到帝辛在此建都达二百七十三年。一直是中国商代后期的政治、经济、文化、军事中心。殷墟是中国历史上第一个文献可考、并为考古学和甲骨文所证实的都城遗址。殷墟的发现和发掘被评为二十世纪中国『一百项重大考古发现』之首。一九六一年，殷墟成为我国全国重点文物保护单位，二〇〇六年被列入《世界遗产名录》。

长相思·香溪游后感

乙酉年作于荆州

西河流，白河流，流到响滩秭归头。巴山点点愁。

思悠悠，恨悠悠，待到汉匈千年休〔一〕。黛香自漂流〔二〕。

注：〔一〕指王昭君出塞，汉匈联姻，化解了汉匈之间长期战事一说。〔二〕是说昭君在香溪河洗手帕之事。

安阳挥毫

桂枝香·京都偶作〔一〕

己丑秋日作于京都西城

京都乍遇，梦醒半生缘，独怜西苑。翩翩俊美少年，似曾相见！回眸一曲胜天籁，山河舞，天地惊叹！霓裳添香，裙钗斗艳，再现经典。我欲相邀来生路，与君同出山，唱和人间。待到墨洒东方，清风素颜。风高月暗烛火添，山水相吻怨秋短。收拾戎装，写意年华，高歌登台。

注：〔一〕为淮南女歌唱家高俊美填词之作。

虞美人·中秋〔一〕

壬辰中秋作于江州鸿恩寺书画院

百年风流今日归？莫负广寒醉。明月不知中秋回，婵娟不妒琼宫瑶池桂。秋凉又见江南柳，月下鸿恩会。倘若吴刚枝折毁，人间从此望月天地悲。

注：〔一〕时逢中秋，一众方家，应李玲邀，相聚鸿恩，品茶笔会。暮遇风雨，不期月圆，顿生伤感，遂吟『虞美人·中秋』以释怀。

东川红土地

望月

甲子年作于嘉陵江畔

年年中秋望月团，年年明月依旧圆。
惜春恋春景庄岸，盼秋悲秋子渊前〔一〕。
今年中秋趁月开，欲邀明月来人间。
多少世事凉与热？多少朝代兴与衰？
多少沙场枭雄祭？多少杜康醉婵娟？
千年风雨千年秋，风流人数在潮前。

注：〔一〕「景庄」即北宋著名词作家柳永。柳永字「景庄」。「子渊」即「宋玉」，为屈原之后著名辞赋家。「宋玉」又名「子渊」。

满江红·岳飞〔一〕

丁卯年孟秋作于江州石斋书屋

精忠报国，岳鹏举，武穆鄂王。满江红，一生写照，千古流芳。挥戈逐鹿战匈奴，跃马直逼贺兰岗。好儿男，慷慨悲歌恸，抗列强。家国恨，奸臣跪，民族耻，尽雪昭。星河舞，斗牛转，天地长。世上书圣晋二王，天下英雄岳家将。叹古

安居古城

今，谁能辨忠奸，善与良！

注：〔一〕岳飞，字鹏举，汉族。北宋相州汤阴县永和乡孝悌里（今河南省安阳市汤阴县菜园镇程岗村）人。他是中国历史上著名的战略家、军事家、民族英雄、抗金名将。岳飞在军事方面的才能则被誉为宋、辽、金、西夏时期最为杰出的军事统帅，同时又是两宋以来最年轻的建节封侯者。冠南宋中兴四将（岳飞、韩世忠、张俊、刘光世）之首。其代表作《满江红》千古流传。其以书法、诗词见长，同时也是世界历史上作战胜率最高的将领之一，在中华军事史上有极高的地位。岳飞一生精忠报国的精神深受中华儿女敬佩。绍兴十一年（1142），秦桧以『莫须有』的罪名将岳飞毒死于临安风波亭。绍兴三十一年（1161），宋孝宗时诏复官，谥武穆，宁宗时追封为鄂王，改谥忠武。有《岳武穆集》传世。

忆秦娥·黄水别离

己卯年秋作于黄水公园

蓬舟落，旷野无边寒月薄。寒月薄，岸泊不闻，道上无辙。

荷塘蛙呱浅水郭，村舍炊烟暮色过。暮色过，又拭珠泪，又扯衣角。

雪山脚下

竹　韵

寒烟松柏知冬临，疏雪梅花早探春。
一生傲骨有气节，清风过后侍君行。
松竹梅兰家子珍，世间何人不怀君。
兰馨梅傲松长青，唯有竹节使人敬。

将进酒〔一〕

我欲说黄河之水天上来，奔流到海不复回。我欲说千年风流悠悠别，空留文章不留颜。秦汉风骨魏晋韵，明清以后今人现。古今树老难为用，而今识君亦枉然〔二〕。佳肴美酒千金散，不如一笑故乡还。听娘叫〔三〕，师教严。农桑锄，钗裙欢。乐圣醉新欢，可有故人在帘前？昭君一走千秋赞，杜康一杯万古传。名利淘尽江水浊，各抛华年尘嚣上〔四〕。相邀南山尽饮茶，结庐江州绝留香〔五〕。桃红柳绿长亭外，文章全在酒里酿〔六〕。金樽千杯不说贪，今日移封向酒泉〔七〕。巴乡谷，红熙庄〔八〕，后堡人比黄花瘦，四襟八怀戏成联〔九〕。

竹林风光

弟醉酒歌》中诗句。

醉花阴·改韵和清照词

壬辰重阳作于滔石斋

暮色无端入深巷，秋风夜月荒。岁岁又重阳，九九归一，赏菊黄泥滂〔一〕。
千金散尽人黄昏，奈何花正伤！回首人生路，当酌且酌，何必多惆怅！

注：〔一〕黄泥滂：江州一地名。

阮郎归·无题

甲寅孟春作于江城

春花秋月何时还？离愁与谁言？痛别三日当三秋，阴雨更沉烟。 昨日弦，几

常家庄园

时弹？琵琶半遮面。雁阵望断巴山阻，巴郎归何年？

关河令〔一〕·大都

己丑秋作于京万寿庄

窗外秋风寒潮，大都华灯高。屏风照壁，高台人趣讨。碎了绿蟹红虾，悔当下，建安几人家。梦回晋唐，一壶诉衷肠〔二〕。

注：〔一〕词牌名，古时乐府为《清商曲辞》，又名《关河令》《伤情怨》。至今共有三种体裁形式。《关河令》双调四十三字，前后段各四句，三仄韵。〔二〕建安：泛指汉末孔融、王桀、陈琳、徐干、刘桢、应炀、阮踽及曹氏父子等所写诗歌，慷慨悲壮，风骨遒劲，后人称为建安风骨建安体。时客居西京，应邀出席京西一大型宴会，席间有高官临席，众人皆相拥台上。心有不悦，自清不与，兀自落座酣饮自吟。

鹅岭公园

戊午秋日岳父同游而作

凭江十里鹅岭秋，江州四时花信留。
冷落沙碑终有期，何缘魔妖盘岭楼。

殷墟

戊午天公降四魔，鹅山断水二江喉。
百花不开为我开，清风带雨临江头。

天净沙·涂山古道拾遗〔一〕

东篱半山青莲，兰谷松雪遗山。少伯浩然阆仙。子美飞卿，醉翁梦得稼轩。东坡白石濂溪，草窗莲峰碧山，郎中长吉子建，伯高退之，文房尚书致远。

注：〔一〕此《天净沙·涂山古道拾遗》系作者用中国历代名家字号组成。他们分别是：马致远（号东篱）、王安石（号半山）、李白（号青莲居士）、白朴（号兰谷）、赵孟頫（字子昂、号松雪道人）、元好问（号遗山）、王昌龄（字少伯）、孟浩然（字浩然）、贾岛（字阆仙）、杜甫（字子美）、温庭筠（字飞卿）、欧阳修（号醉翁）、刘禹锡（字梦得）、辛弃疾（号稼轩居士）。苏轼（号东坡居士）、姜夔（号白石道人）、周敦颐（号濂溪）、周密（号草窗）、李煜（字重光、号莲峰居士）、吴文英（号碧山）、张先（官郎中）、李贺（字长吉）、曹植（字子建）、张旭（字伯高）、韩愈（字退之）等。

大明山风光

女冠子〔一〕·梦

丙辰仲夏作于缙云山麓

昨雨夜渐，席上生生如见。语悄悄，眉间柳叶舒，羞出桃花面。 云卷苍狗戏，风催花轿颠。觉来分明梦，不忍断。

注：〔一〕女冠子：女冠即女道士，故以为名。此调最初仅为咏叹女道士所用。词牌名，唐教坊曲名。有小令和长调两种体裁格式。小调始于温庭筠，长调始于柳永。小令为四十一字，长调为一百零七字。平韵、仄韵互换。

西京初会

己丑初记辛卯后作

初会王兄在西京，儒雅淡定一真君。
俄尔舟车载人离，空留相思不留人。
再见保玉三晋外，长亭对坐叙别情。
花甲童子痴人语，从此携手天涯行。

巴肯日落

醉花阴・君王欺

戊午槐夏作于书斋

宫闱深秋恨瞒久，飞燕〔一〕不可留。枕上逢春，落眉充宦侯，子楚疏母后〔二〕。

东床山阴奢女淫〔三〕，洛阳小吏走〔四〕。莫道君王欺！风花雪月，云雨上帘楼！

注：〔一〕飞燕：赵飞燕。汉成帝刘骜的第二任皇后，原名宜主，吴县（今江苏苏州）人，汉族，因其舞姿轻盈如燕飞风舞，时人称『飞燕』，与妹妹赵合德同封昭仪，受成帝专宠近十年之久，贵倾后宫。是历史上有名的淫乱宫闱的淫荡女子。〔二〕子楚：秦始皇。秦始皇因其母赵姬原本是吕不韦之妾，两人关系暧昧，自己身世不详，曾长期冷落母亲。此不详叙。吕不韦为让赵姬得到满足，曾让一性欲强烈的男子（嫪毐）拔去须眉，冒充宦官入宫侍寝赵氏。曾得二子，皆匿之民间。后被杀。〔三〕山阴：南北朝刘宋时期的山阴公主。山阴在旧时封建王朝的桎梏下，大胆追求性解放和性自由，曾对前废帝刘子业说：『妾与陛下，虽男女有殊，俱托体先帝。陛下六宫万数，而妾唯驸马一人，事不均平，一何至此！』匪夷所思，子业遂竟应允，任其于宫中挑选三十名年轻英俊美貌男子，养在后宫，供泄性欲，淫乱已极。〔四〕洛阳小吏走：西晋惠帝时期贾皇后为满足其性欲，与一洛阳漂亮小吏私通之事。

东溪古桥

中吕·山坡羊·斋室偶感

甲戌仲秋作

青山览胜，碧水澄怀，巴不得都锦衣黄袍授带？ 书斋里，巴山外，长说短说管哪家富态！斗室寒舍活自在！穷，几十载；富，几十载。

水调歌头·荣宝斋[一]随想

庚寅年秋记于京西

（一）

京华荣宝斋，匾横数百年。弘扬东方文化，国粹代代传。白石树人悲鸿，大千香凝可染，沫若抱石言。朴初才泼墨，启功又添彩。 曾辉煌！好风流！多誉赞！艺冠群芳，各领风骚为红颜！诗书印画，写意人生。松竹梅兰，戏里说华年。国人心中碑，世界共神坛。

（二）

京华荣宝斋，沧桑岁月间。千年传统文化，如今已鲜见。雕梁画栋尚存，临窗佳丽依然，面壁徒空叹！我欲随风去，又恐世态炎。 翰墨褪，油彩淡，印石残。今宵梦圆，江东才子孤独眠。林海长白，逐鹿秦川，扬子浪高，西路望楼兰。

山城夜景

一声叹息中，推窗看人寰！

注：〔一〕荣宝斋是驰名中外的老字号，已有三百余年的历史。坐落在北京市和平门外琉璃厂西街，是一座古色古香、雕梁画栋的高大仿古建筑。荣宝斋前身是松竹斋，始建于清朝康熙十一年（1672），鸦片战争后，改为荣宝斋，取『以文会友，荣名为宝』之意，大书法家陆润庠曾题写『荣宝斋』匾额。新中国成立后『荣宝斋新记』诞生。曾经得到国家领导人和社会各界的亲切关怀。二〇〇六年，荣宝斋的木版水印，进入第一批国家级非物质文化遗产。荣宝斋新匾为郭沫若所书。

沉醉东风·樵琴

戊子秋偶作于南岸海棠晓月

樵伐琴〔一〕，心满意足。琴刺樵〔二〕，眉展情舒。一个忘了针绣，一个丢了画书〔三〕。古道边偶然相遇，是两个无拘束的匠人闺家奴，看两个笑哝哝的谈今论古。

注：〔一〕樵夫伐薪，偶得一制琴之上乘木，大悦，心满意足。此处『琴之木』隐喻名『琴』之女。〔二〕『琴刺樵』写『琴』刺绣樵之肖像，见到『樵』后『眉展情舒』。〔三〕是说『琴』从事绣房刺绣，『樵』为翰墨方家。

四面山风光

词牌乐·无题

清江引出清平乐，凭栏人处桂枝香。
蟾宫曲闹汉宫春，满江红照满庭芳。
小桃红泪卷珠帘，临江仙人思帝乡。
浣花溪头少年游，江城子外山坡羊。

一剪梅·乡愁

乙未仲秋游鼓浪屿偶得

一缕乡愁愁几多，海上浪翻，山中瀑落。小街风情酒肆错，长滩岸涂，秋雨高坡。遥看乡梓琴瑟拨。离情不寄，伤情难却。时事无端作弄我。今日暑蒸，明日霜落。

中吕·山坡羊·天问

壬辰夏夜写于横山

少好彩虹，老悲夕阳，痴情儿爬楼梦柯黄粱[一]。成也罢，败也罢，浮云随风穿弄堂。功名利禄谁不想。有，也正常；无，也正常。

万峰林风光

注：〔一〕痴情儿爬楼梦柯黄粱：借用辛弃疾词《丑奴儿·书博山道中壁》词句。黄粱：黄粱美梦，南柯一梦。

改韵和李白诗《把酒问天》

辛卯夏日作于新牌坊

玉宫有月日日高，我问广寒似寂寥？
风高月黑天不尽，皋陶蟾宫可知晓？
晓风柳岸不解愁，空留杯影惹人恼！
日月轮番巡人间，催得花发九天郊。
古人不见今时月，今人应知古人韬。
古人今人不同时，明月依旧天地高。
古今多少明月歌，除却月宫谁成调。
我今举杯思不发，就看明月何时到？

塞班岛海景

西游漫记四首

丙寅春秋时节西出后作

（一）

西出阳关望敦煌，大漠黄沙天际扬。
不知张骞几时归，如今白杨与天长。

（二）

玉门关外回首望，楼兰又见夕阳斜。
莫问历史惊人同，月牙泉边数流沙。

（三）

天高望断南飞雁，夕阳黄沙夜不眠。
游人不知丝路远，宝藏散落玉门关。

（四）

边塞几度梦断魂，莫高窟外飞黄沙。
尊佛礼佛何拘礼，有为无为说真假。

秦始皇陵兵马俑

安公子・潘家园〔一〕

戊子年冬日作于京都

华夏千年史，清后皆说潘家园。琉璃瓦，雕花檐，里外吆喝不断。惊历史，先贤遗风今犹在。悲春秋，真伪两袖间。凭物吊千古，东方当憾世界。四大文明都，唯我中华源流远。玉盘彩陶青花瓷，声声诉哀怨。金石印，残痕尽显血泪斑。噫吁哉！上下五千年。古今多少事，尽在风云瞬间。

注：〔一〕潘家园古玩市场位于北京东三环南路潘家园桥西南，市场形成于一九九二年，主营古旧物品、工艺品、收藏品、装饰品，已成为传播民间文化了解传统文化的大型古玩艺术品市场。

踏莎行・兵马俑〔一〕归来途中

与西安安豫秦等友同游兵马俑后记

秦豫得安？安得豫秦〔二〕！关中女子侠义情。沙哑声起塞北风，红衫舞动汉唐吟。捧日日高，无面面饮〔三〕。兵马俑动三军行。他日有幸来汉城，仰天对饮话嬴政。

注：〔一〕兵马俑：指秦始皇陵兵马俑。秦始皇陵位于陕西省西安市以东三十五公里的临潼区境内。秦始皇是中国历史上第一个多民族的中央集权国家的皇帝。秦始皇陵于公元前二四六年至公元前二〇八年营建，也是中国历史上第一个皇帝陵园。据史载，秦始皇嬴政从十三岁即位时就开始营建陵园。陵园由丞相李斯主持规划设计，

永川·茶山竹海金盆湖一角

大将章邯监工，修筑时间长达三十八年。工程之浩大、气魄之宏伟，开创历代封建统治者奢侈厚葬之先例。秦始皇陵兵马俑被称为『世界八大奇迹之一』，兵马俑为秦始皇陵总体部分的百分之三点五。秦始皇陵兵马俑坑是秦始皇陵的陪葬坑。秦始皇陵兵马俑陪葬坑，是世界最大的地下军事博物馆。〔二〕秦豫得安？安得豫秦：无言以谢西安友人安豫秦的三日陪同接待，填词《踏莎行》以为谢。〔三〕无面面饮：笑说游兵马俑后心情激动，口干舌燥，午餐时一行书画家们均分别索点各类面食，作者特向餐馆服务员索要一碗无面的面，众人不解，经解释方知实乃面汤也！

龙门石窟劫后记游〔一〕

己巳年秋龙门石窟抒怀

洛阳两山近相峙，伊河两岸遥相望。
文化遗产遭浩劫，龙门洞窟颈上光。
禹王池枯珍珠涸，中原酒席不翻汤。
万佛禅定功德在，白园从此有文章。

注：〔一〕『龙门石窟劫后记游』原作于己巳秋观石窟返渝后，辛卯年修改于綦江横山。

龙门石窟

少年游·汉城

戊午年作于西安

长安古道风萧萧，处处闻蝉叫。未央府内，华清池外，始皇昨令到。汉都日日添新绿，何处识前朝！华山枫红，秦川绿摇，似在当年少！

踏莎行·华山

庚寅仲夏作于西安〔一〕

脉依秦岭，身俯黄河，秦晋豫共拥华山。始皇霸气五千仞，华清风汤天下险。有山在上，无山与齐。阅尽汉唐象万千。百年文墨不能咏！唐城依旧神奇间。古道春色，流云飞渡，五关七坪将八台。千尺幢下一线天，苍龙岭上天梯悬。伸手揽月，仰首吻日，佛光御道叹其观。天下雄关一石盘，多少行者自汗颜！

注：〔一〕庚寅仲夏随全国道德楷模宣讲团书画家赴唐城后再登华山。

华山

水龙吟·龙门石窟

乙未年夏作于渝州凤凰城

伊水前，洛阳外，两山对峙『伊阙』关〔一〕。北魏迁都，始凿洞天〔二〕，众佛灵显。经劫无悲，遇难不叹，长佑中原〔三〕。龙门二十品〔四〕，古阳独占。魏碑经，唐楷典〔五〕。炀帝一代风流，东都城，朝阙观。万佛洞佛〔六〕，莲洞浮莲〔七〕，少傅白园〔八〕。『香山夺袍』〔九〕，『遂良书碑』〔十〕，乾隆祖鞭〔十一〕。古都终安邦，泽祉桑田。浮土垒，焚香传！

注：〔一〕龙门石窟位于洛阳城南，正是香山和龙门山两山对峙，伊水从中穿流而过，犹如一座天然的门阙，古称『伊阙』。隋炀帝杨广曾登洛阳北面邙山，望见伊阙后，龙颜大悦，始建隋朝东都城。东都城门正对伊阙。从此，伊阙改称『龙门』。同后『炀帝一代风流，东都城，朝阙观』。〔二〕『北魏迁都，始凿洞天』指孝文帝深感国都偏于北方不利统治，而地处中原的洛阳自然条件优越，于是在493年迁都洛阳，同时开始凿建龙门石窟造像，历时数百年之久。〔三〕据史，龙门石窟曾遭受水淹和天旱等。〔四〕『龙门二十品』是从北魏全部造像雕刻中精选出的二十块造像题记。题记的结体、用笔均系魏碑和唐楷之精华，题记分刻载佛龛的雕凿时间、造像者的姓名、年月及缘由等。是当今研究北魏书法和雕刻艺术的珍贵资料。『龙门二十品』是中国书法史上的里程碑。是我国石窟碑刻书法艺术的精华，为后世所推崇。〔五〕这里指『龙门二十品』中书法艺术以魏碑体和唐楷书体为主开凿。作为碑刻书法艺术，后世评『龙门二十品』是魏碑之精华、唐楷之典范。对当今研究中国书法有着十分重要的借鉴作用。〔六〕万佛洞因造像一万五千尊佛而得名，洞内有碑刻题记：『大唐永隆元年十一

秦始皇陵兵马俑

月三十日成，大监姚神表，内道场运禅师，一万五千尊像一龛』。〔七〕莲花洞因窟顶雕凿有高浮雕的大莲花而得名。此说『莲洞浮莲』当为此。〔八〕『少傅白园』指白居易在龙门建造的白园。少傅指白居易。白居易，字乐天，晚年居洛阳十八年。尊『少傅』，好酒善诗，建香山寺，开八节滩，对龙门山水十分眷恋，死后遗嘱葬于此。〔九〕武则天在洛阳称帝，建武周王朝，准梁王奏，敕名『香山寺』，并重修该寺。时『香山寺』飞阁凌天，蔚为壮观，武则天常钦驾游幸，御寺中石楼坐朝。宋《唐诗纪事》有记述：『武后游龙门，命群臣赋诗，先成者赐以锦袍，左史东方虬诗成，拜赐，坐未安，之问诗后成，文理兼美，左右莫不称善，乃夺锦袍赐之。』『香山赋诗夺锦袍』从此成为诗坛佳话。〔十〕指唐代著名书法家褚遂良在此所书『伊阙佛龛之碑』。该碑文历代公认是初唐楷书艺术的典范。清乾隆十五年（1750），清高宗弘历中岳封禅至洛阳巡游香山寺，感怀赋诗《香山寺二首》后，后建御碑亭，〔十一〕诗里称颂香山寺及伊阙风貌，最后一句流露出对白居易的敬佩之情，『虑输白少傅，已着祖生鞭』展现了一代君主谦逊的品格。『乾隆祖鞭』即此事。

峰林

伊阙史说（双韵）

庚午年夏作于洛阳

炀帝登高望邙山，从此东都向阙开。
文王迁都始凿窟，留下佛祖照壁台。
香山赋诗夺锦袍，乾隆祖鞭显君怀。
遂良伊阙留碑记，少傅白园有章裁。
古阳龙门十九品，留下一品慈香间。
书法历称家国粹，传世瑰宝今日传。
四大石窟各有别，东西南北壁上观。
若道劫难阙当冲，若说禅多龙榜眼。

梦江南·偶作

戊子年秋作

江雾沉，庭前月半怜。思君不见桃李残。
道上雨中笛声凄婉，人在芦苇滩。

云冈石窟

醉垂鞭·涞滩古镇游记①

渠江上下湾，鹭峰山，隔江岸。二佛卧河岳。古镇已千年。盘龙卧虎岩，烟霞石，一勺泉。今日瓮城前，长忆退『白莲』〔二〕。

注：〔一〕涞滩古镇：位于重庆市合川东北渠江西岸鹭峰山上一座古瓮城，始建于宋代，历史文化悠久，至今已逾千年。古镇分上、下两街，上涞滩建在雄视渠江的鹭峰山上，下涞滩建在渠江边，阴阳相连，民风质朴，古迹众多，拥有八大名景。堪称一绝的二佛寺石刻即在该镇，是重庆市级风景名胜区的重要组成部分，为重庆小十景之一、全国首批十大历史文化名镇。〔二〕指当地民间传说古镇人民据瓮城之险，合力击退『白莲教』匪患的故事。

河传·石宝寨

丁亥年炎夏作

殿前。望远。云潺潺。咣角霜天。水缓。浩瀚天河千帆展。风舔。江砥玉印山。

山上山下十二楼。忆春秋。层层诗不朽。三阙关。石堤柳。回首。忠魂在忠州。

翠云廊古柏

减字木兰花·汉城差出有感

天涯孤旅，踌躇街头人不语。拜学杏府，喜见乡音真情露。　清浊似醉，梦里人归始未归。怅然临窗，愁见天上雁一行。

唐多令·重回故乡

半山落英殇。流火辞前晌。六十年、又回故乡。依旧青山溪水长，能几日，又重阳！　冢前乱草荒。凄切哀笛响。今日忧、昨日愁肠。何须悲歌醉杜康，日月短、山水长。

游『翠云廊』观松柏作『天香』词

癸未夏作

『鸳鸯』『姊妹』，『观音』『罗汉』〔一〕，秦关汉月秋空。『仙女』『望乡』，『寿星』『石牛』，唐词宋韵遗风。松柏高洁，苍云生，巴子初衷。一百年巴蜀史，两千年万树风。　皇植道，阿房成宫，剑门蜀山兀空〔二〕。贵妃好荔，占尽古道情重〔三〕。

西湖晚会

阿斗亡国蜀痛。路南枯〔四〕，知州好播种〔五〕。西蜀春秋，尽在廊中。

注：〔一〕『鸳鸯』『姊妹』『观音』『罗汉』：与后『仙女』『望乡』『寿星』『石牛』同，均为翠云廊里的参天古柏树。〔二〕秦始皇统一中国后，下令修筑驰道，凡道两旁皆种松柏，以显天子威仪，『道宽五十步，三丈而树』。盖因修阿房宫时曾在蜀中大量伐木，造成巴蜀山空。《阿房宫赋》中『蜀山兀，阿房出』的描写即说此事。以致蜀中怨声载道，为平民愤，倡导驿道植树。后称树为『皇柏』，道名为『皇柏大道』。据考证，翠云廊沿线胸径两米以上、树龄两千多年的古柏，为秦朝所植。〔三〕传贵妃喜川南荔枝，玄宗命人快马加鞭，连夜运送。为保荔鲜，令沿途种植柏树，故翠云廊又称『爱情大道』。〔四〕借后主刘禅降魏后解洛阳路过此地，大雨倾盆，在树下躲雨。到洛阳后，阿斗不思亡国之耻，乐不思蜀，百姓闻后迁怨于树，火烧刀削，天长日久，南侧树干全枯。故称为『阿斗柏』，亦称『歪脖子树』。〔五〕指剑阁知州李璧任中，对南至阆中、西至梓潼、北至昭化的官道补树整治之事。因而同治《剑州志》所载清人乔钵《翠云廊》诗序云：『明正德时知州李璧，以石砌路……』翠云廊始成今日规模。

翠云廊怀古

古道剑门翠云风，占尽风情阿房空。

三百长路十万树。又见岁月又见松。

雪山景色

霜天晓角·翠云廊

锦屏别都，剑门三国路。当年高祖遗孤，忠义情，谁眷顾。

国破解洛阳，天高阻行路。阿斗悲向谁诉！松柏恨，蜀山枯。

廊中吟

苍龙锁关山，劲松啸天风。

古道谁人忆，百里长廊中。

『西岭雪山』〔一〕拾遗

翠柳鸣鹂黄，青天飞鹭白〔二〕。

阴阳各春秋，红白山分半〔三〕。

注：〔一〕『西岭雪山』：据清《大邑县志》载，雪山原名为『大雪塘』，因杜甫诗而得名『西岭雪山』。位于四川省成都市西郊大邑县境内，面积三百七十五平方公里，属世界自然遗产、我国大熊猫栖息地、国家四

秦皇岛外

A级旅游景区、国家重点风景名胜区。景区终年积雪，海拔五千三百六十四米，为成都第一峰。景区内旅游资源丰富，优势独特。有云海、日出、森林佛光、日照金山、阴阳界等变幻莫测的高山气象景观。拥有国内规模最大、设施最好的大型高山滑雪场、大型雪上游乐场和大型滑草场、高山草原运动游乐场。是国内理想的高山冬雪景区。

〔二〕借杜甫『西岭』诗句为己用。〔三〕阴阳各春秋，红白山分半：阴阳即阴阳界，红白即雪山红叶景观。

登西岭白沙岗观『阴阳界』得句

春闻红枫子规啼，秋拾飞雪万山趣。
阴阳界上天不同，山北云霞山南雨。

千秋岁·武陵春早〔一〕

风栖梧桐，武陵春来早。平湖乐见渔家傲。风催小桃红，卷珠帘破晓。一剪梅，青玉案头寄生草。几管碧玉箫，昼夜乐天朝。霜叶飞，醉花阴，渡江云散时，玉京秋凉到。过西河，秦楼月下步步高。

西岭雪山

注：〔一〕曲中均为词牌名。

『杜甫亭』远眺有感

西岭春秋霁雪乱，万千游兴独青睐。
谁筑高台千百仞〔一〕，遥看子美醉亭台〔二〕。

注：〔一〕指西岭雪山景点『观云台』。〔二〕指景点『杜甫亭』。

西岭红石尖观云海有感

日照金山雪霁开，乱云飞渡过高台。
锦官城里春尚好，千柱霞光映江天。

壶口瀑布

颐和园〔一〕·瀛台感怀

庚寅年秋记于西京

瀛台从来百姓修，太子赏春芳不留〔二〕。
维新变法百日囚，玉澜堂前任人游。

注：〔一〕颐和园：清朝帝王行宫和花园。前身为清漪园，是我国现存规模最大、保存最完整的皇家园林，也是中国四大名园（其他为承德避暑山庄、苏州拙政园、苏州留园）之一。位于北京市海淀区，以昆明湖、万寿山为基址，以杭州西湖风景为蓝本，汲取江南园林意境建成的天然山水园，也是保存最完整的一座皇家行宫御苑，被誉为『皇家园林博物馆』。颐和园著名景区为三山五园（万寿山、香山和玉泉山，清漪园、静明园、畅春园和圆明园）中最后兴建的一座园林，始建于一七五〇年，一七六四年建成。光绪十二年（1886）开始重建修复此园，改名为『颐和园』，一九六一年三月四日，颐和园被公布为第一批全国重点文物保护单位，于一九八七年被批准为世界文化遗产。一九九八年颐和园以其丰厚的历史文化积淀、优美的自然环境景观、卓越的保护管理被联合国教科文组织列入《世界遗产名录》，誉为世界几大文明之一的有力象征。二〇〇七年五月八日，颐和园经国家旅游局正式批准为国家五A级旅游景区。二〇〇九年，颐和园入选中国世界纪录协会中国现存最大的皇家园林。颐和园拥有多项世界之最、中国之最。〔二〕一八九八年，光绪推行维新以图变法，历史上称『戊戌变法』。『戊戌变法』持续一百零三天后宣告失败，故称『百日维新』。变法失败后光绪被软禁在南海的瀛台。

万寿山风光

游清漪园

清漪园外薄云天，颐和皇家数百年。
为何风光今不再？只缘大火照无眠[一]。

注：〔一〕指八国联军火烧圆明园一事。当时的颐和园同样遭到大火的烧毁破坏。

万寿山

万寿山上空云霞，昆明湖边横舟跨。
旧时佛香阁前燕，如今巢落百姓家。

西　堤

渺渺烟波楼外绕，十七孔下舟自摇。
莫道昆明湖水浅，西堤更比苏堤桥[一]。

注：〔一〕苏堤：杭州西湖苏堤。

塞外风光

游承德『热河行宫』作『沁园春』以寄怀〔一〕

陪都行宫，皇家庭院，热河百年。忆胡马阴山，挥武中原。桥山行爵，玉馆京辕。河岳筑典，园林国泰，欲将青山收君怀。俯仰间，康熙御赐匾，乾隆钦夺裁〔二〕。

江山如此恢宏，围猎木兰骑射西岸前！昭皇銮千帷，宫侍万旃，武烈莲荷，八庙奉禅。祺祥宫乱，京闱更颜，看太后听政垂帘〔三〕。君不见，长城两万里，换了人间。

注：〔一〕承德避暑山庄，又名『承德离宫』或『热河行宫』，为帝王宫苑，清朝夏宫。是皇帝避暑和处理政务的场所。位于河北省承德市区北部武烈河西岸一带的狭长谷地上。始建于一七〇三年，历经康、雍、乾三朝八十九年建成。拥有殿、堂、楼、馆、亭、榭、阁、轩、斋、寺等建筑一百余处。山庄东南多水，西北多山，是中国全自然地貌的缩影。彰显出『欲将青山收君怀』的帝王之意。它是中国三大古建筑群之一，其最大特色是山中有园，园中有山。承德避暑山庄占地面积是颐和园的两倍，有八个北海公园那么大。与北京紫禁城相比，山庄以山村野趣为格调，取自然山水之本色，吸收江南塞北之风光，成为中国现存占地最大的古代帝王宫苑。与全国重点文物保护单位颐和园、拙政园、留园并称为『中国四大名园』。一九九四年十二月，避暑山庄及周围寺庙（热河行宫）被列入世界文化遗产名录。二〇〇七年五月八日，承德避暑山庄及周围寺庙景区经国家旅游局正式批准为国家五A级旅游景区。〔二〕承德避暑山庄内拥有闻名遐迩的七十二处景观。分别为清代两朝皇帝题名，

清江景色

其中康熙钦定有三十六景，乾隆钦定有三十六景。〔三〕指改变中国历史命运的辛酉政变。因政变年号又称『祺祥政变』，亦称『北京政变』。一八六一年咸丰帝驾崩后，慈禧太后联合恭亲王奕䜣发动宫变。从此，慈禧、慈安两太后开始垂帘听政。实际上慈禧完全掌握清政府最高权力达四十七年之久。

点绛唇·宋庄〔一〕记事

庚寅年秋记于通州宋庄

寂寞京郊，通州城外古宋庄。莽原萧疏，风过昏暗黄。山随日尽，人任天秋凉。独思忖！丽人闺怨，何日别蛮荒！

引领时代，艺术人家进宋庄。胆敢独造！裂破古今惘。依天作画，围城辟画廊。竞风流！千夫染指，当下文章长！

访师拜友，戊子与君探宋庄。东方奇葩，花开域外香。山水为诗，风云皆入墙。前沿地，国人趋之，世界心向往！

注：〔一〕宋庄：位于北京市通州区，为国内众多艺术家汇集创作的地方。

承德避暑山庄

蝶恋花·后堡

偶于后堡和苏轼『蝶恋花』原韵

廊郭林幽日骄，江水漫时，两岸路人少。水上水下尽白条，浪翻波涌自逍遥。山上山下山中道，山上人醉，山下路人笑。笑声渐远酣声高，无心却被有心扰。

风轻花开后堡，夜幕袭来，无人言时早。人生难得今日醉，休管明朝酒肉少。园里园外园中园，园里烛红，园外街灯照。忽听阿嫂一声唤，满园客官皆醒了。

越调·冬日说滕翁〔一〕

戊子作于江州

涂山风雨夕阳斜，师拜南岸家。上善百年春秋短，健烁一身世风下！怀我胶东，感我江夏，冬日告翁榻。

注：〔一〕滕翁即滕子瑛，字跃华，号里捷，一九二八年出生于孔子故里曲阜夏津，世家遗风，书香门弟，大学文化，中国书法家协会早期会员，中国书法艺术资深理论家。他自幼喜爱书法，五岁启蒙。曾受教于张宝昆、王兰策、张德裕、李少白等我国近代书法家，学习颜、欧、赵、魏碑诸体。九岁有幸得我国近代书法名家于右任先生指点学习行草书法。国家机关退休公务员，退休前，在中国煤炭系统工作四十一年，先后从事经济工作、建筑设计和煤炭加工综合利用管理工作等。他是作者之良师与挚友、忘年之交。一生曾在国内多处讲授书法理论。

鼓浪屿·日光岩

冬日寿光

壬辰初作春于寿光

一轮明月落窗台，闺中佳人哭塞外。
京都席上瓜果熟，尽从弥河〔一〕两岸来。
夕阳一抹寿光高，帘外冰封横断桥。
春风何日过胶东，二月寒霜快如刀。

注：〔一〕弥河：寿光城内河。

菩萨蛮·寿光赴宴

京都柳柏寿光行，弥河两岸雪封城，麒麟斗拱摇，牵手执子笑。长桌写青春，满堂欢年少。玉女塞外曲，胶东汉子调。

崂山云雾

崂山太清宫〔一〕拾遗

上清宫上官宫，前后院两庭。玉清太清上清皆至清。秋后花下行，白果芍药甜，红草牡丹饮。太清宫下官宫，上下门三寻。三官三清三皇为君临。春早树上鸣，唐榆百年奇，汉柏千年惊。

注：〔一〕太清宫又名下清宫，始建于西汉武帝建元元年（前140）。前临太清湾，背依七峰，为崂山道教祖庭，是崂山最大的道观。全真道天下第二道场。位于崂山南麓老君峰下，三面环山，前濒大海，道都以『玉清、上清、太清』为三清，『太清』乃太上清净之界，也就是『神仙』的天堂。太清宫的全部建筑由『三官殿』『三皇殿』『三清殿』组成，风格清淡简朴。正殿前院的两棵千粗合抱的耐冬（山茶花），一棵开红花，一棵开白花，据说是明永乐年间道士张三丰从海岛上移植于此。三皇殿院子里有两株古柏，为汉代所植。

崂山〔一〕

壬辰冬日作于青岛

崂山冬日我欲登，风高天寒阻路行。
满山盘根偏好石，归来不解东海情。

江州夜色

都说天下泰山高，我看不如东海崂。

雄踞天下不齐天，临渊不危好观潮。

注：〔一〕崂山：古称劳山、牢山、鳌山等，历来有『海上第一仙山』之美誉。位于山东省青岛市东部崂山区内黄海之滨，是山东半岛的主要山脉。崂山的主峰名为『巨峰』，又称『崂顶』，海拔一千多米，是我国海岸线第一高峰。崂山山海相连，雄山险峡，水秀云奇，山光海色，沿海大小岛屿十八个，构成了崂山的海上奇观。古时人称崂山为『神仙之宅，灵异之府』。传说秦始皇、汉武帝都曾来此求仙，崂山是中国著名的道教名山，过去最盛时，有『九宫八观七十二庵』，二〇一一年一月一四日被评为国家五A级景区。

兄弟酒歌〔一〕

作于江州南滨路一半山公园茶肆

酉人秀生包公眼，虎卧竹篾江湖乱。

经年奔走丽河湾，喜瓷好古家不还。

海波买醉为红颜，四襟八怀趣成联。

涂山湘女初长成，春宵一日当万钱。

酒家独嗜好曲圣，骑马横刀梦呼幻。

千里沙漠

桃红李白长亭外，文章酿在瓮里边。
袁永八尺如关公，习武经年戏凶顽。
如今天命有去处，薄酒淡茗较场湾。
巴翁宴酒不落盅，江水为酿直喊干。
梦里起韵水倒流，醉后结庐会八仙。

注：〔一〕『兄弟酒歌』中所指均系本人挚友良朋，分别为藏家汪秀生，字酉人，收藏家，书法家；儒士杨海波，为江州一家文化公司董事长；西南著名作家龚廉淳，一生从事出版事业，现任云南林学院院长助理；武生袁永，重庆水利监测人，现为一所驾驶学校法人。巴翁即作者本人。

念奴娇·梦台湾

甲申初夏偶感作于渝州

华夏南隅，大洋中，夷州琉球台湾。宝岛王城，人皆说，天高云淡水蓝。物华天宝，人杰地灵，梦里多少年。纵染书无数，更泼墨难全。　遥想永历当年，成功过海峡，盛世康乾。阿里山同山水，日月潭里共月圆。炎黄社稷，花莲太鲁阁，台北台南，斗转星移，今生何时梦圆！

永川·茶山竹海金盆湖畔

望江南·野柳〔一〕

辛卯上秋作于台北

危石滩，野柳在人前。大洋尽头浪花咸，王后风中谁人怜，知向何处盼。天湛蓝，极目放海边。晴空不云鸥鸟喧，长滩黄沙湿绵绵，两岸何时还！

注：〔一〕二〇一一年八月荣获『辛亥革命·和谐百年——海峡两岸文化名人名家交流展』金奖，赴台并授『两岸文化和平使者』，喜极，于游览台湾野柳不期海边见一礁石酷似王后，游人喜极拍照，随感而作《望江南》一词。

青门引·涂山翁

辛卯年作于江洲

涂山古道深，晚风夕阳重阳临。一衣带水两江柳，童颜鹤髯，风骨使人敬。寻道悟禅墨子论，谈笑生闲情。天下谁轻名利，唯有巴蜀子瑛。

长相思·情走御河〔一〕

壬辰仲秋作于云冈酒店

山重重，水重重，明月千里照夜空。魏都〔二〕今不逢。思悠悠，恨悠悠，子夜又临御河风。关外一孤鸿。

桌山风景

注：〔一〕御河：山西大同御河。〔二〕魏都：北魏时期大同为魏国都城，故称『魏都』。

行香子·『七夕』

丁丑七夕作于温泉峡口

河汉皎皎，天街迢迢，更鹊桥，暮暮朝朝。何处归路，魂牵梦绕。猜悦两小，见时欢，别时恼。

菩萨蛮·银杏赞

辛卯秋阳作于滔石斋

擎天一枝迎风早，高大挺拔向天啸。不与春争月，却共梅分色。无节风骨傲，落果贵入药。风送遍地金，秋添一生情。

辛卯·春怨

春风何故掀帘楼，夜半曲终还添愁。

江郎山

巴女不知春宵尽，笑与烛红泪同流。

原韵和明钟羽正《望仙楼》

蓬莱西望群山青，紫烟东出上天庭。
僧不言名山自名，道不延寿人长生。
山不在高任鸟飞，水不在深纵龙腾。
太岳又见报春鸟，望仙楼外中天门。

江城子·利川〔一〕行

八百里夷水穿城，辞巴蜀，临潇湘，鄂西垄上，看卧龙吞江。大千世界清凉境，洞外青，洞里黄。一首龙船调出口〔二〕，如天籁，告东方。佛宝胜地，齐岳笛声长。甘溪雪原苏马荡，君不临，一生怅。

注：〔一〕利川：我国优秀避暑城市，位于湖北省西南部，为恩施州辖县级市，东接恩施，西靠巴渝，南

西湖歌舞

邻潇湘，北依三峡，风水尘封，生态良好，气候宜人，资源丰富，为国家四A级风景名胜区，拥有被《中国国家地理》杂志评为『中国最美地方』和『中国最美的六大旅游洞穴』的世界特级溶洞——腾龙洞。〔二〕龙船调，为湖北恩施利川地区土家族流传千年的民歌。原为当地民众逢年过节时划船采莲唱的《种瓜调》，后经整理逐渐形成土家族特有的情歌形式。

幸游『腾龙洞』〔一〕后作三首

（一）

天下洞穴何处观，安知腾龙洞中天。
壶口虽好冻不惊，千年卧龙吞江川。

（二）

清江水过利川城，遗下一段吞江景。
一支龙船鄂西调，横空唱出土家情。

（三）

珠峰雪辞壮士行，腾龙洞中侠客心。

平原风光

欲与天公赌一回，我乘卧龙逛玉京。

注：〔一〕腾龙洞：湖北利川著名溶洞，国家五A级风景名胜区。

齐岳山偶遇

癸巳大暑有感

大暑上齐岳，凉风欲待客。
酒家帘栊掀，惊见山中月。
笑掩两靥红，衫裹一身雪。
风摆杨柳枝，回眸露齿白。
奈何正年少，草场梦不得。

清明二首

辛卯清明作于缙云山泡木沟

（一）

巴山夜雨寒食天，村头贪杯人不还。

腾龙洞

千年风俗清明祭，万古春秋炎黄传。

（二）

风吹梨花又清明，访春时节今出城。

满山草莺哀鸣中，不知何时与故人[一]。

注：[一]吴惟信在《苏堤清明即事》中有诗句『梨花风起正清明，游子寻春半出城。日暮笙歌收拾去，万株杨柳属流莺』。借用时有改动。

黄钟·节节高·长寿湖

辛卯夷则与伟民酒后作于太平镇

坝外雪崩，林间鹿歇。风清月疏，扁舟千叶。惊天寿，湖里得。见岩红，望江州，朝天白。

长寿湖趣联

己巳上秋作于长寿

舟穿寿湖，一棹一串雪，数人数语话。

人登岛屿，一岛一层绿，百屿百寿家。

长寿湖

双调·寿阳春·长寿湖

戊子三春与晴方、锡雄游长寿巴乡谷后作

说心事，撰好词，更哪堪春水秋意。看岛上林间跑鹿蹄，谢天下人赐我『寿』字〔一〕。

注：〔一〕该调以湖水为第一人称，重点描写了长寿湖的『寿』字以及湖水对苍天的感谢之情。

兰陵王·登西山过龙门望滇池

丙申年春作于滇池畔

上西山。千尺蹬道洞天。过龙门、凭栏远眺，万千气象五岳前。两峰拥琴弹。谁知一寺锁关。望滇池，琼宫玉液，五百里水天上还。秦道五尺宽。征师出滇缅，谁为红颜！诸葛拥兵斗夷蛮。趁一时风起，半坡苇滩。草海美人卧南滇。似天上人间。南泽。候鸟园。鹤蛇锁二山，明珠璀璨。斜阳秋色自成湮。忆风花雪月，箫远笛渐。南诏今日，边陲西，彩云南。

坍塌的教堂废墟

南吕·四块玉·怀清台

壬辰端月作于长寿一客栈

秦始皇，筑长城，千秋功过世人难评！不赡赵姬敬巴清〔一〕。欲知君王哀！欲感女儿怀，重筑『怀清台』！

注：〔一〕据司马迁《史记·货殖列传·寡妇清》记载，巴寡妇清，为战国末至秦初巴郡女实业家。巴清出身贫寒，少年受其父启蒙诗书，出嫁后，丈夫病逝，膝下无后，芳龄守寡，侍奉公婆，维持生计，不顾世俗礼教束缚，承夫家业开汞炼丹，逐渐形成全国垄断。后倾囊资助修建长城功不可没。秦始皇之母赵姬与吕不韦的暧昧不清，令始皇无法容忍，遂将赵姬终生囚禁于深宫。而一生『以财自卫、不受侵犯、礼拒万乘、名显天下』的南国民女巴寡妇清因慷慨解囊，资助始皇筑长城，却得到了秦王一生的敬重，秦始皇晚年接其进宫，册封为『贞妇』，官至『公卿王侯』。巴寡清死后，秦始皇下令在其葬地（今重庆市长寿区江南镇龙山寨）筑『怀清台』。在『唯女子与小人难养也』的封建旧时代，巴寡妇清的一生是非常伟大的，可以说巴寡妇清是我国两千年前的著名女企业家，既是长寿人民的骄傲，也是三千多万巴渝儿女的骄傲。

怀清台外怀巴清

壬辰中秋前作

巴清寡出长寿郡，一生笑语不惊人。

赤水丹霞地貌

百年拾得炉丹金，倾囊而出为长城。
世人不知贞女苦，来往山前寻芳瑛。
重筑高台还女怨，千年公卿得安宁。

泛舟长寿湖

癸未作于长寿湖畔

谁家诞辰穷天涯，豪筵铺在蓝天下。
碧波万顷酿琼浆，百屿千岛醉年华。
闻说玉皇欢颜起，悄然礼寿到渔家。
从此百姓有凉热，离了喜寿不成话。

钗头凤·巴乡谷〔一〕

阳春三月长寿赏春偶作

碧云高，绿水低。一湾春色催桃李。东风过，欢情起。一夜相遇，数日愁离。
惜！惜！惜！

红靥颊，白裙纱。一袭俏丽透黑发。巴乡谷，堰鸣蛙。小河空

云阳天坑

淌，舟车已发。罢！罢！罢！

注：〔一〕巴乡谷：重庆市长寿区郊外一处农家乐。作者经常在此与诸家小酌赋词吟唱。此词为仿陆游《钗头凤》词作。

天净沙·名人拾遗〔一〕

白石树人悲鸿，沫若香凝可染，朴初启功苦禅。怀沙抱石，大为莫言大千。

注：〔一〕此曲系作者用近现代十四位名家人名字号组成。他们分别是：齐白石、鲁迅（周树人）、徐悲鸿、郭沫若、何香凝、李可染、赵朴初、启功、李苦禅、傅抱石、文怀沙、刘大为、莫言、张大千。

观日食二首

（一）

日月相恋亿万年，相拥一吻天地间，

世上爱情千千万，何人将爱织金寰！

江山如画

（二）

太阳高高在天上，月亮天天盼情郎。

千年等得见一回，相拥竟然昼无光。

注：收仁兄杨建短信《七律·观日出》，时客居宋庄小堡，虽可看电视转播，但无以亲眼一睹日食之壮观，信手写诗二首。

缙云山冬日寄语

长笛横出北坡寒，凉月秋风侵巴山。

一树霜枝不成梦，醒来春意满人间。

长寿湖诗二首

（一）

月恋碧波回天迟，日照云霞人不还。

百年大寿湖中显，湿地千柱高插天。

异域风光

（二）

天下谁书寿字大，江州府外有人家。
碧水千顷为血肉，红岩万屿是骨架。

关河令·道光二十五

辛卯季夏与大同元平，兰州国正，北京李平、德和、志刚、刘欣等友聚会于京后作

辛店会友一号厨〔一〕，『道光二十五』。南北一聚，中间佳人戏。　生生酒意些许。清时窖，饮饿饮饥！醉醇醉醴，几人得此席？〔二〕

注：〔一〕一号厨：北京亚运村辛店路一号会所。〔二〕席上遇志刚兄专程带来新近发掘出的道光年间窖藏数百年的陈年窖酒『道光二十五』。众人皆痛饮之。

水调歌头·问月

常与方家好友，吟诗赋词，对酒当歌于江州南坪后堡。一日与龚源相会，其谈笑风生，令人开怀。

明月年年有，借酒问李白。不知戊子春到，诗仙何时返！蜀道早为坦途，雾瘴尽已弥散，锦城遍炊烟。朝发白帝城，缘何『行路难』！　世事改，朝代换，皇

抚仙湖暮色

历变。『青莲』居士，安挂云帆济沧海！天有风云突变，地有江河倒悬。诸事皆难圆。欲销万古愁，与尔共把盏。

双调（改）·折桂令·漫步西域

丙寅春秋时节作

驼铃牵我独出塞，月照西域，日暮乡关。草低牛羊，天高鸿雁，荆下鹊鹳。寻踪人宿花岸，探史险在崖畔。阳关放眼，黄沙塞北，碧波江南。

武陵春·偶思

醉在桃红柳绿中，日日有倦容。人生万事谁可留，默默无奢求。

听说涂山有娇女，夜夜梦里游。又恐古道黄葛幽。惊醒了，一生秋。

山里汉子

菩萨蛮·竹韵

庭前修竹云中摇，曲径千枝风月高。长竿有节骨，翠枝见虚若。　黄沙留月醉，山色傍秋回。百草尽凋残，独留春满山。

七夕

文风七体章有情，从来劝世不劝神。
七情六欲五津活，人有魂魄鬼有灵。
天有七星知辨方，河汉琼宫空销魂。
年有七夕苦相守，谁见情思隽昼永。

七律·僧人达摩

辛亥年为首届『达摩杯』海内外书画大赛而作

西方点化达摩僧，一苇渡江华夏行。
九载面壁独自修，二入四行禅宗人。

后河风雨桥

断臂立雪传衣钵，诠释东方经佛文。
只靴西归熊耳山，从此大唐得太平。

水调歌头·南非游记

辛卯大吕与永军、王敏等友南非游后感作

才辞东方白，又遇南非热。万里云天飞渡，极目寒宫月。风高桌山〔一〕惊魂，十二门徒峰〔二〕叠。今日憾无缺！开普敦风情，约堡花月夜。

海豹戏，企鹅欢，鸥鸟掠。天涯尽头，异域处处有奇绝。梦醒罗宾铁窗，黑白从此凉热〔三〕，大漠两水接。好望角观海，南非夕阳斜。

注：〔一〕桌山：南非开普敦城外的桌山自然风景区。〔二〕十二门徒峰：桌山山脉十二座不同的山峰。〔三〕梦醒罗宾铁窗，黑白从此凉热：罗宾指开普敦城外四面环海的罗宾岛。喻指南非原总统曼德拉曾在罗宾岛监狱中度过十九年牢狱铁窗一事。曼德拉出狱后任南非第一任黑人总统。

黄山迎客松

七律·赞张旭〔一〕

书道入神砚池宽，落纸云烟风雨天。
饮中八仙我独清，盛唐三绝敢戏言。
天地皆可寓于书，日月尽自写霄汉。
桃溪空有鬼神话，我欲斗酒谁与眠。

甲子春作于江州滔石斋

注：〔一〕张旭：字伯高，又字季明，汉族，唐时吴（今江苏苏州）人，曾任常熟县尉、金吾长史，人称『张长史』，朝廷御用文人。伯高擅草书，工诗词，性癫好酒，其与李白、贺知章等人被誉为当朝『饮中八仙』。唐文宗曾以诏书称『张旭草书、李白诗歌、裴民剑舞』同为当朝『三绝』。又与贺知章、张若虚、包融号称『吴中四士』。其书法传世代表作有《肚痛帖》《古诗四帖》等，是我国古代著名书法家之一。与后汉张芝齐名，世人尊其为『草圣』，后怀素在草书方面继承并发扬张旭笔法且以草书得名，并称『癫张醉素』。

七律·赞怀素〔一〕

甲子春作于江州滔石斋

年少突发出家念，习书竟将磐石穿。
种蕉万树图破笔，弃枝草冢堪成山。

丰都鬼城

草书于仙狂聊发，敢于破体风姿憨。
字如龙蛇走大唐，仗剑侠义凌云天。

注：〔一〕怀素：生于唐玄宗开元二十五年（737），卒于德宗贞元十五年（799），字藏真，僧名怀素，俗姓钱，汉族，永州零陵（湖南零陵）人。幼年出家为僧。怀素自幼聪明好学，草书称为『狂草』，用笔圆劲有力，使转如环，奔放流畅，一气呵成，与唐代另一草书家张旭齐名，人称『张癫素狂』或『癫张醉素』。怀素是中国历史上杰出的书法家，可以说是古典的浪漫主义艺术家，对后世影响极为深远。他也能作诗，与李白、杜甫、苏涣等诗人都有交往。好饮酒，每当饮酒兴起，不分墙壁、衣物、器皿，任意挥写，时人谓之『醉僧』。他的草书，出于张芝、张旭。唐吕总《读书评》中说：『怀素草书，援毫掣电，随手万变。』宋朱长文《续书断》列怀素书为妙品。评论说：『如壮士拔剑，神采动人。』怀素传世书稿较多，计有《千字文》《清净经》《圣母帖》《藏真帖》《律公帖》《脚气帖》《自叙帖》《苦笋帖》和《食鱼帖》等。

夜遊宫·丰都鬼城〔一〕

己未春三峡游经丰都次日登平都山归时作

巴子别国丰城〔二〕，风云逼，江上浪摇。人鬼相会平都岗〔三〕，阎王殿，地阴曹，奈何桥！鬼怪有性格，阳不恶，阴不猖。心正不惧冥山皇，夜游宫，雪玉

茶山竹海

洞，迎曙光！

注：〔一〕丰都为重庆市辖县，位于四川盆地东南边缘，地处长江上游重要旅游风景区。又称『鬼城丰都』。『丰都鬼城』，春秋时称『巴了别都』，是一座依山临江的古城。东汉和帝永元二年（90）从『枳县』划出单独设县，定名为『丰都县』，至今已有一千九百多年历史。自古以来就是文化名城，是至今为止中国最有特色、最有名气的历史文化城镇之一。丰都有两千多年的历史。〔二〕丰都历史上曾做过巴蜀的别都，故有此说。〔三〕平都亦指丰都。

九乡〔一〕春早

九乡原本在梦中，几番行色皆成空。
今日有幸得眷顾，从此溶洞不与同。

注：〔一〕九乡：云南省昆明市郊一天然溶洞。

龙宫

原韵和苏轼《题平都山》三首

（一）

缘何平都称名山，五岳峰前一弹丸。

陋室铭中道究竟，原来此山多鬼怪。

（二）

平都府外有名山，山不在大在于仙。

方平[一]炼丹终成道，麻姑[二]题句今日显。

（三）

今日又到平都山，终知名山何名显。

四海乾坤云雨稠，遇鬼方觉古洞寒。

注：〔一〕方平指王方平，东汉时期东海人，举孝廉，除郎中，喜道术。弃官后隐居在丰都名山上潜心修练，据史料说，他晚年羽化升天。〔二〕麻姑：传说中的仙女，貌美，指甲修长，据说麻姑尤其擅长为人挠痒。

湖光山色

奈何桥

甲子春作于江州滔石斋

奈何桥上何奈何，交恶之人不得过。

即使阎王托故去，奈何桥上仍奈何！

越调·云篆山寺〔一〕秋日有感

壬辰春日作于巴南

春社鱼洞斜阳下，云篆寺无家。百年风清明成化，几时毁，残月断垣还游啥！感我旧时，痛我当下，江州旧年华。

注：〔一〕云篆山：位于重庆主城巴南区鱼洞境内长江边，曾以『云篆风情』被评为重庆老『巴渝十二景』和『巴南新八景』之一。素有『滔滔长江水，巍巍云篆山』之美称，是重庆规划中的森林公园之一。云篆山风景区以云篆山寨为中心。山寨始建于清朝嘉庆八年（1803），为当时巴县五大山寨之一。曾有东、南、西、北四道寨门。由九堡十三湾组成，气势雄伟，气象万千。云篆山寺历史悠久，始建于明成化九年（1473），距今有五百多年历史，明万历十七年（1589）和清光绪二十四年（1898）予以修缮。『文革』期间历经劫难，寺庙被毁，岁月沧桑，如今杂草丛生，残墙断壁，仅殿内青石圆柱尚存。内有两块碑文，详细记载了曾经的辉煌。云篆寺于一九九九年开始重建，历经艰辛，几度风雨，现已初具规模，五百年古刹即将重现光辉。

湖边春光

双调·庆东原·圣灯山寺

壬申初秋

滩子口，圣灯山，川东峨眉奇石天。何人避难结庐居？何时武宗圣前山揽？何故满山乱石滩？何处云雨苍鹭飞？何朝山寺毁？何处凭吊前？

巴南垂钓

辛卯夏日作于鱼洞

四月芳菲三春柳，巴南烟雨正郊游。
鱼肥不知钓翁苦，来往塘边不吞钩。
花间陡生荒土凉，坎下不见翻犁走。
老妪膝下儿孙啼，犬声更添他乡愁。

越调·落梅风·东泉（二）

壬申初秋

日正斜，月半缺。风轻不扰一池春泄。泉沐芳心，似水花雪，悄然已在丽人侧。

水自淌，人孤邂。夜阑不解一腔暑热。朦朦星空，茫茫子夜，残香长留沉风月。

黄山风光

注：〔一〕东泉：为重庆『四大名泉』之首，位于巴南区五布河一带。东泉裸浴历史悠久，自明朝裸浴成习至今已有六百余年历史。

长相思·南山怨〔一〕

山霏霏，水霏霏。雪向梅花枝上堆。春来何处归？誓旦旦，信旦旦。窗内不知窗外寒。今年更何年？

注：〔一〕宋吴淑珍有诗句『雪霏霏，雾霏霏，雪向梅花枝上堆』。此处为借用。

华岩寺〔一〕外遇方丈

辛卯初秋作于华岩寺大雄宝殿

秋日寺外遇道坚〔二〕，字怀灵虚醉书案。
心佛即佛佛在心，悟道得道道中观。
华岩洞藏天地月，万岭涛动巴渝天。
闻名遐迩华岩寺，原来嗣承双桂传。

云雾梵净山

注：〔一〕华岩寺：因寺南侧有华岩洞而得名，历史悠久，至今已逾三百余年历史，始建已无史可考。传建于唐宋，经历代扩建始成今天格局。华岩寺分大寺、小寺。大寺即大雄宝殿，小寺即华岩洞，与大寺隔湖相望，为华岩寺之祖庙。寺内有『天池夜月、柏岭松涛、远梵霄钟、疏林夜雨、双峰耸翠、古洞鱼声、曲水流霞、寒岩喷雪』等八大景观。据史书记载，华岩寺属佛教禅宗，接嗣于重庆市梁平县双桂堂破山大师，传临济宗三十二世法近四百年经六十四届支持，华岩寺乃川东名刹、西南十大禅林之一，已历六十二代住持，出佛界十大高僧。

〔二〕道坚：华岩寺住持方丈法师。法号道坚，法名朗满。

爱莲说与周敦颐〔一〕

敦颐原来多门庭，字字珠玑独爱莲。
一身独善说辞多，君子风流万古传。

注：〔一〕周敦颐：字茂叔，号濂溪，汉族，宋营道楼田堡（今湖南道县）人。北宋著名哲学家，我国理学派开山鼻祖。『两汉而下，儒学几至大坏。千有余载，至宋中叶，周敦颐出于春陵，乃得圣贤不传之学，作《太极图说》《通书》，推明阴阳五行之理，明于天而性于人者，了如指掌。』《宋史·道学传》将周子创立理学学派提到了极高的地位。天圣九年（1031）十四岁时其父病逝。周敦颐曾在莲花峰下濂溪书院讲学，世称濂溪先生，他

清江风光

的学说对理学的发展有很大的影响。其理学思想在中国哲学史上起到了承前启后的作用。周敦颐生前并不为人们所推崇，学术地位也不高。人们只知道他『政事精绝』，宦业『过人』，尤有『山林之志』，胸怀洒脱，造诣很深。周敦颐一生酷爱莲花，其《爱莲说》曾使宅前莲池闻名遐迩。明万历中叶周与李宽、韩愈、李士真、朱熹、张栻、黄干同祀石鼓书院七贤祠，世称『石鼓七贤』。历史上甚至将周推至与孔孟相当之地位，认为『其功盖在孔孟之间矣』。帝王将他尊为人伦师表。其代表作有《周元公集》《太极图说》《通书》。

中吕·山坡羊·无题〔一〕

锥股悬梁，寒窗面墙，鸿鹄只想题金榜？婿乘龙，青眼上，终究还是枕柯梁。昨日枭雄冢草黄，恨，怪哪行！怨，怪哪行！

注：〔一〕此曲特为国内一杜法贪腐而作。

中吕·山坡羊·书斋随想

春夏秋冬，花开花落，功名沉浮唐家沱？话语轻，没杀夺，阎王簿上无名

鸿恩寺

落。好歹走完大半戳，对，人要活，错，也要活！

中吕·朝天子·文峰古镇〔一〕

江宽，水缓，渔舟钓两岸。碓窝糍粑麻花串，砧板刀拍鱼水氽。小镇酒肆乱。当街猜令，背手喊拳，花轿旱龙船。灯戏，皮影，文峰盛世前。

注：〔一〕文峰古镇：重庆合川古镇，位于三江口水岸。

梦江南·清明

清明游，梨花吹满头。访春不见山插柳，祭祀空叹时光溜，谁解故人愁。

壬辰春日作于渝北新牌坊

少年游·鸿恩寺〔一〕

嘉陵江北龙脊高，登高与月闹。清风琴台，明月横箫，庭外晚霞烧。江城如

沙漠风光

今换新颜，满目幽篁道！宏宁寺初，鸿恩浩荡，追风喊天堡！

注：〔一〕鸿恩寺森林公园位于重庆主城核心圈的江北区嘉陵江北岸龙脊山，南拥保利江上明珠，东接观音桥商圈，北接加州高密度住宅区，西临嘉华大桥，面积逾千亩，为重庆主城已开放公园中最大的。海拔高度超过南山『一棵树』观景台，是重庆土城区最高观景台。有『鸿恩坊』『滚雪听桂』『喊天堡』等十二大园林景观。据史料记载，鸿恩寺始建于明永乐年间，相传为明建文帝朱允炆追随者出资兴建。初名宏宁寺，后改名鸿恩寺。十二座大殿自嘉陵江边顺山势依次排列直至龙脊山顶，蔚为壮观，被誉为『川东名寺』。明中后期至清前期，香火极盛。清乾隆后期，寺庙遭遇火灾，所有庙宇被焚毁殆尽。清道光十八年（1836）本地乡绅得子还愿，在原址原貌重建鸿恩寺。

虞美人·左江拾遗

冬至初十作于扬美古镇

临江码头饮梅子，江风卷杏旗。借得篷舟顺水离。唯有左江，两岸危石立。

清时古街今难觅，崖畔人捣衣。杀猪烹羊醉长席。慵人牛犊，黄犬斜阳里。

八台山风光

唐多令·御临河〔一〕

丙寅夏日事差五宝过御临河偶得此令

燕王发靖难，文帝临河岸。多少恨，青山无言。龙藏寺外印坝田，箭沱戟，珠滚滩。

当年太洪水，几人曾与见？岁月过，空怀伤感。看今日星光点点，水低吟，天高远。

注：〔一〕御临河：原叫太洪江。渝北区的太洪场（原太洪乡并洛碛镇）长江岸的太洪岗，都源于太洪江之名。据传建文帝即位后削藩，威胁藩王利益，北平燕王朱棣起兵反抗，逼文帝出逃，随后挥师南下，史称『靖难之役』。据《明史纪事本末》记载，当燕王发靖难之役后，建文帝出逃南京，曾有『西游重庆，东到天台，转入祥符，侨居西粤』之说。说明建文帝曾经到过太洪江（御临河）。现江北区五宝镇『箭沱湾』『马岭坪』（今五宝镇）、『龙藏宫』『滚珠滩』（今为滚珠村）、『黄印乡』等地名，据说都与建文帝出逃当地有关，此不多叙。

一剪梅·乡思〔一〕

癸丑春月作于筑城

一缕乡思绕心墙，书中读归，梦里念逃。黔灵秀和湘女俏，风也瑟瑟，雨也萧萧。

何日归家听娘叫。灯红酒绿，弄弦更调。携春挽秋异乡走，阳是残红，阴是冷照。

金刀峡

注：〔一〕乡思：作此词时在外地读书。青春年少，学业堪苦，思乡强烈，每困于外，遂念归家，感作此词。

浣溪沙·金刀峡〔一〕

一崖栈道一线天，一剑刀光十里寒。即令风月不恋春，沟谷浅。瀑落沟底生碧潭，藤满谷壁岁月还。蛮荒柳阴尽日幽，惊魂滩。

注：〔一〕金刀峡：位于重庆市北碚区华蓥山西南麓，海拔八百八十米，金刀峡是我国首批国家三A级旅游区，是一处新近二十多年才发现的保持原始古老神奇的峡谷自然风景区，有约上亿年的峡谷幽壑景观，以岩溶地貌为辅，兼有大量地质上称『壶穴』碧玉串珠的深潭绝景。地势雄伟，以峡著称，以林见秀，以岩称奇，以水显幽。全峡长六公里，分上下两段，上段由于喀斯特地质作用，地面切割强烈，金刀峡神工般形成了独特的峡谷沟壑，石壁如削，两山岈合，垂直高度超过百米，上有古藤倒挂，下有潺潺流水；下段由于流水侵蚀力的作用，洞穴群生形成大量的深潭绝景，飞泉瀑布层层叠叠，石钟乳、石笋、石柱更是千姿百态，变化万千，下段猴猿群生，堪称全国最长的峡谷，十里仿古栈道，让人惊赞不已，凭栈探幽，将感悟那蕴藏于大自然山水间的天地灵气。六公里的风景线以『雄、险、奇、幽』著称，集『瀑、泉、洞、峡』于一体，四十多个自然景点可供游人探险、攀登和水上游乐，是人们度假、避暑、踏青回归自然的旅游佳景。

华山脚下

菩萨蛮·江南好

壬戌金天作于江州

人人都说江南好，巴山夜雨云水谣。春风天地闲，秋色自然添〔一〕。人在垆边〔二〕醉，红袖月前偎。少时不知足，如今思乡苦。

注：〔一〕春风天地闲，秋色自然添：隐喻南国景色为天然不加修饰之美景。〔二〕垆边：喻酒家。唐韦庄有诗『垆边人似月，皓腕凝霜雪』。晋阮籍有诗『邻家少女有美色，当垆沽酒』。

梅花

梅花得意压群芳，雪后一树笑秋荒。
归来撷取三两枝，案头半年有余香。

单调·折桂令·北碚

故土陪都北碚，十里峡江，中外名扬。文化举襄，沦陷一城筑一坊〔一〕，金刀峡口柳阴长〔二〕。夜雨情寄〔三〕，梅园忠将〔四〕。华蓥林深，嘉陵水淌。秋日『梧

铜梁火龙舞

桐〔五〕叶落满城留香』。

注：〔一〕在抗日战争时期，每当国内沦陷一地，北碚就命名一条街或一条路以示全国人民抗日的决心。如现在北碚的北京路、上海路、南京路、武汉路等。〔二〕指北碚金刀峡和柳阴古镇。〔三〕李商隐曾在《夜雨寄北》中专门描写过北碚。〔四〕梅园：北碚城南的梅花山陵园。忠将指抗日名将张自忠。〔五〕梧桐：北碚以前的市区栽的都是法国梧桐。风景独特，令人惬意。

铜梁

巴岳雄风西泉水，关山横亘天镜明。
火龙蜚声大唐外，一青两绿三画屏。

相见欢·女瑞

癸亥末作于万州

桃花落后秋红，日匆匆。奈何朝有丝雨暮有风。东床归，红瑞悲，几行泪？人生流年江水恨难回。

吊脚楼

醉花阴·白云寺

丁亥春白云寺梦中得句

雾遮云盖催人还，夕阳更月圆。竹摇炊散，夜追帘风外，酒干醉倚栏。　梦里星空斗拱乱，归来孤影单。云中有道观，墙里半榻，墙外一片天。

登缙云山观『贺龙院』有感

竹海叶动千层浪，黛湖水烹白云闲。

当年小院风云会，来往游人思前贤。

浣溪沙·寺外遇子樵（一）

辛卯年作于白云寺

簇簇青竹掩桃花，粉红初上山女颊，山南山北有人家（二）。　『子樵』悄然千竹下，白云不弃风不发，庐外直呼酒醉虾。

注：（一）子樵：王宏瑶，字子樵，为镇江一写意画家，业界好友。擅长山水、写意人物。曾为云樵画有《缙云山醉酒图》。（二）山南山北：缙云山白云观外南北农家乐一条街。

花溪河畔

清平乐·春走红熙庄〔一〕

丁亥仲夏与何伟、晴方、锡雄等友缙云山郊游而作

夕落月渐，留春红熙庄。遍山落红小径黄，鸡鸣蛙犬吠羊。

本家小妹心动，采来一季瓜秧。烈酒浇，穿愁肠，夜半人癫语狂。

注：〔一〕红熙庄：红熙山寨。北碚缙云山下一家『农家乐』名，位于缙云山半山腰（在著名的白云寺道观下）。作者曾多次在该山寨喝酒赋诗会晤友人。

南乡子·金刀峡猴趣

藤挂帘前，流瀑散珠十里滩，栈道苔深猴声颤。

滩下，不怕行人不赏脸。

变调·寿阳春·金刀峡

危崖惊，青藤缠，寒光刀柄护家园。

任飞短流长栈道险，有过往人卖我脸面。

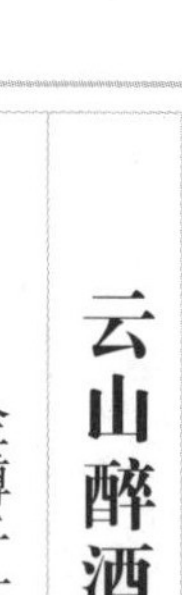

张家界风光

云山醉酒歌[一]

金樽千杯不说贪，今日移封向酒泉。
朝饮红日夜醉月，玉树临风笑八仙[二]。
藏真倚杖忘修行，伯高自此不敢癫[三]。
信手摘下白云枝，我抱酒瓮江河干。

注：[一]辛卯初春得子樵《山中醉酒》图，大悦。遂作此诗以谢。[二]玉树临风：暗指唐代酒中八仙之崔宗之。据《新唐书·李白传》记载，唐时嗜酒的八大学者名人，有杜甫《饮中八仙歌》为佐：分别是贺知章、汝阳王、李适之、崔宗之、苏晋、李白、焦遂、张旭。其中歌说崔宗之『宗之潇洒美少年，举觞白眼望青天，皎如玉树临风前』。自我戏谑，隐喻。[三]藏真指怀素。藏真为其僧名。唐代著名草书大家。伯高指张旭。张旭字伯高。唐代宫中草书名家。二人后称『癫张狂素』。

越调·寨儿令·感怀

庚辰孟秋作于新牌坊

天命留，恁多愁。独步江畔诗留江楼。海棠晓月，黄沙溪头，夜雨巴山稠。

人生一世草木秋，功名千古何人留。天边生浮云，水岸倒枯柳，噎！生

三峡留影

死一草鸥！

迁居遇雪四首

丙申年首，喜迁新宅，更辟书斋，初春时节，罕见大雪，城里城外，四处皆白，雪兆丰年，巴翁喜泣，立登缙云，再转南山，踏雪赏景，好生咏叹，暮迟归家，夜不能寐，和平盛世，歌舞升平，更添雪降，秉烛展书，得此四首，以谢瑞雪，并告众友。

（一）春过山顶道

春风吹绿山顶道，三月桃李分外娇。千家万户踏青去，归来数日难掩笑。

（二）夏日荆紫山

都说山城难挨夏，旧日皇历谁翻它。两江四岸秋凉早，城里城外绿荫下。

（三）秋赏嘉州月

巴山夜雨秋月高，半掩云中半掩娇。赏月何须上江亭，邻家窗台月光落。

（四）冬雪国宾城

初春喜降丰年雪，四面青山千树白。身在家中心在外，风光未必逊北国。

偏岩古镇

土墙院旧事

命嫌土墙院〔一〕，暮惊妇孺晚。闻道药王〔二〕在，欲取『虎惊胆』〔三〕。不忘舍命崖，儋怜虎儿唤。安得今日别，何时能复见？

注：〔一〕土墙院：北碚澄江连河旁地名，为作者出生地。〔二〕药王：孙思邈，汉族，唐朝京兆华原（现陕西耀县）人，唐代著名的医师与道士。他是中国乃至世界史上著名的医学家和药物学家，被誉为『药王』，自幼天资聪慧，博涉经史百家，兼通佛典。七岁就学，日诵千余言，弱冠之年已通晓诸子百家，尤善谈老子、庄子，喜好佛教典籍，曾被人称为『圣童』。〔三〕欲取『虎惊胆』：取自孙思邈传说故事——一人进山遇虎，惊吓出浑身冷汗后侥幸逃脱，来到山后村庄讨饭。见一老太病卧在床。自言本人郎中可予医治，但因不慎迷路，今欲解饥裹腹。老太即向他讨要药方。他即伸手搓出一黑丸递给老太，称之祖传灵丹妙药，吃后就好。饭后离去。思邈出诊归家见母病愈挑水，大惊，问乃何故。母与之讲明。孙思邈追其人并谢为母治病。药王问系何药后说到此汗乃『虎惊胆』，正可医治母病，后两人遂成好友。

偏岩古镇

甲子与北泉等亲属上偏岩古镇后记

斜阳落风滩，半月上偏岩。

钓鱼城

碧峡滴翠露，华蓥水胜天。

树宽扇斗凉，屋矮有章裁。

鸳鸯戏金秋，风雨侵绿苔。

黑水滩飞白，崖边驻中山。

百年盐道悠，千年古镇闲。

渔家傲·钓鱼城怀古

庚午正秋作丁卯辰月整理

三江合围钓鱼台〔一〕，三山雄峙合阳湾。古今沙场好营盘〔二〕。图霸业，铁骑西征拥兵犯〔三〕。春则屯田耕以养，秋则伐薪守以战〔四〕。三十六年御敌顽，钓鱼城，上帝在此当折鞭〔五〕。

二江军民挟天威，山水危崖仗天险。一竿钓出好城垣〔六〕。别都说，成龙清官一代廉〔七〕。从古知兵非好战，后来治巴勿空谈〔八〕。古道雄关太极演。钓鱼城，沙场故事天下传。

注：〔一〕古名垫江，原为褒江，取嘉、涪二江城北汇合之水如衣重叠之意。亦称合州，今为重庆市合川区。《汉书·地理志》误记为垫江并沿袭至今，在巴人入川前濮族人主要居住地。〔二〕指钓鱼城古军营。

〔三〕指1258年，蒙古挟西征欧亚非四十余国的威势，分兵三路伐宋。其中一路军马进犯四川，于次年二月兵临合川钓鱼城。〔四〕南宋合州军民在守将王坚、张珏率领下，凭借钓鱼城天险，『春则出屯田野，以耕以耘；秋则运粮运薪，以战以守』，固守六年，确保城池未陷。此处有改动。〔五〕大汗兵败，被守军火炮击伤，后逝于温泉寺。钓鱼城卫城战长达三十六年之久，写下了中外战争史上罕见的以弱胜强的战例，钓鱼城因此被欧洲人誉为『上帝折鞭处』。〔六〕民间传说称：在钓鱼城三十六年围城战期间，有一神仙天降于此，每日坐在钓鱼台悬崖边垂竿以钓嘉陵江中之鱼，以解一方百姓饥馑，钓鱼城由此得名。〔七〕合川历史上曾有『别都』之说。『成龙清官一代廉』指被清朝誉为当朝『清官第一』『一代廉吏』的时任合州知州的于成龙。〔八〕引武侯祠名联：『能攻心则反则自消，从古知兵非好战，不审势即宽严皆误，后来治蜀要深思。』此处有改动。

渔家傲·濮阳忆

己丑年仲夏作于黄河畔

东邻聊城北邯郸，南望菏泽西安阳。天下第一龙故乡。仓颉陵，子路墓祠使人往。

澶州一夜甘霖降，满目青山满城狂。〔一〕卫都春秋戚城盟，文庙外，京都北辅好屏障。

注：〔一〕己丑年农历五月十六日应邀与友驱车离彰德府前往濮阳。始行，忽见狂风骤起，大雨突降。濮阳

张家界风光

久旱，农事渴雨，但见路人不避，百姓大喜，同行友人惊呼：『天降甘霖也，甘霖到，好雨，好雨哉！』众友大悦，一行皆喜。故词中有『澶州一夜甘霖降，满目青山满城狂』。

访三清山〔一〕道家不遇

访镝问道京虚华〔二〕，始知仙落三清家。

神女司春本无心，多少国度分春夏？

名山自古等闲地，历代侯王弄人假。

修得世上真本领，人间何曾有惧怕！

注：〔一〕三清山：位于中国江西省上饶市玉山县与上饶德兴市交界处，为怀玉山脉主峰。因玉京、玉虚、玉华『三峰峻拔、如三清列坐其巅』而得其名，三峰中以玉京峰为最高，海拔一千八百米，是江西第五高峰，也是信江的源头。三清山是我国道教名山，风景秀丽。一九八八年八月被列为第二批国家重点风景名胜区。二〇〇五年九月被列为国家地质公园。现为国家五A级旅游区。二〇〇六年七月八日，第三十二届世界遗产大会将三清山列入《世界遗产名录》，三清山成为中国第七个、江西第一个世界自然遗产。〔二〕京虚华：分别指三清山玉京、玉虚、玉华三大主峰。

四面山

登庐山有感〔一〕

江北云霁江南雨，东林诗遗西林壁。

坐收匡庐三界色，遥看灵山景千奇。

注：〔一〕庐山：位于我国江西省九江县以南、星子县以西，是世界级名山。东偎婺源鄱阳湖，南靠南昌滕王阁，西邻京九大动脉，北枕滔滔长江。耸峙于长江中下游平原与鄱阳湖畔。绵延的九十余座山峰，犹如九叠屏风，屏蔽着江西的北大门。以雄、奇、险、秀闻名于世，素有『匡庐奇秀甲天下』之美誉，与鸡公山、北戴河、莫干山并称『四大避暑胜地』，是久负盛名的风景名胜区和避暑游览胜地。庐山是中华文明的发祥地之一。首批国家重点风景区、全国风景名胜区先进单位、中国首批五A级旅游区、全国文明风景区、全国卫生山、全国安全山、中华十大名山、世界遗产——我国第一处世界文化景观、我国首批世界地质公园。庐山是历史悠久的文化名山，名胜古迹遍布。为中国山水诗的策源地之一。

庐山观日出

朝捧日辉晚抚霞，一山景色尽虚化。

庐山千秋不同景，只缘身在浮云下。

庐山

登庐山偶得

香炉紫烟青莲白，三月桃花瀑似雪。
如琴湖畔花径幽，庐山文章何时绝？

漕上梅

漕上梅花半山开，烟雨无端带香来。
花开花落皆有时，雪花沾衣上楼台。

琵琶仙·『白鹤梁〔一〕水下博物馆』观后感

川江万里，巴楚地，又见水中奇迹。天有遗篇巨作，几时沉江底！石无言，班驳如语，白鹤展，梁上古历。天有阴晴，月有圆缺，水有涨汐。弹指三峡，葛洲坝，何记取，原来有凭笈。高峡水出平湖，万里风鹏举。石鱼出，丰年呈喜，石鱼没，东风无力。待到河伯归来，唤水东去。

白鹤梁

注：〔一〕白鹤梁：位于长江三峡库区上游涪陵城北长江水中，是三峡流域文物景观中唯一的全国重点文物保护单位。联合国教科文组织将其誉为『保存完好的世界唯一古代水文站』。白鹤梁是一块长约一千六百米，宽十五米的天然巨型石梁。相传唐朝时朱真人在此修炼得道后乘鹤仙去，故名『白鹤梁』。石梁北坡题刻至今已有一千两百年历史，记录着七十二个年份的枯水历史。白鹤梁上至今仍可见史上黄庭坚、朱熹、庞公孙、朱昂、王士祯等诗文题刻，篆、隶、行、草皆备，颜、柳、黄、苏并呈，有较高的艺术价值，故有『水下石铭』之美誉。具有重要的『历史、科学、艺术』价值。众多珍贵题刻堪称国宝，有『世界水下碑林』美誉。葛洲坝水电站和宏伟的三峡工程都曾参考白鹤梁水文数据，此水文记录比英国在武汉江汉馆设计的水尺标点早一千一百多年，因此享有『世界第一古代水文站』之誉。

改韵和元稹〔二〕《庐山独夜》诗二首

（一）

寒寒五老雪，斜斜九江月。
声声何处敲？苍苍云下别。

竹海牌坊外

（二）

峰峰雪寒寒，处处月斜斜。

时时钟声声？苍苍心惬惬。

注：〔一〕元稹：字微之，别字威明，唐洛阳（今河南洛阳）人。与白居易并称『元白』。元稹一生尤崇杜诗，学杜而能变杜，丽绝华美，色彩浓烈，铺叙曲折，细节刻画真切动人。在诗歌形式上，元稹是『次韵相酬』的创始者。代表作有《菊花》《离思五首》（其四）、《遣悲怀三首》《兔丝》《和裴校书鹭鸶飞》等。

原韵和宋李觏〔一〕诗

都说日落是天涯，身在天涯不见家。

苍山万里任水流，白云千寻空飞霞。

注：〔一〕李觏：字泰伯，北宋建昌军南城（今属江西）人。北宋时期重要的哲学家、思想家、教育家、改革家。出身寒微，刻苦自励，奋发向学，勤于著述，以求康国济民。俊辩能文，举茂才异，讲学自给。李觏博学通识，尤长于礼。不拘于汉、唐诸儒旧说，抒发己见，推理经义，成为『一时儒宗』。后创办盱江书院，故又称『李盱江』，学者称『盱江先生』。嘉祐四年（1059），以迁葬祖母，请假回乡，八月病逝于家，享年五十一岁，葬于凤凰山麓。

张家界

蝶恋花·匡庐

癸酉秋作丙戌夏改于渝州

天子秀峰筑高台〔一〕，康熙题匾〔二〕，将军墨子传〔三〕。东林诗照西林壁，江北云海江南山。　匡庐圣贤多凉热，难共齐天，风流乾坤转。倘若识得真面目，风流人物在今天。

注：〔一〕据史书记载，南唐中主李景年少时曾在庐山秀峰山上筑台苦读历书，继位后又曾在读书台原址建寺院，有开国吉兆之意，取名开元寺。〔二〕康熙题匾：清康熙南巡时曾到秀峰山筑台处手书『秀峰寺』以赐寺僧，从此该寺亦名秀峰寺。〔三〕指国民党爱国将领冯玉祥将军庐山巨幅石刻『墨子篇』。

张家界拾遗

天门洞外天门山，金鞭溪绕金鞭岩。

九天窗照九天洞，鹞子不落鹞子寨。

黄龙洞中黄龙舞，黄石寨外观景台。

宝峰湖生瑶池水，龙王洞里一柱天。

湘西澧水桃源外，武陵腹地有奇山。

庐山三叠泉

脉岸湘鄂川滇黔，叠层砂岩危峰斜。
留侯思隐张良归，银杏泪洒天门山。
御笔峰上采药翁，将军岩下花女散。
第一桥边神兵降，定海神针照镜来。
何处风光绝尘去，国色天香降妖界。

醉花阴·庐山三叠泉

癸酉秋游庐山后作于九江驿馆

庐山千秋竹影乱〔一〕，叠泉三飞还〔二〕。飘雪如飞练，破玉裂冰，玉龙独走潭〔三〕。

人间四月芳菲尽〔四〕，此地桃满天。文国有诗山，五峰六教〔五〕，庐山俯仰

注：〔一〕明朱元璋有写庐山句『庐山竹影几千秋』，此处诗句有改动。〔二〕指庐山三叠泉，为庐山著名景点。〔三〕庐山三叠泉位于五老峰下，整个飞瀑流经三级悬崖峭壁，溪水飞泻而下，其落差达一百五十多米，极为壮观，尤为震撼。三叠泉中每叠泉皆各具特色。如飘雪拖练，如碎玉摧冰，如玉龙走潭。故有此说。〔四〕白居易有诗『人间四月芳菲尽，山寺桃花始盛开』。此处引用并有改动。〔五〕『五峰六教』是指庐山的佛教、道教、伊斯兰教、基督教、天主教、东正教等宗教及教派。

抚仙湖

诗情张家界

峰高拔地三千仞，秀水流连八百湾。
危石叠山天香界，却是上帝巧铺排。

长相思·钓鱼台

渠江流，涪江流，流到岁月满白头。帐外日日忧！　思悠悠，恨悠悠，青春不再始不休。营中时时愁[一]。

注：〔一〕宋元战争期间守卫钓鱼台一城卒之妻，怨恨丈夫三十六年不归家的思恋怨恨之情。

相见欢·合川遇挚友同游钓鱼台

癸亥清和作于合川

钓鱼台上营盘，三江险。宋元兵戈相煎，城垣残。　蜀道难，巫峡幽，巴渝岩。不闻金箫玉笛[一]，相见欢。

注：〔一〕金箫玉笛：贵州有金箫玉笛之乡一说，喻挚友来自云贵高原。

玉龙雪山

原韵和杨兄〔一〕鹊桥仙·中秋月

壬辰中秋作于渝北新牌坊

沉月星空，云骤雨朦〔二〕，玉京偏又北风。不事万事待此事，天涯别离此时共。

光阴荏苒，岁月如梭，欲待掠鸥惊鸿。醉里高山乱白云，梦后拍栏啸天风。

注：〔一〕杨兄：作者大学同窗挚友，乡邻杨建。爱文学，喜运动，好驾驶，擅诗词，酒烟不嗜。〔二〕遇江州中秋，风雨月不赏，诸君皆不悦。

怀忠州

禹祠空山秋，斜月照日头。
白庙墙上藤，东坡河边柳。
人间养正气，国破出将侯。
湘楚悲屈原，巴蜀祭忠州。

锁江铁柱

中吕·普天乐·忠州魂〔一〕

巴蔓子〔二〕，秦良玉〔三〕，头颅可抛，忠贞可鉴。兵退后断颅以保城，王勤后谢封以家还。希伯不降〔四〕，兴霸江表〔五〕，屈至后清诏书晚〔六〕。魂落了精神在也，人去了气节留也，忠丢了何日还也！

注：〔一〕忠州：重庆市忠县。忠州魂：在曲『中吕·普天乐』里，作者以『忠』为题，重点列举出在忠州历史上闻名的六大忠臣和忠将，他们是巴蔓子、秦良玉、严颜、甘宁、刘晏、陆贽。至今在忠县石宝寨山顶的兰若殿里尚有三组群雕，分别是巴蔓子刎首保城、张翼德义释严颜、秦良玉兴兵守土。巴、秦、严三人是该县历史上忠肝义胆的杰出代表。〔二〕巴蔓子：生卒年不详，重庆临江（今忠县）人。战国时期巴国忠州将领。因内乱而使楚，承诺借兵平乱后许以三城为酬。巴蔓子以断头颅保住城池。楚王念其忠义爱民追封其为上卿，礼葬于今重庆渝中区七星岗。〔三〕秦良玉：字贞素，重庆忠县秦家坝人。其父为明嘉靖年间贡生，中年荣归故里，能文善武，尤长兵法。贞素幼年始习武骑射，通晓兵法，以花木兰、穆桂英为学习榜样，二十二岁『以文会友，比武选亲』，嫁于石柱宣抚史马千乘为妻。万历二十七年（1599），播州（今贵州遵义市）宣抚史杨应龙叛乱，陷綦江，逼江州，秦良玉跟随丈夫与明朝二十万大军八路进剿，大败叛军。万历四十一年(1613)，马千乘因内奸而死，贞素代夫统军。在其后天启元年(1621)率军出关抗御后清以及平息永宁（今四川叙永）宣尉使叛乱，解除成都之围，崇祯三年（1630）奉命

桌山风光

支援京师，在一系列反清复明战争中都起到了显著的作用，甚至在七十老迈时秦良玉还继续演兵习武，防范战事，受封『太子太保忠贞侯』。清顺治五年（1648），其病死于故里，享年七十四岁。葬在回龙山。其为我国古史上唯一列传的忠州勤王归家的女将军，是古巴国大地的『巾帼英雄』。〔四〕希伯：严颜。字希伯，是受巴蔓子忠诚影响后忠州又一忠诚枭悍将军，东汉末年巴郡临江（今重庆忠县）人，为益州牧刘璋部将，领军镇守江州（今重庆江北嘴）。史称严颜年事虽高，精力不减，仍有万夫不挡之勇。建安十九年（204）刘备自领赵云、张飞沿江伐吴时，张飞感其忠勇被义释。后刘璋败绩，严颜自刎而死。有诗赞云：『白发居西蜀，清名震大邦。忠心如皎月，浩气卷长江。宁可断头死，安能屈膝降。巴州年老将，天下更无双。』唐贞观八年（634），怀巴蔓子、严颜、甘宁等将忠勇，『意怀忠信』，遂改临州为忠州。唐太宗李世民追严颜为忠州刺史。〔五〕兴霸：三国东吴名将甘宁。甘宁，字兴霸。巴郡临江（今重庆忠县）人，甘宁颇通史书，好游历，早年纵横于江湖，后痛改前非，投荆江刘表。多年不为之所用。甘宁骁勇彪悍，遂率众奔投孙权。建安二十五年（220），孙权再攻合肥兵败，马跃逍遥津，甘宁护主断后身中数箭顽强退敌，血尽而亡。死后归葬于万州甘宁乡贯风村，冢墓如今尚存。〔六〕屈至后清是说清官刘晏一事。刘晏历任京兆尹、户部侍郎等职，后官至宰相，是我国历史上著名的『十大理财家』。因受奸臣杨炎诬陷被贬至忠州为刺史。后被假传圣旨而刺死，全国震惊。抄家发现家中仅书籍两车、米麦数斗而已。刘晏在位时曾主掌全国钱粮经济，却无半点贪腐，屈死后反而证明他一生为官清廉。故曰『屈至后清』。诏书晚

峡江风光

指一生敢于直谏的唐朝宰相陆贽。陆贽因受奸佞裴延龄陷害被贬官至忠州别驾，唐顺宗即位后下诏欲召回为时已晚，陆贽已经病逝。死后葬于忠州。

临江仙·华岩寺〔一〕

心月心传心定，常悟常应常庵，觉初觉鉴觉峰天，玉亭一空参翁，常照广惟寄禅。

德朗真如德玉，明心本来明山，大云大顺大川显，月朗怀昭空然，月喜法明西来。

注：〔一〕自明万历丁亥年当地乡绅募化修建『湫隘寺（华岩寺前身）』到圣可大师创办至今，先后经历接嗣六十三代，分别是：德玉圣可、明玉可拙、实录震光、智水天一、心梅玉亭、满一大方、真如昌全、自喘达隐、常悟参翁、法崇、常应、福松、镜山海元、真恒隆惠、纯一、本来自成、明山大川、寂正启元、真念大顺、能映天崇、广惟一空、寂惠觉峰、宗俊常庵、心传光灼、隆绪大云、清一净超、弥隆亮明、常亨空然、继禅惠空、本桢茂蓉、源有悟兴、觉鉴月喜、道参寄禅、正常月朗、静修明心、灯灼怀昭、寂琮法明、祖光敏通、流行祖云、清枢能一、明超应山、昌礼永寿、寂真宏亮、一如道弥、悟参体禅、真修心定、惠锴能智、慈仁德朗、演芳空林、空文法轮、惠明幻云、真实同性、隆寿清修、觉初弗智、性法钟镜、本先西来、静一定久、心参法灵、演义弗康、际云悟林、心宗常照、心月净慧、道坚，代代佛法普照，广度人间无以释怀，今以历代住持名号为句

三峡夔门

作临江仙一阕以示虔诚。

白帝城怀古

原来白龙出夔峡，后来只祭汉皇家。
不见当时八阵图，从此三国无神话。

凤栖梧·九锅箐森林公园〔一〕

辛卯秋与元怡等客居九锅箐公园时作

临窗楼台惊风起，烟树凝紫〔二〕，涛声时时吟。满山绿竹随风舞，路人颈项衰草生。　风逼云海弄潮人〔三〕，黄花三径，今夏不枉行。山村渐凉客宅稀，他日重回九锅箐。

注：〔一〕系作者辛卯秋在南川九锅箐国家森林公园度假时遇山风有感之作。〔二〕烟树凝紫，泛指秋日景色。下阕『黄花三径』同。〔三〕描写林海在狂风肆虐下，山林如海涛般层层叠波之景象。

常家庄园

夔门

夔门千年江水还，青山万壑任剪裁。
都说奸佞生前事，谁知忠良无人埋？

《陋室铭》与刘禹锡〔一〕

洛阳梦得太子宾，贞元九年遭贬行。
无以府戏三易室，难成千古『陋室铭』。

注：〔一〕刘禹锡：字梦得，唐朝彭城（今江苏徐州）人，祖籍洛阳，唐朝文学家、哲学家，曾任太子宾客，世称『刘宾客』。与柳宗元并称『刘柳』。晚年住在洛阳，与白居易唱和较多，时称『刘白』。曾任监察御史。唐代中晚期著名诗人，有『诗豪』之称。政治上主张革新，永贞革新失败被贬为朗州司马（今湖南常德）。写有著名的『汉寿城春望』。贞元九年（793），擢进士第，从事淮南幕府，入为监察御史。王叔文用事，引入禁中，与之图议，言无不从。转屯田员外郎，判度支盐铁案。叔文败，坐贬朗州刺史。在贬官期间，在扬州碰到白居易，白居易写了《醉赠刘二十八使君》，刘禹锡作《酬乐天扬州初逢席上见赠》答谢白居易，再道贬朗州司马。会昌时，加检校礼部尚书。卒年七十二岁，赠户部尚书。有诗集十八卷，今编为十二卷。刘禹锡诗风颇为独

丹霞地貌

特，性格刚毅，饶有豪猛之气，在谪居年月始终不曾绝望，有着一个斗士的灵魂。

大足石刻

八大洞天四大窟，摩崖经典在大足〔一〕。
佛礼东方数百年，宝顶凿出佛道儒。
梵心修炼成正果，留下丰碑万众筑〔二〕。
走出阴阳乾坤界，人间原本有归属。

注：〔一〕八大洞天四大窟，摩崖经典在大足：当今世界八大石窟文化遗产，中国拥有四窟（大同云冈石窟、洛阳龙门石窟、敦煌莫高窟、重庆大足石刻）。亦有说四窟含麦积山石窟。大足石刻为我国晚唐时期造像的杰出代表作，是集我国佛教、道教和儒学三教合一的罕见的石窟精华，故称石窟经典。〔二〕指造像最初凿于晚唐景福元年（892），历经后梁、后唐、后晋、后汉、后周五代至南宋一一六二年完成，历时二百五十多年。现存雕刻造像四千六百多尊，是中国晚期石窟艺术中的优秀代表。宝顶石刻由号称『第六代祖师传密印』的赵智凤于一一七四至一二五二年间（南宋淳熙至淳祐年间），历时七十余年，由总体构思组织开凿而成，是一座造像近万尊的大型佛教密宗道场。

古榕树

古剑山

月上鉴山秋风凉，来往行人蹬道忙。
弥勒袈裟和尚饭，却是人间香客赏。

夜泊温塘峡

溪畔水榭流峭岩，数帆楼外闻峡猿。
清风散入半崖绿，明月浇开满池莲。

长相思·江津

江阳水，江津道〔一〕，江水粘着几江绕〔二〕。江中片片棹。四面山，倒置山〔三〕，山间壁画灰千岩〔四〕。津渡多少年。

注：〔一〕江阳水，江津道：江津历史上曾经有多个名称，如江阳、江州、几江、江津等，更早还有置乐城之称呼。〔二〕江水粘着几江绕：因长江水流经江津地域时江水围城绕了一个大圈，因而历史上江津亦称『几

塞班岛外

江』。〔三〕倒置山：四面山由于四面为山，仿佛山倒置，因而有倒置山一说。〔四〕灰千岩：四面山著名景点之一。

水调歌头·游三峡登神女峰

辛丑夏秋经神女峰时作于江轮上

才辞大佛归，又听神女唤。巴山夜雨暮，湘灵荆楚天。沧海浪波劈，巫山云雨剪。大小宁河谷幽，三峡小小奇观。梦里上九天！高峡生碧云，平湖乱紫烟。经书史，楚辞传、大坡骨，大溪鉴。龙骨犀虎猴，古人醉，今人眠。进绝境观奇观，栈开秦汉道，崖封明清棺。圣贤各领风骚，谁人一笑谈。身临绝景中，美在我心间！

四面山秋色

三山破竹翠，四面飞流泉。
庭前闻风轻，林外听溪弹。
乡音使人醉，倚栏拨管弦。
云深不知归，弄月花间眠。

四面山瀑布

长相思·四面山〔一〕

望乡台〔二〕，土地岩〔三〕，水口〔四〕瀑落高天来。落霞片片白。大洪海，小洪海〔五〕，海中泛舟荡天外。青山处处在。

注：〔一〕四面山：四面山风景区系云贵高原大娄山之余脉，位于重庆市区西面一百二十多公里外自古称为黄金水道要津的江津区辖内，距江津九十公里左右，是中国最美的十大瀑布之一，是中国最美的十大森林公园之一，素有『巴渝新十二景』一说。一九九四年正式被国家评为全国重点风景名胜区。四面山风景区是集山、水、瀑、石、林于一身；融幽、险、雄、秀于一体的至今保持原始、自然、古朴、雄浑的生态环境，为当今不可多见的自然森林公园之一。〔二〕望乡台：四面山著名景点之一。〔三〕土地岩：四面山著名景点之一。〔四〕水口：水口寺。四面山著名景点之一。〔五〕大洪海，小洪海：四面山著名景点之一。

长相思·鸳鸯瀑〔一〕

西瀑流，南瀑流，流到鸳鸯共白头。雌雄手牵手。山悠悠，水悠悠，四面青山云中走。相思在日后。

注：〔一〕鸳鸯瀑：四面山风景区著名景点。瀑布由雌雄双瀑组成，雄瀑亦称南瀑，瀑布落差高达一百一十

湿地风光

米，雌瀑亦称北瀑，瀑布落差可达九十米。瀑布分雌雄景象在全国都极为罕见。

卜算子·塘河古镇〔一〕有感

丙寅夏秋时作于塘河

塘河古镇行，风雨廊桥横。山湾田舍炊烟缈，竹摇幽林村。帘下蟹鱼趣，柳外小姑声。夕阳一抹远山黯，两坡道上行。

注：〔一〕塘河古镇：位于重庆市江津区川渝接合地带。距重庆市一百一十二公里，距江津区六十五公里。古镇历史悠久、环境优美、古迹众多、风情独特颇具原始野趣。为中国第三批命名的『中国历史文化名镇』。重庆市十大历史文化名镇之一。其东北与四川省白沙区毗邻，紧靠成渝铁路和长江黄金水道，西南与四川省合江市接壤。规划中的渝滇大通道穿境而过。塘河古镇早在两千年前就有人类聚居，明朝自建王爷庙开始，陆续发展成为主要集镇，至清朝乾隆时期趋于兴盛，成为渝、川、黔交通要冲和物资集散地，塘河古镇拥有重庆市目前最大的原始桫椤群落，具有十分重要的历史文化保护价值、建筑艺术价值和旅游观赏价值。

三亚海岸

双调·水仙子·天梯情

一串山歌千锤情，一抬花轿上山顶。桃花源里又逢春，相拥满天星辰，山下黄昏山上明，眼前郎归行，山外风雨骤，屋里柴火明。

黄钟·人月圆·宝顶山

甲申秋时游大足宝顶山作

秋风魂游宝顶山，菩萨与我言。慈眉善眼，香烛焚烟。素食寒天。浮土清烟，死的是佛，活的是钱。无肝无肺，一张笑脸，看破人寰。

长相思·大足宝顶山

南山凿，北山凿〔一〕，凿出百年经典窟〔二〕。山上日日祷。唐时修，宋时修〔三〕，修到何时始不朽，崖下人人告。大佛湾，小佛湾〔四〕，湾湾佛在凡人前。宝顶百年观〔五〕。阴世界，阳世界，地府人间阴阳界。善恶两重天。

注：〔一〕大足石刻以北山、宝顶山、南山、石篆山、石门山五山摩崖造像为主要代表，五山是整个石窟艺术

梯田景色

的重要组成部分。〔二〕凿出百年经典窟：由于大足石刻是中国著名的古代石刻艺术代表之一，是全国重点文物保护单位之一，是全世界八大石窟之一，是中国四大石窟之一，故词中有『经典』一说。〔三〕唐时修，宋时修：由于大足石刻中，最早的佛像系初唐永徽年间，至今为止，大约一千四百年。开凿经历从公元六五〇年到一二五二年完成。因有此说。〔四〕大佛湾，小佛湾：大足石刻具体地名之一。〔五〕宝顶：石刻主要集中的山顶为宝顶山。

正宫·塞鸿秋·秦良玉

戎马沙场女胜男，忠贞一生遂夫愿。岁月如梭生流陨，斑斑两鬓染白潭。勤王班师回，天下万人前，巾帼英雄出忠县。

清平乐·大足

东方摩崖，不朽在大足。五山相拥造石像，规寓存鉴在图。大佛湾，小佛湾，湾湾佛，阳光路。阴世界，阳世界，界界道，道糊涂。善恶真假，身后一抔土。一尊佛像万念斋，功德无量祈福。果有因，因有果，种啥因，结啥果。心即

日落

佛，佛即心，欲求佛，先思过。

藏头诗·大足石刻

大千世界有神奇，足下便是黄金地。
石斧凿开宝顶山，刻出家乡好景气。

鼓浪屿感怀

尧舜无心错人间，碧玉误嵌南海边。
东望厦门鹭江分，西有碣石擂鼓天。
晃岩胜过日光山〔一〕，椒庄媲比苏杭园。
古洞避暑泰山巅〔二〕，心越海峡望南台〔三〕。
天籁之声鼓浪屿，巧雅友义方兴艾〔四〕。
成功屯兵水操台，见证历史数百年〔五〕。

金刀峡

三十年前好景地，弹指重又痛流连〔六〕。
倘若今日不经意，申遗终归无尽天〔七〕。

注：〔一〕指鼓浪屿日光岩。鼓浪屿日光岩为一天然石洞。传说当年郑成功来到晃岩（日光岩别名），见这里的景色远胜日本的日光山，故有『晃岩胜过日光山』一说。〔二〕古避暑洞两旁石壁扛起天降巨石，给人泰山压顶之感，十分险峻。石洞明亮干燥、通风清爽。为海蚀地貌、古地质年代，海浪冲蚀，地壳上升，于是海蚀地貌就出现在山顶上了。因此有『古洞避暑泰山癫』一说。〔三〕登临日光岩顶峰百米高台远眺，可见吴屿、青屿、大担、小担、大金门、小金门诸岛，越过海峡，就是台湾。因此有『心越海峡望南台』一说。〔四〕『天籁之声鼓浪屿，巧雅友义方兴艾』指许兴艾、胡友义、林巧稚三位鼓浪屿名人。〔五〕成功屯兵水操台，见证历史数百年——『水操台』是郑成功为收复台湾、操练水师的遗址。巨崖上刻有郑成功手书的一首五绝：『礼乐衣冠第，文章孔孟家。南山开寿城，东海酿流霞。』据说，这首诗是临摹郑成功笔迹而刻的。〔六〕指作者三十年前，即一九八一年曾经来过鼓浪屿。〔七〕『倘若今日不经意，申遗终归无尽天』：此句写出了作者三十年间两次游览鼓浪屿不同的心情。作者呼吁要全面保护和合理打造我国的现有旅游资源，为后人留下宝贵的文化遗产。

玉龙雪山

风流子·情走鼓浪屿

己丑夏月写于岭南

屿上风高浪急，佳人辞京南聚。切切盼，惬惬语，帘下霎时云雨。且欢，且泣，人生几回几许！

双调·骤雨打新荷·龙水荷塘

辛卯南吕与朱兵、陶刚等摄友于大足龙水荷花园

绿叶蓝天，塘泥斗篷下，蛙声一片。出水芙蓉，闻香人自惭。蜻蜓绕飞花团，孤蝉低鸣柳尖。阵雨过，天撒珍珠，遍打荷面。人生好比戏台，孰道真美善？百年风流，千年桑田。人事天安排。清白出自污浊，艳丽发端黑白。芳酌浅，苍天一轮明月，普照人寰。

渔家傲·鹤游坪史迹示怀

庚午秋日垫江作

巴山渝水之雄踞，夔门江流之胜览〔一〕。屏障北岸古魏安〔二〕。战事多，太平不见太平天。伯子锦书民草煎〔三〕，道尹清廉御史单〔四〕。当时清廉后时难。古道

雁荡山景色

上，故里又见牡丹开。

注：〔一〕垫江上接巴渝之雄，下引夔巫之胜，独踞渝北咽喉，区位优势突出。词句喻垫江古城地处之重要。〔二〕魏安：垫江历史上北周武帝天和二年（567）间，曾改称『魏安县』。〔三〕伯子锦书民草煎：垫江曾是著名的『书画之乡』。词句巧借历史人物故事喻衬垫江历史悠久、文化繁荣之景况。句中『伯子』指垫江城南嘉庆年间『一生以教育为己任的一代师表』李惺。李惺，字伯子，号西沤，幼承家训，聪颖好学，十四岁即入县凌云书院。嘉庆十三年（1808）中进士，历任翰林院检讨、国史馆纂修、文渊阁校里、国子监司业、詹事府左春坊左赞善等职。辞官后在成都锦江书院主讲二十余年，游走三台、剑阁、眉山、泸州讲学数年。其在古力学、文学、哲学、书法等方面造诣很深。著有《药言》《冰言》《药言誊稿》《冰言补》《掘修补》《老学究语》《试帖》《蠹余》等著作，同治三年（1864）病逝于锦官城。其后『民草煎』指当地郎中张萱践，张媛父子在西汉元帝刘奭登基元年，为避宫选举家迁往太平山为当地百姓治病之事。〔四〕道尹清廉御史单：道尹为垫江鹤游坪人夏邦谟，号松泉，鹤游坪人。明正德三年（1508）进士。担任道尹、知州、工部、户部、吏部尚书等职。其工诗擅文，为官清廉，深受民众喜爱。御史为垫江城南乡人程伯銮，字次坡，官宦之家，幼时聪敏过人，史称『三岁识字，龆龀时能属长对，作古今体诗』。清嘉庆元年（1796）童试，诗文俱佳，州县皆夺榜首。嘉庆九年（1804）中举，次年中进士，入庶常馆，三年后授翰林院编修。奉母命返乡教学，主讲凌云书院。嘉庆十八年（1813）任贵州乡试主考官。次年任国史馆协修。后出任陕西道监察御史，肃贪倡廉，不畏权贵，先后上奏章十余次，对州县种种腐败

平原风光

行为，披露无遗。奏章举事具实，言辞恳切，直击官场弊端要害，震动朝廷，时人称『铁面御史』。程伯銮为官清正，不置家产。道光五年（1825）以母老为由辞官归养，离任时两袖清风，行李单薄，只有布被一床、旧衣数件，道光六年（1826）四十七岁卒。著有《奏议稿》《桂溪竹枝词》计十六首。

垫江『荔枝古道』[一]忆

『玉贞』[二]古川千里道，只为长安美人笑。
如今牡丹太平升，当年荔枝几时俏。

注：[一]『荔枝古道』：据垫江史记，唐时，涪陵所产荔枝『玉贞子』系『朝廷贡品』。玄宗令辟专门驿道直通京城进贡鲜口荔枝。《成都方志》载，『荔枝古道』自涪陵城西荔枝园起，北渡长江，经黄旗口，取道垫江、梁平、开江、达州过陕西西乡至宁陕接子午道直达长安，全长约一千公里。垫江境内约长七十公里，如今垫江坪山、黄沙等地尚可见当年驿道残址。[二]『玉贞』：『玉贞子』，唐时涪陵荔枝名。

好望角留影

垫江太平宴记

『魏安』明清战事多〔一〕，太平宴〔二〕后硝烟落。
西江碑〔三〕前怀古今，多少寨毁城垣破。

注：〔一〕指垫江历史上的明清战事。〔二〕取自垫江历史之说：传巴国时期，湖北廪族酋长之子姚皇武功卓绝，曾率众抗楚至垫江。阳春三月，大摆宴席。领众望担首领，图保城池。姚在席间曾说此宴就叫『太平宴』。后来，当地摆『太平宴』习俗一直沿袭至今。〔三〕指位于垫江县建于明末清初的八角殿寨外山顶一残留《西江月》古碑。如今已寨毁碑残。

菩萨蛮·白帝城〔一〕怀古

千里烟波夔门还，西蜀从此三分天。子阳白龙假〔二〕，后来祭汉家。　白帝终托孤，堂前告好恶。江流千古愁，落红染春秋。

注：〔一〕白帝城：又称子阳城，位于重庆市奉节县瞿塘峡西口北岸，距奉节县城十五公里。白帝城东依夔门，西傍八阵，三面环水，一面靠山，孤峦独秀。三峡大坝修建后，白帝城盘踞长江，气势磅礴，更加雄伟壮观，是长江三峡风景区著名景点。李白《早发白帝城》更使其声名远播。白帝城是我国驰名中外的游览胜地。古代诸如陈子昂、李白、杜甫、白居

心灵与自然

易、刘禹锡、苏轼、陆游、范成大等曾在此为官或客居，对山水秀色与风土人情流连忘返，赞美不已，留下了许多脍炙人口的千古绝唱。东汉建武十二年（36）刘秀入川，公孙述战死，白帝城毁于战火。如今城墙遗迹仍清晰可见。后人曾建白帝庙。白帝庙在历史上几经变迁和磨难。明正德八年（1513），四川巡抚林浚毁公孙述像，另祭祀江神、土地神和马援像，改称『三功祠』。明嘉靖十二年（1533），四川安抚司副使张俭又毁『三功祠』，改塑刘备、诸葛亮像，更名『义正祠』，后又添供关羽、张飞像。清同治十年（1871）奉节知县吕辉重修白帝庙，形成今天白帝城最终格局。白帝庙外『竹枝园』，汇集有当代书法名家碑刻近百块。〔二〕子阳白龙假：据史书记载，西汉末年，公孙述据蜀筑城，跃马称帝。皆因城内古井突见白雾升腾，宛如白龙，公孙述以『白龙献瑞』要出天子，自号『白帝』，白帝城因此得名。

双调·殿前欢·金佛山〔一〕

风吹遍〔二〕，龙岩城外闻狼烟，壮士饮马三眼泉〔三〕。江山寄语，板沟万卷书翻。

子啼归，方竹林幽迟暮风散。金山看我，我看金山〔四〕。

注：〔一〕金佛山：古时亦称『九递山』。位于重庆市区南部一百二十公里处的南川区境内，为国家级风景名胜区。〔二〕风吹遍：此处指风吹岭，金佛山景区最高峰，海拔两千二百五十一米。〔三〕龙岩城外闻狼烟，壮士饮马三眼泉：龙岩古城与合川钓鱼城同为南宋抗元之战古遗址。遗址目前仅存断壁残垣。〔四〕金山：金佛山。金佛山古时亦称『金山』。

九锅箐森林公园

七律·金佛山

金山遗石万卷开，龙岩饮马三眼泉。
古洞画壁流溪长，宫外石门人胆寒。
落日余晖伴君游，永灵占道药满山。
风吹岭上杜鹃啼，一道佛光照南川。

花犯·梅花

南山篱，黄葛古忆。千枝寒风里。冰肤冷馨。无媚经香隅。真情谁寄？凌霜傲雪赠秋与。花开依人意。忽记得，咏梅千句，句句在心底。

访春避夏悲秋去，风骚起，笑对幽兰冰芷。旷世中，谁与赏、高格疏影。还领略，花香风骨俱。尘世间，大千过客，谁在冰雪里！

双桂堂

山坡羊〔一〕·双桂堂〔二〕感怀

金带〔三〕有意，破山〔四〕无计。任晓风吹落双桂地。恶且休，善须记。即令名媛不出家〔五〕，双桂堂前放生你。信，佛在理。疑，我在理。

注：〔一〕山坡羊：曲牌名。北曲中吕宫，南曲商调，都有同名曲牌。南曲较常用，北曲较简单。常用作小令，或用在套曲中。又称为《山坡里羊》《苏武持节》等。〔二〕双桂堂：又名万竹山，福国寺于咸丰六年（1856）因扩寺发现金带故又名金带寺。寺庙位于重庆市梁平县金带镇境内。双桂堂始建于清顺治十年（1653）间，系云、贵、川、渝各地佛教寺庙祖庭，双桂堂在我国沿海地区和东南亚均享有很高的声名，佛界信徒都说『可以不知大足石刻，不可不知双桂堂』。民间一直有双桂堂拜佛灵验天下之说，是一座蜚声中外、享誉东南亚的亚洲佛教课宗寺庙。〔三〕金带：梁平县金带镇，双桂堂所在地。〔四〕破山：明清之际国内著名高僧，双桂堂创始人破山禅师。〔五〕名媛：明朝平西王吴三桂夫人、名扬天下的苏州名伎陈圆圆。陈圆圆因看破红尘出家双桂堂，法名寂静，字玉庵。

拜谒双桂堂

古柏参天溪流清，鹤飞鸿冲高天行。
堂前无处不放生，庙里蜚声中外惊。

小南海

即令名媛不出家，金山依旧香火盈。
天下寺庙尽佛禅，闲听两地桂子吟[一]。

注：〔一〕双桂堂在国内有两处，一处在浙江，一处在梁平，故有『两地桂子吟』说法。

双桂堂

都说心诚礼佛光，佛说有佛在心上。
善恶从来皆因缘，何必天天告佛堂。

观小南海地震遗址

丙寅夏月小南海观感

咸丰后坝乡崩山，千年遗址穷无垠。
瀛海水深容石乱，牛背观鲵听蛙眠。

东川红土地

沉醉东风·梁平柚〔一〕

梁山平顶桥外柳，金带龙滩碧沙丘〔二〕。文白〔三〕心红唇，倒卵果满肉。花树老枝难发芽，而今好味偏出朽〔四〕，更别提秋黄初冬柚。

注：〔一〕梁平柚：梁平县知名特产之一。〔二〕梁山：古时梁平县称为梁山县。句中平顶、金带、龙滩均为梁平地名，以盛产柚子闻名。〔三〕文白：柚子。柚子学名为『文白』。〔四〕柚子树愈老，结的柚子味愈水甜酸涩上口，药用价值愈高。

梁 平

双桂堂前花，秋色散农家。
荒丘橙橘柚，丹青蛟龙蛇。
早雾迷人眼，晚风掀白沙。
欲知山果熟，三春来渝巴。

夔门

奉节

丹峡流碧两崖悠，天坑地缝几曾收。
苍凉群峰出瞿塘，水归荆楚不许愁。
百里深谷有奇险，两崖峭壁万千态。
巴山自有瞒人处，肯教日月空照还！

蝶恋花·奉节夔门

月落天坑兀自圆，缝窄斗宽，白云出流泉。瞿塘水横冲霄汉，辟开河岳出荆天。

两山崔嵬浪遏舟，仙景蓬莱，青山喷紫烟。心中原来桃源地，枫叶红落万重山。

武隆天坑

长相思·天坑地缝〔一〕

旱夔门，水夔门〔二〕，大拙大巧乾坤行。月落坑下明。　旱八阵，水八阵〔三〕，诸葛迷宫谁人引。江水东入荆。

注：〔一〕天坑地缝：位于重庆市奉节县城七十公里处，长江以南的兴隆镇荆竹乡小寨村的自然风景区。天坑：天坑在地理上的学名为『漏斗』，是由于溶洞坍塌或者地表水流入地下而成。地缝：隐于地上地下的自然暗缝。奉节小寨天坑坑口直径超过六百六十米，坑深超过六百六十米，坑底直径也超过五百米。其漏斗三项自然数据已经大大超过号称世界第一的美国阿西波漏斗和我国四川兴文的石林天坑，堪称世界第一天坑。在天坑附近四公里之遥的天井峡地面呈现出六公里长的谷中谷明缝和八公里之长的谷下谷暗缝。无论是长度、窄度还是深度均堪称世界第一。天坑地缝为我国南方最为独特的天然风景区。〔二〕旱夔门，水夔门：水夔门即指瞿塘峡。旱夔门指距离奉节县城南九盘河景区与天坑景区之间雄踞势如瞿塘峡的两座自然山峰。〔三〕旱八阵，水八阵：指位于城东不远处长江北岸的大片渍地，由于其形酷似三国诸葛亮八阵图，当地人称旱八阵、水八阵。

古柏行〔一〕

读杜甫『古柏行』诗有感，丁亥秋与同窗同游翠云廊后改韵而作

华夏处处有古柏，唯有夔柏穷人寰。

峨眉山雪景

干润皮白不露文，味苦叶香亦在天。
挺拔矗立镇巫峡，不让雪寒侵西川。
数人合尺究猜度，缘由却在君臣间。

武侯祠里护先主，托孤堂前辅刘禅。
锦亭回看似粉黛，剑阁戏说如盆栽。
三国枭雄青山埋，空留古木枕人眠。
从来树老难为用，而今识君亦枉然。

树高枝壮透国香，先贤后世叹人前。
忠武庙前忠武门，翠云廊下翠云帘。
国厦终须土木兴，社稷埋应多仁贤。
我劝诗圣重抖擞，清明踏青返人间。

注：〔一〕此处诗说之古柏，指生长于白帝城外之古柏，在世人眼里，这里的柏树绝没有廊中翠云廊的柏树年长高大挺拔，但在作者心中，由于有『白帝终托孤』的经典历史，由于有『勿以恶小而为之，勿以善小而不

南岸一棵树

为』的劝世名言，这里的古柏也显得十分高大挺拔。

浣溪沙·垫江游

一县两誉〔一〕自接引，三瓜〔二〕四花〔三〕喜盈盈。五山六色好风景。七月风流八子清〔四〕。九天郁香重阳回，十里长亭更短亭〔五〕。

注：〔一〕两誉：垫江城历史上有『牡丹故里』『千年古县』两美称。〔二〕三瓜：垫江县以盛产『三瓜』（西瓜、冬瓜、南瓜）而闻名遐迩。〔三〕四花：垫江县的『牡丹红、菜花黄、李花白、柚花香』四花已经成为垫江生态观光的独特风景。〔四〕八子清：垫江历史上清代八大才子之一的李惺。〔五〕十里长亭更短亭：垫江县十里银杏大道、十里滨河长廊和正在建设中的『牡丹湖湿地公园』。

垫江回文诗

迎春花开花春迎，人在景中景在人。

峰顶山望山顶峰，明月湖观湖月明〔一〕。

仙女山风光

水绕城清城绕水，城在山中山在城〔一〕。
安然陶醉陶然安，登来喜极喜来登〔二〕。

注：〔一〕联中峰顶山、明月湖为垫江著名风景点。〔二〕垫江县城『城在山水中，山水在城中』的城市特质，为典型的南方山水城市。〔三〕喜来登：一江州皮草行名。

垫江赏牡丹

谷雨三春观牡丹，桃李红落杏无颜。
争春每被春色妒，幸有国色牡丹前〔一〕。

注：〔一〕牡丹花信期为暮春时节。此时桃、梨、杏等花褪红落，牡丹迟暮不争春，风格尤见高洁。

『太平』牡丹

洛阳牡丹使人怜，空留花王生南怨〔一〕。
而今赏花知花意，始知『太平』已千年。

三多桥外

注：〔一〕垫江历来有『牡丹故里』之美称。据史料称，垫江『太平牡丹』至今已有两千多年种植历史，传说是我国的牡丹之源。

青玉案·垫江寻师不遇〔一〕

戊辰事记于桂花园

问我今宵几多撼！水千条，雾满山。百零八门〔二〕雁寄难。春刃秋剪，暮凉暑寒，更催红落疏影单。

暮年归乡赋清闲，报与阴晴话冷暖。不敬更与不尊前。梦里不见，怎堪花颜，月亏愁却满。

注：〔一〕尊师唐玉如，女，今高龄八十五岁。早年于重庆一师毕业，任北碚区梨园小学教师，作者儿时启蒙班主任。青春靓丽，歌如铜铃，待作者疼爱有加，写得一手漂亮的板书，对作者后来书法艺术的影响极大。四十年前，闻说梨园玉如老师离休后奉子归乡于垫江田园，一直寻觅查询未果，无以寄托思念之情，寄词一首以解愁思。〔二〕百零八门：垫江。垫江城在古时据说曾建有一百单八门以御敌，今已荡然无存。

天堑通途

华岩寺袈裟传说

问君心有几多意！洒家只需袈裟地〔一〕。

为善不在求人知〔二〕，虔诚何必『中正』立〔三〕。

注：〔一〕据《华岩寺史》载，创寺人圣可大师向当地乡绅借地建庙传说。〔二〕原西泠印社社长张宗祥曾留赠联『读书观其大意，为善不求人知』，此为借喻。〔三〕讽喻蒋介石曾在寺中建中正亭之事。

天赐谷浴〔一〕

温泉祛风除凝膏，从来君主爱王袍。

春秋每浴天上泉，芙蓉出水贵妃俏。

注：〔一〕天赐温泉位于重庆九龙坡辖区内，是重庆市高品位园林式温泉休闲度假旅游区。

海兰云天赞〔一〕

海兰云天海兰湖，湖光山色仙人渡。

武隆天坑

九凤山上金凤飞，不饮金汤谁能服！

注：〔一〕海兰云天位于九龙坡区金凤镇，流经缙云山脉的温泉水自此淌出，是重庆九龙坡区后花园中的一颗闪亮的宝石。整个景区被缙云山、华蓥山两山环抱。依凭海蓝湖畔，背靠风景秀丽的九凤山和白塔坪森林公园海兰湖畔。山下有水，水边有山，山绕水生，水绕山行。依山傍水，宁静妩媚。得天独厚的地理条件成为重庆都市中心的『世外桃源』和九龙坡『都市休闲谷』『金汤药铺』。

花园渡

两山环抱海兰谷，不逊骊宫华清浴〔一〕。

褪尽人间浮与噪，后花园里好去处。

注：〔一〕华清池位于陕西省西安市东约三十公里的临潼骊山脚下北麓，是中国著名的温泉胜地，是唐代华清宫内的温泉浴池。据历史记载，这里作为古代帝王的离宫和游览地已有三千多年的历史。周、秦、汉、隋、唐等历代帝王都在这里修建过行宫别苑，以资游幸，相传周幽王曾在此建骊宫。华清池是帝王妃嫔游宴的行宫，白居易《长恨歌》曾写道：『春寒赐浴华清池，温泉水滑洗凝脂。』现为国家五A级旅游景区。

漓江风光

石宝寨随笔

玉印山上望江流，万里长江影入秋。
欲载此情诗中回，山上山下十二楼〔一〕。

注：〔一〕石宝寨共有十二层木楼。其中山下九层山上三层。

今说盛山〔一〕

汉丰古今十二地，处处散落梁州乡。
桃花三月为春红，梅溪水清邀君赏。
江山代有时人出，每信风色不同样。
万世永宁盛山美，清水开江西流长。

注：〔一〕开县曾有著名的『盛山十二景』，古人韦处厚、张籍均曾有诗吟『盛山十二景』。《今说盛山》词巧借开县古今名称记叙开县历史。其中的汉丰、盛山、万世、永宁、梁州、清水、开江、西流等均为开县旧称和地名。

磁器口古镇

长相思·龙隐寺

丁亥秋作于磁器口临江茶肆

白崖沟，凤凰游。龙隐青花磁器口。灵山日日悠。 风水瓶，宝轮鎏，两谷夹江观日头。天街盏盏留。

蝶恋花·潼南马龙山卧佛〔一〕记

壬辰立冬时作于渝州

丁香寺〔二〕外马龙山，半卧半眠，说人喜人怨。心诚行得万年船，浮华不渡蓬莱仙。 『三尊佛』〔三〕托无量天，日出日落，孤家尽知解。宣父畏后不轻少〔四〕，庭祖不必笑君晚。

注：〔一〕马龙山卧佛：马龙山卧佛为释迦牟尼造像，位于重庆潼南县卧佛镇马龙山太阳坡北面岩壁上，为我国第一大卧佛。佛像双目微闭，似睡非睡，神态安详，栩栩如生。造像布局和大足宝顶山卧佛相似，故有『新宝顶』一说。在中国石刻造像巨佛中，马龙山卧佛最为年幼。据考证，开凿年代为三十年代初，为民间募资造凿。今仅时逾不到百年，堪称石刻大佛中的『小字辈』。卧佛寺山清水秀，环境优美，是渝西北最大的禅林。卧佛寺内五百石罗汉依岩取势，造法自然，新颖别致，奇特壮观，千姿百态，喜怒哀乐，神情各异，妙趣横生，全国罕见。『久藏深闺人未知』，世人称赞为『五百罗汉中的一朵奇葩』。〔二〕丁香寺：卧佛寺。卧佛寺在五代

双江卧佛

十国期间至明万历年间称『丁香寺』。〔三〕三尊佛：卧佛寺历史上曾遭焚毁仅遗石佛三尊。清咸丰年间有邑人刻牌楼时将石佛移入寺内以避风雨，后人尊称『三尊佛』。〔四〕『宣父畏后不轻少』取自李白诗《上李邕》：『大鹏一日同风起，扶摇直上九万里。假令风歇时下来，犹能簸却沧溟水。时人见我恒殊调，闻余大言皆冷笑。宣父犹能畏后生，丈夫未可轻年少。』引用时略有变动。

赏花说潼南

夜阑花黄千山发，路遥醉人一社家。
酒干不知何时归，潼南兀奈云海涯。

长相思·双江古镇〔一〕

上西街，下西街，街街如网难天界，清时一条街。　猴溪环，浮溪环，双双溪水绕江天，古镇五百年。

注：〔一〕双江古镇：潼南县双江镇，地处嘉陵江支流涪江下游，建于明末清初，是仅次于县城梓潼镇的第

双桂堂

二大镇，因镇两侧的猴溪和浮溪蜿蜒环绕，故名『双江』。至今已有四百多年历史，是重庆市『十大历史名镇』之一。还有被誉为『重庆小十景』之一的『双江古韵』八大景观。二〇〇三年确定为国家级历史文化名镇。古镇布局呈网状结构，像长江有众多支流一般，民居清代特色十分明显，今天仍然可见『清代一条街』，为渝西北古镇自然人文相互辉映的独特文化景观。

黄钟·横山荒〔一〕

辛卯壮月作于横山

天干莫问灾年事，又见己丑荒〔二〕。高枝叶卷，矮草日黄，稻谷短浆。堰涸井枯，鸟别鼓歇，蝉悲绝唱。昨日月空，横山印象，愿为绝殇？

注：〔一〕『黄钟』系元曲牌之一，作者仿倪赞《黄钟·人月圆》作此曲。『横山荒』系作者辛卯年八月中旬横山避暑期间，作于联城避暑山庄。〔二〕二〇一一年綦江恒山旱情严重，据綦江电视台报道称『二〇一一年綦江旱情从一九五七年有气象资料记录以来最长最重的一年』。民间有说是一九四九年来旱情最为严重的年份，故有词句『又见己丑荒』。

山地风貌

双调·水仙子·磁器口〔一〕

壬辰孟秋写于凤凰城

两溪一江四街三山，凤凰龙隐灵山白岩。酒坊茶肆庙宇堂殿，天街明灯万盏。唱曲的字正腔圆，说书的言子翻天，挑担的来往吆喊，店铺穿逗龙门大千〔二〕。

注：〔一〕磁器口：原名「白崖场」，因清初盛产青花瓷得名「磁器口」，又因传说明朝初年朱允炆曾削发为僧隐于磁器口，宝轮寺遂改名为「龙隐寺」。始建于宋真宗咸平年间，明朝时期这里成为著名的繁华商业码头，是重庆市著名古镇之一，亦是大都市重庆经典版本的浓缩。磁器口位于重庆市近郊沙坪坝辖区内，东临嘉陵江，南接沙坪坝，西界童家桥，北靠石井坡。整个面积不到一平方公里，磁器口古镇经历千年，虽遭劫难但至今保存较好，素有「巴渝第一古镇」之盛名，是重庆市重点保护的传统街市。二〇一〇年入选「中国历史文化名街」。目前，该区政府拟大力打造磁器口，使之成为重庆市名片走向世界。〔二〕店铺穿逗：木榫结构的民居。巴渝地区城市房屋由于依山傍水，民居多建于山腰临水间，形式多为吊脚楼穿逗房。龙门大千：当地民间把聊天吹牛叫作「摆龙门阵」。

水乡周庄

中吕·喜春来·天台逸峰古镇

壬辰炎节写于横山联城避暑山庄

横山巨龙天台卧，松涛清风凉半坡。绿荫夏虫高低和，不思挪，在城里咋活？

注：〔一〕中吕·喜春来：元时宫调名，为十二宫调之一。喜春来：元曲宫调曲牌名，亦名『阳春』曲。

水调歌头·万州

辛卯夏作于江城

巴郡一片叶，巴蔓一颈还。商夏梁州府辖，三地成渝万。一环四高八射，一空三铁八港，东川凤仪仙。叠彩绕岭绿，溪涧响水远。风涛啸，锁雾天，日照短。功过孰断，百万庶民大移迁。昔日江东重镇，今朝凤凰涅槃，江南新城现。一水向东流，万州好江天。

瀑布景色

情怀万州

开埠设关锦江台，钟楼鼓响成渝万。
东西南北任穿越，四面青山好登攀。
万川毕汇向东流，万商毕集民心唤。
巴山渝水今日说，江东重镇换新天。
巴国之战蔓子情，武王伐纣巴渝谈。
大西大顺独称帝，入川之日断炊烟。
九五残案铁血鉴，强盛之域人忧患！
今日放歌天下惊，新诗旧词写不完。
白岩仙迹德帝观，襟江被山两屏偎。
天城处处倚空起，石龙滩滩有神瞻。
铁峰山上奇峰立，青龙瀑布倒水悬。
恒河四季花逢春，后花园里好耕田。

仙女山峡口

渔家傲·黑山谷〔一〕

辛卯夏日作于凤凰城

长谷穿越日昼黑，一沟风雨天不劫。十里香溪鲤鱼白。关山下，百慕大里惊龙蛇〔二〕。

碧水秀峰秋凉热，飞鱼瀑落犹带雪。两崖危壑鬼神嗟。江州外，神农架下观风月〔三〕。

注：〔一〕黑山谷：黑山谷位于重庆万盛区黑山镇辖区内，是国家4A级自然风景区。景区距重庆市区一百公里左右。黑山谷景区内峡谷穿越，漂流观景，攀岩探险，野营露宿，垂钓狩猎，无疑是市区外的绝佳去处。景区里自然景观十分丰富，是集山、水、泉、林、洞于一体，融奇、险、峻、秀、幽、静为一体，既有奇峰异石、参天古树，又有高峡碧水，四面飞瀑，既有古老地质地貌，又有罕见的珍禽异兽，是一处值得游赏的风景区。

〔二〕百慕大：由于黑山谷地势险要，幽谷神秘，历史上曾发生过许多起人和牲畜在沟中神秘失踪的事件，被当地称为『中国西部百慕大』和『恐怖的死亡之谷』。〔三〕神农架下观风月：黑山谷里动植物种类很多，分布很广，是重庆市独特的『生物基因库』，同时也被称为我国『西南的神农架』。

青玉案·石林踩山会〔一〕

野谷春色照荒郊，球半悬，人赶晓。一竿踩山闹春早。芦管叶笛，彩幻色窕，

吴哥窟一角

木鼓人高跷。摆裙飞旋脚步高，银簪锦衣红头苗〔二〕。寨寨苗歌家家醉，蓦然回首，山谷里却是石笋石桥〔三〕。

注：〔一〕踩山会：『踩山会』是南方苗族流传三百多年之久的盛大传统节日，又叫『踩山坪』。重庆万盛苗族『踩山会』已经被首批列入重庆市级非物质文化遗产保护名录，至今已成功举办过多届『踩山会』。〔二〕红头苗：苗族的一个支系，世居重庆万盛地区以红布带裹头的苗族。〔三〕指万盛石林。石林里拥有诸如石笋、石扇、石鼓、石龟、石蛙、石桥等各类造型的石头。

万盛·石林

丙寅年春日石林游后记

风吹林不涛，雨打树不摇。
樵人不山伐，鸟儿不筑巢。
欲林便为林，称岛却非岛。
林中听风歌，谷里闻泉滔。
千年好风景，出林师为早。
人间多奇绝，关山多奇峭。

新加坡风光

踏莎行[一]·万盛石林有感

涛不风啸，树不雨摇，只见田垄不见苗。鬼斧神工江州外，天造地设万盛郊。

鸟无筑巢，伐无夫樵，石龟石鼓石扇摇。我欲踏青知多少？观林更比昆明早。

注：〔一〕踏莎行：词牌名，又名《柳长春》《喜朝天》等。双调五十八字，仄韵。

南吕·四块玉·黑山谷[一]

黑山谷，百慕大，万盛惊魂神农架[二]。弘祖[三]生怯避而不发。谢安违命不归[四]，子牙龙蛇空卦[五]。真个是楚歌垓下[六]。钟馗[七]斗胆蹚沟，公髯[八]横刀探峡，留侯[九]酒后挥斧拔。

注：〔一〕黑山谷：我国四A级自然风景区。〔二〕百慕大：黑山谷由于山势险峻，神奇迷人，当地人叫作死亡之谷，有『中国西部百慕大』一说。神农架：黑山谷由于动植物品类繁多，拥有国家一级保护植物如银杉、珙桐等，国家一级保护动物如云豹、黑叶猴等，是重庆市最独特的『生物基因库』，被科学界称为『西南神农架』。〔三〕弘祖：徐霞客。〔四〕指明永乐四年（1406）太监谢安奉令为皇室采集楠木。由于地处边陲，高原蛮荒，森林茂密，交通不便，大量采伐的木材无法外运，苦于难以复

芦芽山

命，只得违令不归，从此谢安隐居在此，春播秋收，自耕自食。〔五〕即说姜子牙。〔七〕钟馗：中国传统文化中的『赐福镇宅圣君』。史料记载系古有扈氏国（据古籍记载及考证，钟馗故里为陕西省西安秦岭中段终南山下户县石井镇欢乐谷）人。其人豹头环眼，铁面虬鬓，相貌奇异；才华横溢，满腹经纶，正气浩然，刚正不阿，待人正直，肝胆相照。据说春节时钟馗是门神，端午时钟馗是斩五毒的天师，钟馗是中国传统诸神中唯一的万应之神。〔八〕公髯：三国忠勇侯关羽，人称『美髯公』。〔九〕留侯：三国猛将张飞。张飞，字翼德，封留侯。

雨霖铃〔一〕·芙蓉洞〔二〕

江口镇外，晓风蓬岸，别有洞天。宫殿斑斓辉煌，珊瑚枝灿，瑶池水蓝。回首天帷流瀑，落落照镜圆。桃花源里尽风流，芙蓉洞里探命源。

层层梯田泛银光，青山外，游离白露霜。归来不知何处！玉京宫，无限风光。石笋石芽，钟幔乳山，亭榭楼幢。天生一个仙人洞，此行不冤枉！

注：〔一〕雨霖铃：宋元时期词牌名，也作《雨淋铃》。相传马嵬兵变，贵妃缢死，平叛后唐玄宗入蜀时遇凄雨沥沥，风打銮铃，备感伤怀，闻听铃声，追念贵妃，采其声故成此曲，以寄恨焉。时有梁园弟子张野孤因善

罗平花海

觱篥，吹之遂传于世。『雨霖铃』曲调婉约抒情，哀痛悲伤，感染力强。其北宋柳永作『雨霖铃』最是有名，至今广为传诵。词句『杨柳岸，晓风残月』堪为经典。〔二〕芙蓉洞：芙蓉洞与仙女山、天生三桥自然风景共同组成仙女山著名风景区。该风景区位于重庆市区一百六十公里左右的武隆县辖内。芙蓉洞自然风景区位于该县江口镇芙蓉江畔，距镇约四公里。其主洞全长两千七百米，总面积三万七千平方米，整个洞内几乎含纳世界各地喀斯特溶洞三十多种沉积特征，洞内『三绝』景点非常壮观迷人。芙蓉洞被中外洞穴专家誉为『一座斑斓辉煌的地下艺术宫殿和内容丰富的洞穴科学博物馆』。

念奴娇·天生三桥〔一〕

己丑秋再游三桥后重新整理而出

百里乌江，回转处，桥横仙女山南。峭壁兀立，鬼神泣，千年风雨涅槃。天龙宫迷，黑龙拱，青龙一线天〔二〕。登高致远〔三〕，莽莽关山天堑！回首泱泱东方，动地一万年，换了人间。人物千象，天子曰，世界自然遗产〔四〕。天下桥景，无以一石贯，雄踞有三。世界奇绝，华夏河岳壮观。

注：〔一〕笔者自甲子上秋游武隆以来，近三十年数次去武隆各景区游览，对武隆各处风景的理解不断深入，此为己丑秋回顾后整理词句。〔二〕指天生三桥的天龙桥、黑龙桥、青龙桥。〔三〕指天生三桥山顶之致远

天生三桥

亭。〔四〕指中国『武隆喀斯特』同时与云南石林、贵州荔波喀斯特作为『中国南方喀斯特』正式列入世界自然遗产名录。天生三桥属于『武隆喀斯特』一部分。

三桥趣联

天生三桥，两山连，八分山，天下胜地，一字换来天外山〔一〕。

武隆八景，两门屏，半分水，世界遗产，一斧劈开山中天〔二〕。

注：〔一〕两山连：天生三桥地处我国西南武夷山和大娄山的连接处。八分山：武隆山水地貌呈八分山，分半地，半分水，即半山半水地貌。一字换：武隆远古属巴国属地，明太祖洪武前均称武龙，因与广西武龙县重名，改称武隆县至今。故称『隆』与『龙』一字之换。〔二〕武隆八景为芙蓉江国家重点风景名胜区、仙女山国家森林公园（含天生三桥等处风景）、武隆岩溶地质公园、千里乌江画廊、龙水峡地缝、黄泊渡、白马山等。两门屏：武隆县地处渝黔两省门屏关隘。一斧劈：武隆江口出土发现的五千年前的石斧、铜钺。经初考，在新石器时代当地即有土著民族繁衍生息，至今有五千多年之久。此处借喻武隆文化历史悠久。

绵山风光

三桥错四首

（一）

日照三桥春风暖，月落三桥雨带烟。
尘封山水今日探，苍天原来半个圆。

（二）

东边云雨西边霞，仿佛身在白云家。
三桥不知何时得，换了『隆』字得天下。

（三）

三桥奇景幻天下，多少贤达思无涯。
无忌梦中宽衣回，将军屯兵边关话。

（四）

苍天一怒哀地动，一石砸开三坑洞。
半壁山水半壁秀，唯见三桥南北中。

嘉陵江风光

永遇乐·西水河〔一〕

戊子年秋与秀生等游西水河返后而作

好山云中，好水山中，山水心中。石堤寨外，酉水河畔，乡梓分外浓。囤水围堰，筑堤夯墙，炊烟起欢歌动。星光外，寻梦他乡，和衣卧水乌篷。同行兄弟，湾里黄犬，一望顾盼相逢。打锣寨，渔家湾。佳人不在笑声穷。晨曦初起，宽衣解靴，网收鱼蹿人拥。天穹下，烹鱼开宴，好酒好咏。

注：〔一〕永遇乐：又名《消息》，词牌名。据资料《词律》载永遇乐词为越调。词有平、仄两种，仄始创于柳永，分上下两阕，共一百零四字。

南乡子·永川

箕山满地芽，农家姑娘茶垄忙。白云过岭不肯走，清风伴君记取阵阵香。三湖满城秀，江州府外待书郎。娇娘回眸解罗裳，席散，今宵醉后随君往。

茶山秀色

茶乡情歌

（一）

风吹三湖满城香，江州府外宴书郎。
娇娘一笑解罗裳，今宵醉后随君往。

（二）

秀芽对影起霓裳，取笑少白酒瓮荒。
纵得天下玉壶尽，不醉瓜山会秀娘。

（三）

茶山竹海品秀芽，疑是瑶池琼浆洒。
杯中翻飞玉女舞，山外飘过悄悄话。

注：应二〇一〇年五月永川市茶文化艺术节邀请而作，其中（一）（二）两首为现场书写。

红土地景色

端午悼屈原

甲子端午作于江州

屈子行吟离骚起，潇湘秭归九歌长。
天开于子精气神，地辟于丑星辰纲。
雄才堪当佐明主，无计终不事昏朝。
十二疑冢埋忠骨，从来风流方文章。

大西峒〔一〕游后并谢友人

己亥夏日桃花源游后记

大西溪水出洞封，清澈见底入泉孔〔二〕。
问津亭外问『五柳』〔三〕，何处桃源为正宗。
假令秦王不坑儒，扁舟落水咸阳空〔四〕。
春风不解当年事，来往洞前催桃红。

注：〔一〕大西峒：酉阳桃花源。〔二〕泉孔：酉阳泉孔河。〔三〕五柳：五柳先生陶渊明。〔四〕据清《酉阳州志》云：当年秦始皇焚书坑儒，咸阳书生背着书籍，逃进武陵山区，将所负之书尽藏此洞之事。现大西洞后左壁上『太古藏书』四字仍然清晰可见。据说系清时酉阳知州罗升梧手书。

仙女山风光

双调·雁儿落过得胜令·永川

庚寅初夏作

桂山秋月心，铁岭夏莲怀。竹海满山翠，夜雨千家台。今日江州外，杜康宴客待。得韵三湖歌，有诗齐登坛。湖边，鹅黄斗篷外；三更，茶姑钻郎怀。

无　题

大酉峒藏野谷滑，无限风情羞桃花。泉挂珍珠危石斜，溪水烟岚告渔家。

少年游·有感龚滩移迁

千年盐道湍水滩〔一〕，帘外桥叠桥。老树崖畔，墙扶廊角，临风夜观潮。凤凰山上猿声啸，滩上炊烟寥〔二〕。凭楼谁道，倚栏悲号，月下银滩落〔三〕。

注：〔一〕史载，龚滩古往今来是川盐入黔十分重要的官盐驿道。〔二〕指龚滩整体搬迁后留下无尽的感怀。〔三〕指位于下游的龚滩新址——小银滩。

川江风光

龚滩

桥重桥外楼接楼，千年占镇写春秋。
清风月落不思还，临滩听潮更添愁。

一丛花·桃花源

辛巳秋日与友一行同游酉阳

踏遍青山几时风？桃源今客东。半崖渔家中。流水无心牵人往，钟石悬，溪流淙淙。津摇扁舟，牛转田垄，何处采莲蓬？春雨桃花洒露中，落英香满洞。袅袅炊烟已黄昏，又听得土家帘动。日暮人归，不如小酣，小楼醉东风。

青玉案·桃源仙洞

记得当年大西过，摆手舞，香满坡。陶潜醉说蓬莱阁〔一〕。苗家藏经，桃峒翻红，月夜织网梭。林深不知近黄昏，路转忽见夕阳落。何处飘来串串歌。众里回顾，土家木楼帘翻正忙活。

雨露花开

注：〔一〕陶潜：东晋末期南朝宋初诗人、文学家、辞赋家、散文家陶渊明。陶渊明，字符亮，号五柳先生，世称靖节先生，刘宋后改名为潜。汉族，东晋浔阳柴桑（今江西省九江市）人。曾做过几年小官，后辞官回家，从此隐居，《桃花源记》为诗人代表作之一。此词系说陶渊明一生好酒善饮，写下了大量的田园诗歌，《桃花源记》则名列其中。

七星关外风光说〔一〕

百里杜鹃百花开，百草坪上百牲闲。
百里乌江百家画，百里草海百家源。

注：〔一〕七星关：贵州省毕节市一城关名。

杜鹃

百里杜鹃三春月，争奇斗艳情自劫。
远看世界是花海，近看花海是世界。

小镇春早

取道龚滩不见途中

月下不闻吠，柳外无路逢。
桥重桥成别，帘外帘飞鸿。
猿随凤凰去，风归月色穷。
银滩虽有意，郄在湍滩中。

卜算子·春游统景

金汤赛琼液，人幕胜天帷。天上有景瑶池美，地上统景水。　月残月半圆，人欢人堪怜。江北云雨江南山，一统天下泉。

龚滩古镇游记

汉复古今有滩湍，凤凰崖崩堵江船。
双龟静卧江水中，始知此地噪江南。

九峰山景

桥重桥外径相连，莲藕檐灯春下燃。
清风月落吊楼帘，临江听涛分外险。
川主庙前忆春秋，千年盐路尽悲欢。
渝黔湘鄂争邀宠，酉秀彭沿史各谈。
如今龚滩炊烟断，无心滩外看猿哀！
自从此地迁搬后，梦迁萦绕在银滩。

醉垂鞭〔一〕·统景温泉〔二〕

己卯槐夏与友统景温泉遊记

双楫随湾行，青山破，碧水分。池中雾气腾，山深听猿鸣。美景何处赏，佳人远，管无弦。无酒心已碎，愁落恨又添。

注：〔一〕醉垂鞭：词调最早出于清初时张先词。这首词为宴席间赠妓之作。我国早期的文人词曲，几乎都是士大夫在宴席间的即兴填词，事后由歌女歌唱。词体发展日趋成熟后遂成书案之作，从而改变了词的本来面目。双调四十二字，前后段各五句，三平韵、两仄韵。此词凡三用韵。〔二〕统景温泉：重庆市著名风景区，位于重庆市渝北区东部御临河畔，方圆十五平方公里。一九八九年被评定为省级风景名胜区。被重庆市评定为『十佳风景名胜区』。

古檐一角

照母山

抱瓮白满头，浮云安知愁。
相逢照母山，诗情流下楼。

江州城门歌〔一〕

丙寅正秋作于桂花园

九宫八卦出奇巧，九开八闭江城骄。
临江洪崖翠微开，东水人和定远潮。
南纪储奇凤凰飞，通远太安太平到。
金紫金汤福兴好，朝天迎圣千厮笑。

注：〔一〕据重庆资料记载，重庆建城六百多年，古城历史悠久，城门典故颇多，故以重庆城门史记，遂成『江州城门歌』，以示对古城历史的尊重和对家乡故土的热爱。重庆古城门共十七门，为九开八闭。诗中的临江、洪崖、翠微、东水、人和、定远、南纪、储奇、凤凰、通远、太安、太平、金紫、金汤、福兴、朝天、千厮均为城门。

莫高窟

双调·蟾宫曲·敦煌

丙寅作

鸣沙山上莫高窟。古时丝路，今朝坦途。南国烟雨，北疆黄土，云上孤鸿。而今思念大唐僧，问君何日行路中？几时归家？关内秋雨，塞上西风！

临江仙〔一〕·敦煌莫高窟〔二〕

丙寅春秋时节作

丝路几度悲凉？鸣沙山外绿杨。莫高窟外说炎黄。东方有经典，世界有敦煌。乐尊飞天生趣，圣经流播西域。来往洞前劝僧苦。泥佛能济世？社稷没杀戮？

注：〔一〕临江仙：词牌名，为唐教坊曲，双调小令，用作词调。又名《谢新恩》《雁后归》《画屏春》《庭院深深》《采莲回》《想娉婷》《瑞鹤仙令》《鸳鸯梦》《玉连环》等。关于《临江仙》词牌源起众说不一，多有微词。〔二〕敦煌：甘肃省酒泉市辖之县级市，国家历史文化名城，位于甘肃、青海、新疆三省（区）的交会点，古代中国通往西域、中亚和欧洲的交通要道之丝绸之路上，曾经拥有繁荣的商贸活动。以『敦煌石窟』『敦煌壁画』闻名天下，是世界遗产莫高窟和汉长城边陲玉门关、阳关的所在地。一九八七年被联合国科教文组织列入世界文化遗产保护项目，并于一九九一年授予『世界文化遗产』证书。敦煌与平遥古城、凤凰古城、

江景

九寨沟、乌镇、丽江古城、水墨婺源和新疆布尔津白哈巴村共同评为蜜月必去中国最美的八个小镇。莫高窟：俗称『千佛洞』，我国四大石窟之一，被誉为二十世纪最有价值的文化发现，坐落在河西走廊西端的敦煌，以精美的壁画和塑像闻名于世。始建于十六国的前秦时期，历经十六国、北朝、隋、唐、五代、西夏、元等历代的兴建，形成巨大的规模，现有洞窟七百二十五个，壁画四点五万平方米、泥质彩塑两千四百一十五尊，是世界上现存规模最大、内容最丰富的佛教艺术圣地。近代发现的藏经洞，内有五万多件古代文物，由此衍生专门研究藏经洞典籍和敦煌艺术的学科『敦煌学』。一九六一年，被公布为第一批全国重点文物保护单位之一。一九八七年，敦煌莫高窟被列为世界文化遗产。

八声甘州〔一〕·原韵和柳永词〔二〕·西路行

壬申申月西出写于张掖古城

望千里丝路楼兰游，几度锁春秋。朔风吹沙悲，西路凋零，岁月残留！曾经铁骑硝烟，而今事已休。始居延古道，水绕关楼〔三〕。

祁连山上雪断，江南在甘州〔四〕，古句应有。何处忆神州？何时会故友？思已动，旷漠览浏，襟湿透，天涯行孤舟。暮日里，影落阳关，心远江州。

注：〔一〕八声甘州：词牌名、曲牌名。词牌《八声甘州》又名《甘州》《潇潇雨》《宴瑶池》，是从唐教坊大曲《甘州》截取一段改制而成。后用为词牌。因全词前后阕共八韵，故名八声，系慢词。与《甘州遍》

天下第一关

之曲破、《甘州子》之令词不同。《词语》以柳永词为正体。曲牌《八声甘州》南北曲均有此曲牌，属仙吕宫。〔二〕柳永：其生卒年史料均不详。出生于儒宦世家。原名柳三变，字耆卿，福建崇安人。因排行第七，故称柳七。柳永生性放浪形骸，风流倜傥，仕途坎坷，经年流连花街柳巷，词曲声色，相传死后为群妓出金共葬。其官至屯田员外郎，亦称「柳屯田」。自诩「白衣卿士」。北宋时期著名词人，婉约派典型代表人物之一。我国词史上第一个慢词作家，因广用俗语首创先河。民间极为称道。柳永史上留词约两百首。〔三〕居延古道，水绕关楼：位于古阳关丝绸之路以北的戈壁沙漠荒芜草原地带。这条古道曾经在古战场发挥了十分重要的历史作用。因古道起于居延而得名。〔四〕甘州：张掖市。张掖名源于汉代，因地理位置「张国臂掖，以通西域」而得名。张掖市古时称「甘州」。位于丝绸之路、河西走廊腹地，雄于南距祁连，北邻合黎、龙首险隘之间，先后与古「丝绸之路」南北两线和古代我国与西方世界交流十分重要的国际大通道「居延古道」交会。是一座拥有悠久历史的边塞城市，更有诗说「不望祁连山上雪，错把甘州当江南」和「半城芦苇半城塔」，指的便是土地肥沃、物产丰富的张掖市。

越调·小桃红·镇远〔一〕

丙寅春秋时节作

舞阳河和舞阳歌，舞水穿城过。关塞雄隘南屏障，情如何？ 如今只见残垣

舞阳河

破。蛮夷烟消，夜郎史落，古镇风情多！

注：〔一〕镇远：贵州省黔东南苗族侗族自治州所辖古镇。位于长江上游和贵州东南部，贵州高原东武陵山余脉的崇山峻岭之中。地处湘黔两省的怀化、铜仁和黔东南三地区五县接壤交会之处，是一座历史悠久的边陲城镇。明代中期已经成为南国边塞的风景旅游地。一九八六年镇远被国务院批准为『中国历史文化名城』。一九八八年八月国务院批准把镇远舞阳河风景区列为『国家级风景名胜区』。二〇〇九年被评为『中国最美十大历史文化名城』之一。同年荣获『中国最美的十大古城』称号，镇远位居其五。古镇位于舞阳河畔，四围皆山，河水湛蓝，河床蜿蜒，以S形穿城而过，北岸为旧府城，南岸为旧卫城。远观颇似太极图。两城池皆为明代所建，现尚存部分城墙和城门。城内外古建筑、传统民居、历史码头数量颇多。城东的青龙洞，有规模宏大的明清宗教建筑群，既有佛教寺庙，又有道教宫观和儒家祠院，三教合一，颇为壮观。沿舞阳河畔天后宫、吴王洞、石屏山、铁溪等旅游景点处处风情，使人流连。

念奴娇·舞阳河

九山一水，福地外，西水东出楚天。苗江古城，兵书言，一隅可得云黔。滇楚锁钥，黔东门户，边塞护中原。武侯漕运开，和平村史鉴。经义洞穿虎口，鹞

镇远风光

子飞险滩，一曲九转。金阙玉柱冲冠，西峡瀑布大飞还。不游三峡，不攀峨眉，风雨走镇远。今生幸游，胜却人间无限！

黄钟·节节高·镇远〔一〕

己未年作于镇远古城

旧府屏角，卫城江绕〔二〕。舞水两岸，扁舟千棹。河镜平，碧波俏。苗家女，逛歪门溜斜道〔三〕。

注：〔一〕黄钟·节节高：曲牌名，八句，押四平仄韵。可作小令或入套曲；南曲也有此调，属南吕宫。

〔二〕旧府屏角，卫城江绕：形容古镇依屏山而建的旧府城和滨江而围的旧卫城。〔三〕逛歪门溜斜道：指古镇独具特色的民居建筑。镇远古民居既有江南庭院之风貌，又有山地民居建筑的布局，江与山的完美民居特点，使镇远民居成为中国建筑史上的一大奇观。其中『歪门邪道』是镇远的民居建筑中独具特色之处。凡开在小巷道旁的各家大门绝不会与小巷平行或垂直，小巷也绝不与大厅正对，而是有意地将门的朝向转一个角度，据当地人说，『歪』与『斜』乃遵循风水中的『以南为尊』，乃呈富贵之相也。

黔灵山

舞阳河畔

乙未年与友重游

黔山尽处楚江头，湘水余波沅江口。
清溪笔谈石崖书，香炉岩赋土司侯。
歪门邪道何处寻，两岸风光千户走。
美景不待明日赏，三杯杜康醉江楼。

满江红·登黔灵山〔一〕

癸丑春日记于贵阳

气冲霄汉，步晚亭，谈笑登山。望长空，惊雷乍起，风雨满关。七十年代云和月，三千里又一关。多游者，玉碑群峰中，湖边泉。　沧之洲，尚未取，沙中戟，折又现。登者梦断魂，借花波中叹！顶上柏桐春光好，无意柳下来黔山。归途上，还君点点愁，朝前看！

注：〔一〕黔灵山是云贵高原之『黔中灵山』，亦称为『黔南第一山』。以山幽林密、湖水清澈闻名全国；是贵州著名的旅游朝拜圣地，它是集自然风光、文物古迹、民俗风情和娱乐休闲为一体的综合性公园。黔灵山位于黔灵公园内，由弘福寺、黔灵湖、三岭湾等六大游览区构成，成为贵阳著名的风光秀丽的城市公园。国家四

燕山

A级旅游区，公园始建于一九五七年，园内峰峦叠翠，古木参天，林木葱茏，古洞清涧，深谷幽潭，景致清远，自古是贵州高原一颗璀璨的明珠。

满江红·再登黔灵山

戊午年夏重登黔灵山　旧韵新作

春到高原，过桐梓，直抵黔关。抬望眼，山烹灵秀，水酿醴潭。前年十月除四祸，故友兴高重攀。广贤才，长忆是山河，变朱颜。

刚平雷，又惊风，才治国，便大干。三年大战中，旌展号角喧。一任朔风过贵阳，三春又绿黔灵山。征途上，横刀立马，永向前！

满江红·燕山

神州浩荡，望西京，燕山香堂。风鹏举，墨下风流，毫端倜傥。圣恩禅寺中轴见，景泰残垣三时光。卧佛醉，挥戈高尔夫，独占香。

登帽石，射窟窿，刀劈岭，万崖岗。山神过后，一笑辞却三郎。啸嘶声震东方乐，拔剑独敌天下将。深秋

德天瀑布

里，一片蛙噪，月落塘！

清平乐·三进周庄〔一〕

苏沪之隅，贞丰〔二〕九百年。小桥流水两岸柳，四湖风摆红颜。素面裹尽淳朴，裙钗更添娇恬。西施无以齐名，婵娟羞上人间。

明清水乡，独占桃花源。蓬舟劈开碧波水，沿河曲径沉湮。炊火燃，米斗开，坊间酱醋油盐。究竟江南如何？仿佛天堂梦远。

烟雨拱桥，双河船行乱。摩托轰然独占道，鸬鹚与主同演。店铺鳞次栉比，满街都是吆喊。华夏第一水乡，风光尚余几年！

注：〔一〕周庄：位于江苏省苏州东南的昆山市内，地处上海、苏州、杭州之间，是我国典型的江南水乡小城镇。周庄古时即有『镇为泽国，四面环水』之说。整个小镇因河建镇，桥街相连，傍水筑屋，柳荫成片，绿影婆娑，乌篷穿梭，丝竹声声，拱桥连连，江南水乡，韵味悠远，现位居中国十大水乡古镇之首。作者自八十年代以来，二十年三进周庄，目睹周庄在苏州经济发达圈内令人震撼的蜕变和在现代城市建筑包围中的格调变化落差，目睹周庄在当今昏浊枯燥、功利至上的氛围中的兴衰顿生感叹。〔二〕周庄原称『贞丰镇』。

龙宫

采桑子·龙宫洞探〔一〕

辛未夏作于贵州安顺东门

千年溶洞今重探，又见洞天，再生咏叹，处处奇绝处处瞻。地上地下笋流瀑，云中舟楫，人间流连，瑶池落雀飞无前。

注：〔一〕龙宫：位于贵州省安顺市南郊，与我国著名的黄果树风景区毗邻，被称为中国地下瀑布之冠，是我国五A级重点旅游风景名胜区，中国十大魅力名胜区之一。距省会贵阳市一百一十六公里。龙宫风景区是以暗河溶洞称奇，并集旱溶洞、峡谷、瀑布、峰林、绝壁、溪河、石林等多种喀斯特地质地貌景观为一体的国家重点风景名胜区。有着中国最长最美丽的水溶洞、中国最大的洞穴佛堂、中国最大的洞中瀑布、全世界最低的天然辐射剂量率、全世界最多最为集中的水旱溶洞等高品位风景资源。

水调歌头·十丈洞观瀑

戊午凉秋于赤水作　辛卯夏阳有删改

昔知黄果树，今探十丈洞。瀑有别，界域同，夜郎南北拥〔一〕。水势落挂成瀑，山穷云绕成奇，洞中天穹。玉带千尺破，壑啸九天风。地热冲，银河落，冰雪崩。百里水路走蟠龙，赤壁幻，古道拥。唤雨龙女酿琼〔二〕，皇命谢安不从，始见丹崖虹。洞藏数百年，弘祖在路中〔三〕。

十丈洞瀑布

注：〔一〕黄果树瀑布和十丈洞瀑布分别地处贵州省南部和西部，一个是发现已久举世闻名的大瀑布，一个是近年才知晓的惊世名胜丹霞瀑布王，均享有盛名，故有『南北拥』一说。夜郎，此处泛指贵州省。〔二〕唤雨龙女酿琼：据景区资料载『龙女潭』传说中关于『龙王三公主』的动人故事：远古时代，十丈洞一带久旱成灾，三公主趁龙王不在，擅降雨霖。玉帝闻知后一怒之下将三公主囚于潭中，此潭因得名『龙女潭』。〔三〕弘祖：指徐霞客。徐霞客（1587—1641），名弘祖，字振之，号霞客，汉族，明朝直隶江苏江阴人。我国伟大的地理学家、旅行家和探险家。其在《雇短夫遵大道南行》一书中记载了徐霞客考察发现贵州安顺黄果树瀑布后，十分惊叹大自然的神工巨作，即向当朝推举黄果树瀑布为中华大瀑布之最，得以让今人一睹瀑布风采。然而，由于当时的交通工具和自然条件，徐霞客无法前往赤水，因此具有我国丹霞地貌显著特点、规模与黄果树瀑布不分伯仲的十丈洞瀑布群一直没有被发现而尘封至今。作者在词中以『洞藏数百年，弘祖在路中』寄望霞客再次游览十丈洞并写下游记续篇。

水乡人家

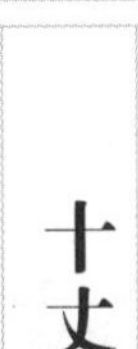

十丈洞瀑布

戊午凉秋作于赤水

两岸青山丹霞多，一条玉带天上落。
不知人间有瑶池，原来弘祖不得过。

望海潮·黄果树瀑布群观后

庚戌年作于安顺

多彩云贵〔一〕，缤纷白水〔二〕，百里群瀑〔三〕飞跨。崩玉捣珠〔四〕，乱云排啸，彩虹人间变化。亭〔五〕外沽云喷，洞〔六〕中钓蔚霞。犀牛〔七〕人家。天工匠作，高原胜地，好夏华。

凭栏丈滩十八〔八〕，瀑瀑珍珠挂，高天落花。芦管和弦，苍山对话，关索岭下苗家。甲子九君临，醉里还梦中，蜚声天甲。人间归处天涯，别时涕泪洒。

注：〔一〕贵州有『多彩贵州』之说。〔二〕白水：指贵州镇宁县白水河。〔三〕百里群瀑：指黄果树瀑布群。〔四〕此处巧用徐霞客原诗句『捣珠崩玉』。〔五〕指黄果树瀑布旁的观瀑亭。〔六〕指黄果树瀑布的水帘洞。〔七〕指黄果树瀑布下的犀牛潭。〔八〕凭栏丈滩十八：黄果树瀑布群由滴水滩瀑布、黄果树瀑布、连天瀑布、冲坑瀑布、关脚峡瀑布、绿媚潭瀑布、蛛岩瀑布、陡坡塘瀑布、天生桥瀑布等十八个瀑布组成。

瀑布景色

游澄迈步金山寺记〔一〕

金山西湖天下寺，古今遗美许多句。
而今澄迈金山寺，更比杭州有寺趣。
千年名邑千年邑，从此海天游如织。
北疆雪寒南风暖，不见一人着厚衣。

注：〔一〕澄迈：海南省西线县城，古为『苟中县』，位于海南西北部，濒临琼州海峡，毗邻海口市。澄迈历史悠久，有着一千四百年的历史，为海南著名的千年名邑。『澄迈』为隋炀帝在大业三年（607）取澄江、迈山第一字而得名，其后曾有过分合，恢复澄迈县制后至今未变。金山寺：塔寺建于明朝洪武年间，位于澄迈县城，金山寺依山傍水，气势恢宏，为古迹遗存，一九九六年被国家列入全国第四批重点文物保护单位。据说与我国杭州西湖金山寺共为『姊妹寺塔』。

黄果树瀑布趣联

庚戌初秋作

流瀑如絮白花开遍地苗话〔一〕

万峰林

飞霞似锦红梭织满天关索[二]。

注：〔一〕黄果树瀑布所在地为苗族布依族自治县，以苗家话为主。〔二〕关索：黄果树瀑布旁边的关索岭。

海南三亚途中得词『声声慢』

癸巳岁初写于万宁郊外

崖崖岩岩，滩滩湾湾，青青湛湛蓝蓝。三亚四处梅开，蜃景江天。游人如织，怎经得，天涯海角召见！鳌山下，海岸边，全是当下神仙！满眼风光绮丽，三圈阵，图腾盘古今阓。呼朋唤友，拜谒南山莲台。江海分界水连，声声慢，情怀无限。夕阳下，天涯尽处人不还。

观瀑

甲子夏作于安顺

一道天幕飞流下，崩玉捣珠犀牛家。

观瀑亭外听风雷，水帘洞里挂云霞。

九峰山

越调·柳营曲·黔女

黔山幽，雅河雅，少年不识堂前花。雎鸠关关，窈窕佻佻，花溪两岸家。裙动三桥舞，眉飞岭外霞。寒窗苦读月，随意翻平坝。恨！全在他人家。

菩萨蛮·三江入海口忆冼夫人〔一〕

五指山下泉水清，三江入海壮士情。北望雷州峡，从来险难跨。 巾帼百令颁，子顺孝为瞻。高州百越女，终究得海南。

注：〔一〕冼夫人：广州高州人氏，为梁、陈、隋三朝时期岭南百越族女首领。其一生为岭南地区的稳定和发展做出了卓越的贡献，被海南人民敬为女神。

望海潮〔一〕·龙宫

庚午记于安顺西关

金萧高原，玉笛云贵〔二〕，龙宫漩塘流沙。吞石为洞，吐石见花，满山水孕石发。地上漓江水，洞中龙宫花。紫云平坝。媲美大瀑，牵手织金〔三〕，好

七彩云南

洞家。聚水则生潭渊，复水成流泉，石林趣话。红铜金琐，跳花供粑，赶表飞歌染蜡[四]。天上有瑶池，地下有龙宫，风光如画。天星桥边流连，龙宫三『探花』[五]。

注：〔一〕望海潮：词牌名。古时以此作为词牌的著名填词有柳永《望海潮》、秦观《望海潮·洛阳怀古》、黄岩叟《望海潮·梅天雨歇》等。〔二〕金萧高原，玉笛云贵：喻贵州为金萧玉笛之乡。〔三〕媲美大瀑，牵手织金：同处贵州地区的黄果树瀑布和织金县的织金溶洞。〔四〕龙宫风景区地处贵州安顺地区，属少数民族集中居住地，主要以布依族、苗族、仡佬族等为主。本句『红铜金琐，跳花供粑，赶表飞歌染蜡』句中『跳花』系苗族在农历正月间和四月初八聚集在一起活动，称为『跳花』，仡佬族春节祭祀活动都要吃『供粑』，布依族青年凡遇社交、恋爱等主要方式即为『赶表』。蜡染是贵州少数民族主要服饰的制作工艺。〔五〕龙宫三『探花』：指安顺龙宫风景名胜区龙宫、天星桥、石林三处风景。另说作者三次游览该景区。

一剪梅·丹霞谷地

辛卯秋日红石野谷[一]重游有感

茫茫大同一线天。远看枫红，近看缙染。沟壑崖壁巢蜂还，人在霞中，山在虹

娄山关

面。满山苍翠峰叠峦。米脂无姨，绥德光汉〔二〕。天下从此无笑谈。绿是竹海，红是山峦。

注：〔一〕野谷：位于贵州赤水大同古镇华平河畔的中国丹霞世界自然遗产地，红石野谷壮丽景观。〔二〕米脂无姨，绥德光汉：我国民间谚语——米脂的婆姨绥德的汉。此处引用描写丹霞地貌景观之美。米脂的婆姨，绥德的汉子都到这里来观看美景。

忆秦娥·娄山关〔一〕

辛卯初春作于江都

娄山北，满山枫动古城〔二〕月。古城月，边关太平〔三〕，风烟不绝。红花岗外战旗猎，神奇贵州向天阙。向天阙，万民好圣〔四〕，苍穹齐乐。

注：〔一〕《忆秦娥·娄山关》原为遵义一书画赛作，因误期未出。〔二〕古城：娄山。〔三〕太平：娄山原为太平镇。〔四〕圣：乐圣，古时泛指酒。

玉龙雪山

虞美人·南温泉

当年青山今年松，小泉晚情弄，满山红叶听泉咽，多少英雄醉在红楼中。文
山花溪明月峡，月洒烽烟崖。忧忧尘世幽幽情，谁将闲情赋笛夜色明。

十里温泉城

十里运河九里烟，小桥流水农家闲。
白云寺外飞杏旗，巴山夜雨又江南。

正宫·小梁州〔一〕·四洞沟〔二〕

丹霞月照桫椤长，一泄春光。缘何不见龙卧岗。崖畔燕，衔泥飞来忙。洞洞瀑落镶锦绣，沟沟帘挂织罗裳。水帘洞，月亮潭，飞蛙崖下，白龙何处藏〔三〕！

注：〔一〕小梁州：元曲曲牌名。〔二〕四洞沟：贵州赤水风景区之一。〔三〕四洞沟风景区主要以水帘洞、月亮潭、飞蛙崖、白龙潭四瀑为名。洞即为瀑，当地习惯称瀑为洞。

遵义会议

越调·落梅风

丙辰年作于播州〔一〕

红岗松，乌江雪，残月悲风决绝。望娄山雾锁播何处歇，子规山中又啼血。

注：〔一〕播州：今日遵义市。

朝天子·子吟〔一〕

戊午写于遵义市红花岗

春龙，秋风，日暮两处风。娄山林深夜正逢。离人情更浓。 几处箫横，几时人拥？泪湘江哭昼永。话咽，声空，牵走了相思梦。

注：〔一〕此『子吟』曲系一九七二年为遵义两小无猜、青梅竹马的春龙、秋风相恋多年苦苦离散后感作。

念奴娇·初探织金洞〔一〕

己丑游云贵时作

天下美景，看不尽，织金城外洞天。瑰宝奇观，人惊呼，两牧〔二〕诗说平远〔三〕。琵琶曲章，灵宵乐阕，崖溶雪流泉。桑梓青绿，沙地泽沼荒原。 帷幔展，羽蝉薄檐，分明西域经还。王盔霸天，擎柱镇海，塔林映广寒。曾记天遗无篇，蓬

绿城留影

莱桃源，此景天难全。物我两欢，归来不忆河山。

注：〔一〕织金洞：原名打鸡洞，位于贵州省织金县城东北二十三公里处的官寨乡，地处乌江源流之一的六冲河南岸，属于高位旱溶洞。三十世纪八十年代初勘测时发现此洞。是中国目前发现洞穴规模极其宏伟、洞穴资源异常丰富、洞穴造型奇特罕见的「世界洞穴宝库」。洞深十几公里，两壁最宽处一百七十三米，最高达五十米。洞内空间开阔，岩质复杂，拥有四十多种岩溶堆积形态，可谓巧夺天工，江山如画，形神兼备，超凡脱俗，令人称奇，使人流连，被称为「岩溶博物馆」「世界第一流的喀斯特景观」，处处让人惊叹。织金洞之所以被人们称为「溶洞之王」在于它在世界溶洞中具有多项世界之最。比一直誉冠全球、并列为世界旅游溶洞前六名的法国、南斯拉夫等欧洲国家的溶洞要大两三倍。二〇〇九年织金洞风景名胜区成功升级为国家四A级风景名胜区。洞中遍布石笋、石柱、石芽、钟旗等四十多种堆积物，形成千姿百态的岩溶景观。洞道纵横交错，石峰四布，流水、间歇水塘、地下湖错置其间。被誉为「岩溶瑰宝」「溶洞奇观」名副其实。震撼西南的明末彝族起义首领安邦彦的故居「那威遗址」和「安邦彦墓」就在织金洞附近，凭吊古迹，令人荡气回肠。与织金洞相距十三公里素有「小桂林」之称的织金古城，是全省四个历史文化名镇之一，使织金洞成为自然景观和人文景观相结合的风景名胜区。〔二〕两牧：原国务院副总理谷牧、当代诗人冯牧。谷、冯二人在游览织金洞后分别以「此景闻说天上有，人间哪得几回游」「黄山归来不看岳，织金洞外无洞天」诗句赞美织金洞美轮美奂的壮观景色。〔三〕平远：即织金县。织金古称「平远」。

芙蓉洞

再游织金洞

己丑春夏时节作于安顺

五岳壮观雄不惊，洞穴奇景今探巡。
自古玉宫有瑶池，天涯归处又洞庭。
玉皇身边判官出，原来分明恋风尘。
地上美景九寨沟，洞中绝地数织金。
天京移师到官寨，不疑人间无嫡仙。
十大奇景在织金，天书难写此景缘。
从此天下勿妄言，桃花源里好耕田。
造物不忘炎黄功，观景洞天在眼前。

江城子〔一〕·双调·三游织金洞〔二〕

己丑作于织金县城

问天下何处风光？左挽妻，右牵郎。丹霞迷谷，官寨襟怀广。但使青天若放晴，日下醉，枕月窗。　安得百年驾鹤归，难忘今日回乡。织金洞里，离情咫尺惘。午觉方知落儿郎，东西顾，南北望。

长城一隅

注：〔一〕江城子：唐词单调，又名《江神子》《村意远》《金奁集》。全词单调三十五字，七句五平韵。后因『欧阳炯』词中有『如西子镜照江城』句而得名。江城即指金陵城（今南京市）。〔二〕本次云贵之行乃全家出游，返回时再次游织金洞后作于贵阳。

封寺隐情〔一〕

峡江山水琼池台，山南山北难释怀。
闻说人间情未了，可怜百姓不得前。

注：〔一〕据传当地为温泉扩建而致寺庙路封一事。

浣溪沙〔一〕·花溪〔二〕

己巳年花溪同学会后作

花溪花山花溪山，梅园桂园牡丹园。龟山蛇山凤麟山。桃骄李骄桃李骄。平桥坝桥放鸽桥，山笑水笑苗家笑。

注：〔一〕《浣溪沙》填词中，大胆采用两韵，意在破原词牌一韵到底之韵式，词曲浣溪沙借园内景点名称

湿地风光

串成。〔二〕花溪：位于贵阳市南郊花溪区内，是贵州省著名旅游胜地。融真山真水、田园景色、民族风情为一体，是贵州三颗『高原明珠』之一。『花溪』取其『繁花似锦、溪水长流』之意。风景区包括『十里河滩』『天河潭』『高坡民族风情和自然风光』『青岩古镇』『黔陶幽境』等。花溪公园内有三奇：山半有洞，深入而下行，横穿花溪河床，可谛听流水之声，此乃一奇；有蛇山、龟山对峙，中隔一水，水上搭桥，过桥则为深藏不露的碧云窝，置身其间，恍若与尘世隔绝，此乃二奇；花溪河上的百步桥，有石磴百具弯弯曲曲置于河坝上，一步一磴，微露水面，游人经此必鱼贯而行，望水中倒影，飘飘欲仙，此乃『三奇』。『高坡民族风情和自然风光』出自景区高坡乡，那里是贵阳市海拔最高的地方，居民均系苗族同胞。高坡乡的苗族有不少传统的民族节日，其中，以『四月八射背牌』『正月跳洞』『七月牛打场』最富魅力。至今保留有古苗族的悬棺葬和崖洞葬，给人留下难解之谜。花溪原名『花仡佬』，与仡佬族曾在此居住有关。崇祯十一年（1638）徐霞客在《黔游日记》中，曾对花溪流经的地方有过数次记载。

双调·蟾宫曲·花溪

己巳年花溪同学会后作

弹指间梦回溪坝。山泉炊米，山壶烹茶。山堡山寨，山云山霞，山春山夏。

满山红绿染山洼，满山阳雀扑篱笆。春来秋下，月出星挂，花溪河畔，高坡苗家。

麦积山风景

梵净山游记〔一〕

一山叠石梵土净，九龙万卷上武陵。
凭空风云际会处，移步山前与天邻。
崔嵬只应此山用，空灵不得他处引。
山即是佛佛即山，神宗名扬十三省。

注：〔一〕梵净山：位于贵州省铜仁市，居印江、江口、松桃三县地带，梵净山古今名称众多，明时称「九龙山」「饭甑山」「梵净山」「大佛山」「大灵山」，清时称「月镜山」「卓山」。通用「梵净山」，现通称「梵净山」。梵净山「集黄山之奇、峨眉之秀、华山之险、泰山之雄」。古人因其「崔嵬不减五岳，灵异足播千秋」，故称梵净山为「天下众名岳之宗」。取名「梵天净土」之意，乃武陵正源、名山之宗。曾荣膺二〇〇八年度和二〇〇九年度的「中国十大避暑名山」之一，是全国著名的弥勒菩萨道场，与山西五台山、四川峨眉山、安徽九华山、浙江普陀山齐名，为中国第五大佛教名山，在佛教史上具有十分重要的地位。梵净山是联合国人与自然保护圈成员单位之一。一九七八年被确定为国家级自然保护区。一九八二年被联合国列为一级世界生态保护区，二〇一二年被国家旅游局批准为国家四A级旅游景区。据典籍考证，梵净山的闻名与开发均起源于佛教，遍及梵净山区的四大皇庵、四十八脚庵庞大寺庙群，奠定了梵净山乃著名「古佛道场」的佛教地位，为中国五大佛

雪山景色

教名山中唯一的弥勒菩萨道场。

游梵净山得句

云深名刹钟，山高古寺幡。
万卷天书叠，游人不得翻。
学问在行路，城府当历练。
江流千峰水，月照万里船。

长相思·荔波〔一〕情

己巳春作

大七孔，小七孔，孔孔大小水中天，苗歌一滩滩。
山湾湾，水湾湾，湾湾山水联山湾〔二〕，相思一湾湾。

注：〔一〕荔波是贵州地区极其著名的丹霞地貌景区和田园风景区，具有独特的生态环境资源和珍贵的科研价值，被联合国教科文组织纳入『国际人与生物圈保护区网络』并被载入吉尼斯世界记录大全。国家级荔波樟江

风景名胜区和浓郁的民族风情以原始、古朴、神奇、多姿多彩而著称，主要有水春河峡谷景区、樟江田园风光景区、大七孔景区、小七孔景区。景区内山水融林、洞、湖、瀑为一体，具有奇、险、静、幽的特点，是贵州景区特点的高度浓缩。〔二〕联山湾：位于贵州省荔波县驾欧乡，是依山傍水式的布依族群居地带，拥有闻名天下的大小七孔景区以及乡村田园风光和布依族农耕文化。联山湾风光秀丽，水洁风清，水面平静，视野宽阔，两岸青山翠绿，村庄错落有致，仿佛是一首田园山水诗，被游客称为『世外桃源』。

万峰林

踏莎行·游万峰林〔一〕

辛卯年秋日取道贵阳驱车兴义途中作

看山山美，捧水水蓝，未到兴义休妄言。磅礴万里天下奇，九峰形胜在西南。

神泉怪水，阴阳相牵〔二〕，三省旖旎一山担〔三〕。回首群峰『云戴帽』，风雨欲来人不还〔四〕。

注：〔一〕万峰林：位于贵州兴义市东南部，由千万座奇特的山峰林组成。景区位于黔、滇、桂三省区接合部，喀斯特地形地貌典型突出，为独特的喀斯特地质景观。是国家级风景名胜区马岭河峡谷的重要组成部分，气势宏大壮阔，山峰密集奇特，整体造型完美，被不少专家和游人誉为『天下奇观』。据说远在三百六十多年前，徐霞客就曾到过万峰林，赞叹这片连接广西、云南的峰林。〔二〕神泉怪水：流经万峰林山间的两股清泉。当地

罗平风光

人称为『神泉』『怪水』，亦称『男泉』和『女泉』。两泉均从石缝中流出，女泉时隔几分钟水涌位高溢出与男泉交汇汩汩淌流。女泉水落时，男泉向女泉回流。两泉迥然夫唱妇随，天地默契，嫣然生趣，传为佳话。〔三〕三省旖旎一山担：登上万峰林最高峰『抱木山巅』，便可俯瞰黔、滇、桂三省（区）的旖旎风光。〔四〕回首群峰『云戴帽』，风雨欲来人不还：万峰林当地气象变化的显著特点——凡遇气候变化，山顶就出现『云戴帽』或『峰插天』的奇特现象，『云戴帽』的大小浓淡，预示着天变及雨量大小。当地人说遇到『气象山』的『云帽』飘浮，则预示气象的变化。

长相思·万峰林泉

辛卯年秋作

锦绣峰，武士峰〔一〕，峰峰相望云雨风，天地一吻中。雌水涌，雄水涌，松雪情深唱我依〔二〕，生死千秋逢。

注：〔一〕锦绣峰，武士峰：均为万峰林山峰。〔二〕雌水涌，雄水涌，松雪情深唱我依：借元时赵孟頫、管道升的忠贞爱情以喻男女泉水之深厚情义。赵孟頫：字子昂，号松雪道人、水晶宫道人。宋时王室后裔，元湖州（今浙江湖州）人。曾袭父荫任真州司户参军。元时授兵部郎中，官至翰林学士。其多才多艺，亦精文学、书法、音乐，其诗文曲风大气情逸。管道升，字仲姬、瑶姬，华亭人（今上海青浦人），又说为德清茅山（今莫干

丝路风光

山镇茅山村）人，元代著名的女性书法家、画家、诗词创作家。自幼聪慧，能诗善画，嫁与赵孟頫，元延祐四年（1317）封魏国夫人。延祐六年（1319）病逝葬东衡里戏台山（今德清县洛舍镇东衡村）。赵去世后，两人合葬于湖州德清县东衡山南麓。『唱我侬』即管道升作《我侬词》。

好事近·天台旧忆

丁巳春夏，同窗数友，滩渡赤水，登临天台，篝火乐曲，谈笑人生，风流无限。今游故地，不见旧友，睹物伤怀，填词以寄。

长滩纤夫泪，天台子规山鸣。丝管火棚情起，云雨隔锦屏。　春花秋月谁怜，月下留孤影。愁思又添离情，夜半上江亭。

双调·清江引[一]·乌江[二]史行考

癸酉夏月记于乌江

乌江草海平，关山雄自清。一水东流破，两岸劈峰行。黔蜀要津地，兵家争隘亭。明王万历败[三]，红军板渡平[四]。　不与当年虞姬别，霸王泪满襟？史说在

乌江渡口

此消，江考却东城〔五〕。江风吹落，何言可当真！

注：〔一〕双调·清江引：元双调带过曲。〔二〕乌江：古名『延江』，是贵州省境内第一大河流。源于威宁草海，由西向东横贯黔东北后汇入长江。乌江下游及部分支流的溶蚀构造地貌为峡谷区，有乌江关、虎跳峡、鹰愁峡等险峻峡谷，两岸碧峰耸峙，有众多奇特的山体、峰丛、怪石、穿洞、飞瀑，形成乌江沿岸七峡六十景。乌江渡位于贵州遵义县境内，历史上为『黔蜀要津』，为兵家必争之地。明万历二十八年（1600），明军征讨播州杨应龙，曾在此惨遭败绩。乌江镇分为江北和江南，居民大都生活在江南，乌江渡位于贵州省遵义县乌江镇，地势险要，历来为兵家必争之地。乌江渡口早年仅通舟楫，明清以来始架浮桥，解放以后才建有规模宏大的公路桥和铁路桥。乌江风景优美，有『乌江画廊』之美誉。〔三〕指明万历二十八年，明军征讨播州杨应龙，曾在此惨遭战败一事。〔四〕指一九三五年，长征到遵义的中国工农红军以老百姓门板作为渡河船只横渡乌江，重创国民党军队一事。〔五〕关于楚霸王项羽兵败后自刎，古今众说纷纭。据《史记·项羽本纪》载：兵败后项羽在乌江自刎；另据《中华文史论丛》刊《项羽不死乌江考》记载，项羽并非自刎乌江，而是死于东城（今定远县境内）；三说项羽兵败垓下，四面楚歌，自刎而死。大多史说为垓下。此不具考。

庐山

过马岭河峡谷

一谷破山高低流，两崖风光牵魂走。

百里马岭惊舟魂，逍遥春风逍遥秋。

满庭芳〔一〕·麦积山石窟〔二〕游记

甲子阳春渝作于北新牌坊

天水东南，陇西关外，风雨后秦窟山。苍林葱郁，暮色紫山渐。四面青屏绿嶂，惊回首，独立中天。山是佛，佛是青山，垛上望秦川〔三〕！南有乐山佛，凌云寺外，浩气长天。北国胜江南，秦地林泉。跨清谓渐两当，僧叠巢，却在中原！出神奇，红崖千屋？最忆麦积山。

注：〔一〕满庭芳：词牌名。因唐吴融『满庭芳草易黄昏』诗句而得名。又名《锁阳台》《满庭霜》《潇湘夜雨》等。〔二〕麦积山石窟：中国四大著名石窟之一。四窟分别是洛阳龙门石窟、大同云冈石窟、敦煌莫高窟、麦积山石窟。麦积山石窟位于甘肃省天水市东南约三十五公里处，是秦岭山脉西端小陇山中的一座奇异山峰。山峰海拔高达一千七百米，山峰距地面高度不到一百五十米，整座山峰山形奇特，孤峰凸起，宛如麦垛，故称为『麦积山』。麦积山风景秀丽，景色迷人，山峦密布苍松翠柏，花繁草茂，登峰远望，周围重峦叠嶂，千山

小镇春早

万壑，青松似海，烟云弥雾，相映成辉，『麦积烟雨』被称为『天水八景』之首。在我国四大著名石窟中，麦积山以天然景色著称最佳，素有北国『小江南』和『秦地林泉之冠』美誉。石窟始于后秦，就开凿在山峰西南面的悬崖峭壁上，历经北魏、西魏、北周、隋、唐、五代、宋、元、明、清各个朝代的不断开凿和修缮，逐渐形成今天的规模。在目前现存的造像中以北魏时期造像原作居多。造像低的仅距孤山基部二三十米，造像高的可达七八十米。在北魏时期，能够在如此陡峻的悬崖峭壁上凿出成千上万的洞窟和精湛的佛像，可以说在中国石窟开凿史上都是罕见的。与其他三窟相比，麦积山石窟是十分独特的。为此历代文人赞誉颇多，评价甚高。〔三〕垛上望秦川：麦积山石窟主峰形状酷似农家堆积的麦垛，故称为『麦积山』。

云海

丙申初凉时节与万源海平诸友驱车水洋坪后作

云动疑是青山动，谁道云闲山更闲。
雾盘奇峰势崔嵬，山酿流霞气如烟。
一缕阳光喷薄出，万般霞落彩虹前。
何处觅得此风光，唯有川陕八台山〔一〕。

注：〔一〕沈周曾有『看云疑是青山动，谁道云忙山自闲。我看云山亦忘我，闲来洗砚写青山』诗句。

统景风光

莫高窟二首

（一）

倘若菩萨能济世，东方原本少伐杀。
边关古今好造像，风雨都在百姓家。

（二）

游人不管风沙大，来往洞前拜菩萨。
河西走廊惆怅多，春风几时到西夏。

登『一棵树』望江州夜景

辛丑夏秋作

月落古道望江州，一棵树下人流连。
天幕沉沉星斗近，两江渔火天街前。
遥想当年南生句，巴山夜雨三变潭〔一〕。
千年古城千年忆，万古春秋万古传。

注：〔一〕南生即李商隐，三变即柳永。

玉门关遗址

嘉峪关

身在嘉峪望山海，始知长城万里远。
东方日照西方沙，尽在双关雄峙前。

暮春

丁亥暮秋作

天高暮云淡，江流月出半。灵空山中雨，秋晚日落残。放帘抛青泪，烛白恋红残。长叹翅无力。蜗居横笛远。

玉门关二首

（一）

黄沙万里吹玉门，一片孤城大漠情。
几时阳关烽烟消，再走丝路风雨行。

（二）

当年边关征战多，青春岁月沙场落。

都江堰

马革裹尸西凉外，至今是非有人说。

月牙泉

黄沙万里听沙鸣，月牙泉外望天平。
不睹此景枉自休，劝君别敲西天门。

取道晋江经舟山游海天佛国有感

海印池聚水百川，智海经涌天下观。
梵音塔畔熏风香，僧影幡然游人前。
古樟疏月波涛涌，盘陀夕照红海喧。
短姑圣迹道头留，莲邦东土喜人间。
千步金沙白如银，朝云追日参齐天。
排霞亭外天唇涸，疗伤洛迦今有缘。

山海关

心佛即佛佛在心，知涯无涯涯无边。

游『南温泉』〔一〕得韵

相传文帝好封仙，御临花溪赋温泉。
今日置身飞瀑下，天下珍珠落玉盘。
陪都无处不飞花，未必倚楼思婵娟。
虎啸口外听泉歌，留取春华换人间。

注：〔一〕南温泉：为大自然鬼斧神工赐江城的名泉形胜，景区位于重庆市南岸区，最早开发于一九二七年，距重庆市区约十八公里，属于重庆市一级公园，是重庆市十佳旅游风景名胜区。

渔家傲·山海关

辛卯秋作于北戴河

北凭燕山挟天威，南仗云海观水远。天下第一山海关。镇东楼，关门不闭持德惭。
城垣信手可挽云，关外听海逐浪高。大都锁钥南熏调。边塞外，从此有地秦皇岛。

北戴河

山海关

塞外风烟萋草寒，关山从来热血染。
城头匾横多少秋。明月依旧照人还。

浪淘沙〔一〕·北戴河

辛卯年作

大漠东临海，月落燕山，秦皇岛外鹤冲天。古人不知今日事，燕赵筑台。东楼肖显匾，始皇祈颜，联峰山上松成团。历代王侯多遗篇，难写今天！

注：〔一〕浪淘沙：词牌名，唐教坊曲。刘禹锡、白居易并作七言绝句体，五代时起始流行长短句双调小令，又名《卖花声》。共五十四字，前后阕各四平韵，多作激越凄壮之音。

蝶恋花·秦皇岛〔一〕

辛卯作于北戴河游

始王一日走渤海，祈福求仙，空遗千年愿。秦皇岛外暮角乱，山海雄关天下险〔二〕。
平沙湿地好风光，水天一景，候鸟逐浪欢。无边碧波孤望烟，千古风流今日谈。

自贡盐业博物馆

注：〔一〕秦皇岛：简称秦，位于河北省东北部，首批全国沿海开放城市。因秦始皇东巡求仙得名，是中国唯一一座因皇帝尊号而得名的城市。为中国北方著名港口城市。为『二〇一二中国最佳休闲城市』。秦皇岛市是一座有着悠久历史的古城。商周时期，为孤竹国中心区域，春秋时期晋灭肥，肥子逃奔燕国，燕封肥子在此地建肥子国。战国时期，此地属燕国辽西郡。秦汉时期是东巡朝拜和兵家必争之地。汉武帝东巡观海，到碣石筑汉武台，秦皇岛东北接葫芦岛、建昌的凌源市，西北临承德市，西靠唐山市四县，南临渤海，东接天津。秦皇岛市属燕山山脉东段，旅游资源集山、河、湖、泉、瀑、洞、沙、海、关、城、港、寺、庙、园、别墅、候鸟与珍稀动植物等为一体，旅游资源类型丰富，主要旅游景点：祖山峡谷、北戴河、山海关、南戴河、角山、联峰山、翡翠岛、碣石山、秦皇求仙入海处、秦行宫遗址、明长城砖窑群、山海关古城、黄金海岸、孟姜女庙等。北戴河新区隶属首批沿海开放城市——秦皇岛，北依碣石，南临渤海，东隔北戴河，西新区有中国北方最优质的沙滩海水浴场、世界罕见的海洋大漠、华北最大的泻湖——七里海，被誉为中国最美的八大海岸之一，是全国乃至国际上难得的宝地。唐朝文学家、唐宋八大家之一的韩愈即为秦皇岛人氏。〔二〕清陈廷敬入山海关诗句有：『平沙古堠孤烟色，落日危楼暮角声。』

红土地

清平乐·祭祖

丁亥年清明作于澄江[一]镇口

风骤雨狂，祭祖回家乡。泡木沟外小溪桥，唐房嘴，运河旁。白云寺下天梯，农家乐待客忙。知命儿郎今归，山谷青，野草黄。

云卷云舒，小溪翻山梁。一方水土一方俗，阴单簿[二]，旧祠墙。如今处处冢不觅，何处是？家祖上。族谱出[三]，拜祀堂，清明时，三炷香。

花开花落，年年好时光。山里走出多少代，命根在，岂能忘。当年虎口少年，而今花甲耋丈。拜列祖，禀高堂，春夏短，秋冬长。

注：〔一〕澄江：重庆北碚一乡镇，位于缙云山麓、嘉陵江畔、川东交通必经之路。词中的泡木沟、唐房嘴、运河、白云寺等均为作者儿时家乡迁居地名。〔二〕阴单簿：巴蜀风俗中用以记载家族繁衍生息的族谱，封面为深蓝色（同阴单布色）。〔三〕族谱出：二〇〇六年一二月间，按照中央档案局等部委一九八四年联合通知开展家谱清理工作指示精神，渝川黔甘氏联谱委员会历经数年努力完成族谱汇编出版族谱上下卷一事。本人为蝇祖一百五十三世孙，天贵祖二十一世孙。其间曾担任委员会主任。

群雕·风雨同舟

思远人·乡客

癸丑年作于小河

七月流火小河北，千里行远客。白云散尽，飞鸿影绝。邮差望不得。愁肠已断辗转夜。相思梦难灭。飞书告离情，行行列列，字字都是血。

七律·山海关

辛卯年与治强、李平、刘欣等友登山海关后作

西京锁钥无双地，依天筑城第一墙。
封疆戍边千秋固，东安西稳万世昌。
白云飞去燕山青，燕山绿后鹤啼唱。
湿地圈城海中天，流沙万里射天狼。
百川东流归大海，万里浮云断太行。
大漠有诗情满楼，渤海无意涛万丈。

上林田园春色

祝英台近〔一〕·佛图关〔二〕

己未春鹅岭赏花后随登佛图关，览阅胜景多处，感怀张珏抗元、良玉平叛、李严图凿、关公命殇、几多旧事，史上硝烟，无限伤感，遂作《祝英台近词》以诉哀肠。

鹅岭园，佛图关，江州一览遍。烟云环绕，江南江北连。两半城，两水环，古寺不觅，巴山夜雨两池宽。隘口雄，扼巴蜀，三关前〔三〕，巴国忠义坛。宋元交恶，明清事不完〔四〕。山水怀，古今忆，半岛脊梁，原来诸葛有明断〔五〕。

注：〔一〕祝英台近：词牌名，又名《月底修箫谱》。始见《东坡乐府》。元高栻词入『越调』，殆是唐宋以来民间流传歌曲。毛先舒《填词名解》卷『宁波府志』载：『东晋，越有梁山伯、祝英台尝同学，祝先归，梁后访之，乃知祝为女，欲娶之，然祝已先许马氏之子。梁忽成疾，后为鄞令，且死，遗言葬清道山下。明年，祝适马氏，过其地而风涛大作，舟不能进。祝乃造冢，哭之哀恸。其地忽裂，祝投而死之。今吴中有花蝴蝶，盖橘蠹所化，童儿亦呼梁山伯、祝英台云。』此调婉转凄抑，犹可想见旧曲遗音。七十七字，前阕三仄韵，后阕四仄韵。忌用入声部韵。历史上的典范词作有苏轼《挂轻帆》、辛弃疾《绿杨堤》等。〔二〕佛图关：位于重庆老城西（今渝中区），地势险峻，两侧环水，三面悬崖，控南镇西，壁立万仞，磴曲千层。站立雄关隘口，可全览山城两江雄姿，实为重庆咽喉要塞。浮图关与二郎关、龙洞关（或曰青木关）史称『巴渝三关』，其中浮图关为三关之首。古有称『四塞之险，甲于天下』之说，为兵家必争的千古要塞。古时曾建夜雨寺，为古巴渝『佛

海外留影

图夜雨』胜景。佛图关公园林木葱郁，烟云缭绕，宛如浮在两江之上的蓬莱仙境。两侧悬崖峭壁，不绝如缕，石崖连亘，幽、秀、险、雄，长达一千八百米。登关远眺，两江碧玉如带，二桥长虹卧波，道路萦回石城削天，江南江北美景，尽收眼底。『佛图关』题刻始于清光绪八年（1882），今天的佛图关匾额为当代书画家柳青所题写。〔三〕佛图关地势险要，扼门户之重，为重庆三大关隘之首。〔四〕指南宋蒙军围攻重庆、重庆守将张珏率众抗元以及明末张献忠血战佛图关之战事。〔五〕据『华阳国志·巴志』载：三国江州守将李严曾拟凿断浮图关，让嘉陵江和长江之水于浮图关处汇流，把江州城变成四面环水之州。诸葛亮恐其依险占山为王，未予同意。北征时把李严召回汉中。如果当年重庆母城半岛『脊梁』凿断，今日半岛将与白帝城一样，不再是一座国际大都市，只是一古城景点罢了。

黄钟·巴山〔一〕情怀

己丑作于渝北新牌坊

巴山青青巴水蓝，送我巴峡前。巴风柔柔，巴雨绵绵，巴雾漫漫。巴人耿耿，巴语快快，巴情缘缘。生在巴山，养在巴山，不怀巴山〔二〕？

注：〔一〕巴山：缙云山。缙云山位于重庆市北碚区嘉陵江温塘峡畔，古名称『巴山』，古时称『赤多白少』为缙，故又称作『缙云山』。素有『小峨眉』之称。缙云山与嘉陵江小三峡、合川钓鱼城一并被评定为『国家级自然风景名胜区』。〔二〕此曲既缅怀父亲，又感悟此生而作。

嵩山

嵩山远望〔一〕

少室山，太室山，嵩高遗峰名声显，中岳在嵩山。少林棍，南北拳，自古英雄出少年，武德昭人间。

注：〔一〕嵩山：位于河南省登封市西北，为我国『五岳』之中岳。由太室山和少室山组成，其主峰海拔七百六十余米，是临朐县境内第二大山。自古即有『嵩高遗峰』之称，属国家五A级旅游风景名胜区，是我国道教第六小洞天。嵩山少林寺为中国佛教禅宗祖庭，历来有『天下第一名刹』之誉。

一游漓江

一条玉带两水后，兴安灵渠漓江头。始皇拥水成霸业，世上无水不东流。

蝶恋花·云阳龙冈天坑〔一〕游记

癸巳正月作于云阳

雍州〔二〕岐山峡谷淌，蛮荒深处，神奇在龙冈。垂地可与地心连，雄柱直逼九

漓江

天长。四壁不见芳草障，一步一惊，处处魄断肠。关山形胜五洲奇，云阳翘首君临缸。

注：〔一〕云阳龙冈天坑：重庆市云阳龙冈国家地质公园内探寻发现极具特色的天然天坑。天坑位于云阳县城东南隅，紧邻湖北利川市、万州区和奉节县。景区主要由龙冈、石笋河、南三峡、歧阳关、黄陵峡组成，雄于规模，惊于当今，绝于世界。总面积约二百九十六平方公里，以龙冈岩溶天坑为主，石笋峡、龙窟峡峡谷和大安洞溶洞为次，兼顾草场生物景观和土家族人文景观的大型综合性国家地质公园。〔二〕云阳史上曾称『雍州』。

再游漓江

一条玉带两江合，从此华夏赞誉多。

江流天地千山秀，青山毕竟恋江河。

华山

三游漓江

一条玉带两水流，山清水秀，雾锁农家。白云苍天自描画。 行舟行在行云里，青出蓝毓，蓝生青华。漓江山水甲天下。

南吕·四块玉·天涯海角〔一〕

己卯夏月作

鹿城〔二〕外，三亚滩，红尘已破独占天。江山如画盆中栽。 未曾青云起！不知征尘艰？今攀五指山〔三〕！

注：〔一〕天涯海角：海南三亚一著名旅游风景点，位于三亚市西面约二十五公里处，岛上主要景点有清康熙年间钦差苗曹题刻巨石『海判南天』、清宣统元年（1909）崖州知州范云梯题刻巨石『南天一柱』、清雍正年间崖州太守程哲题刻巨型山石『天涯』『海角』等景点。〔三〕五指山：位于海南省中部，是海南岛上第一高峰，同时也是中国的名山之一。五指山因其五座山峰酷似五指而得名。原名为五子山，传说为黎族始祖黎母所生五子。五指山是当今世界上保存最完好的原始热带雨林之一，主峰海拔高达一千八百六十多米，被称为海南的『小青藏高原』。完全不亚于巴西的亚马逊河热带雨林和非洲的刚果河热带雨林。五指山是海南岛上所有河流的发源地。山峦雄伟，景色绮丽，是集我国热带雨林风光、山地度假、峡谷漂流为一体的最佳旅游胜地。

海边一角

虞美人·海口五公寺〔一〕感怀

癸巳初作于海口五公寺外

时空飞跃琼州湾，五公寺感怀。恢宏势肃竟穆严，天涯归处风流朝纲外。海南自古蛮荒黎，国难辨忠奸。四大才俊五大家，社稷不忘天涯海角天。

注：〔一〕五公寺：位于海口市区海府路，五公寺环境静幽，花木葱茂，庄严肃穆，楼阁恢宏，有『海南第一楼』之誉，为海南『琼台胜景』之一。始建于清代，为纪念我国唐宋时期被谪贬至海南的历史名人李德裕、李纲、赵鼎、胡铨等五位爱国忠臣而建。

中吕·山坡羊·天涯海角〔一〕

壬辰腊月写于海南三亚

宦恐途穷，贪畏枉法，古今几人何曾来过天涯！恐也罢，畏也罢，海天一地界名罢！心底无私何惧吓！贪，怕不来；清，来不怕。

注：〔一〕天涯海角位于海南三亚最东边天涯镇马岭山下，前海后山，风景独特，沙滩上一对拔地而起的青灰色巨石赫然入目。分别刻有『天涯』和『海角』字样，意为天之边缘，海之尽头。『天涯海角』由此得名。据民间传闻历代高官至今无一人来过此地，唯恐仕途走到尽头而已。

蜈支洲岛

越调·文昌忆宋庆龄〔一〕

东郊椰林海涛起，拜谒国母居。昌洒〔二〕宋家三姊妹，独风流，占尽国风添香色！怀我三民，感我夷州，从此与天别。

注：〔一〕指宋家庆龄、美龄天各一方。〔二〕昌洒：文昌县昌洒镇，为宋氏祖居地。

江城子·海口旧事

问天下何处天涯？玉带滩，亚龙湾。海口三岛，极目西海岸。满眼风光天涯路，蜈支岛，风情园。 东郊椰林放眼望，周边一岸惊涛。天高云淡，不见南归雁。四处风光三角梅，环岛路，东西连。

朝天子·海瑞〔一〕

红脸，洪钟，今日见瑞公。宦海茫茫沉浮中。刚愎乾坤动。 万古史播清风，备棺治上疏〔二〕？青天自得身容。影正，言浓，安可得万民颂！

东泉裸游

注：〔一〕海瑞：海南琼山人。明朝名臣、政治家，我国明代清官。海瑞墓建于明万历十七年（1589）间。其一生刚正不阿，后世人称『南包公』『海青天』，史称海南四大才子之一。〔二〕指明嘉靖四十五年（1566）间，海瑞为官朝廷，因见皇帝昏庸，国事荒废，二十年不事朝政，满朝上下无人敢言。海瑞自备棺材冒死上『治安疏』以振朝纲，后被罢黜官职打入监狱一事。

见龙塔〔一〕下忆翰林〔二〕

海南科考史无榜，官锦文章三代扬。
四大才俊皆有性，各领风骚边陲罔。
见龙塔下忆翰林，文昌乖张肯相让？
海瑞方疏朝纲乱。六载真龙数张王。

注：〔一〕见龙塔：位于海南定安县城东大约七公里处的龙滚坡上。始建于清乾隆三十二年（1777）间，塔本无奇特之处，与我国其他寺塔大相径庭。但据海南民间传说：此塔未修建之前，海南从未出任何名人，修建此塔后与南面文笔峰遥相呼应，从此海南文脉安定。故『见龙塔』建成后不久，海南便出了定安历史上至今仅有的

海南风光

两对父子进士（张岳崧、张钟秀父子和王映斗、王器成父子），方见此塔怪之奇之神之灵之。〔二〕指张岳崧，海南定安人。祖籍福建莆田，曾随先祖琼山为官，后迁居定安。清代名臣，文学家、书画家。据《琼州府志》载，清嘉庆年间张岳崧科举高中一甲三名探花，是海南历史上至今唯一的探花郎。张岳崧文章、书画、法律、经济、水利、军事、医学件件精通，与明代著名诗人王桐乡、明代文臣之宗丘浚、海青天海瑞并称为『海南四大才子』。

翰林忆

边陲无处不见春？『见龙塔』外分外明。
千年蛮荒崖州外，今日方知翰林名。

蜈支洲岛〔一〕

乙卯夏

情人岛〔二〕上情人桥，情人桥上情人娇。
无情天妒有情人，蜈支岛上咫尺遥。

注：〔一〕蜈支洲岛：蜈支洲岛原名牛崎洲岛，因小岛地形非常像当地渔民称之为『蜈支』的海洋动物形

五指山

状，后改为『蜈支洲岛』。小岛位于三亚市东南二十五公里处，面积近二十平方公里，是我国唯一具有热带风情的国家四A级旅游度假区。蜈支洲岛集海洋、沙滩、阳光、绿色、新鲜等特点为一体，是旅游首选极佳之地。岛上主要景点有情人岛、情人桥、观日岩等。小岛宁静清秀，风情万种，令人流连忘返。〔二〕情人岛：蜈支洲岛上一景点。

临江仙·五指山

己卯夏作于海口四季华廷

天涯海角琼崖岛，野兰开杪椤摇。无心惹来风雨恼〔一〕。谷里拾香笼，栈上饮叶蕉〔二〕。五峰如指云霄薄，江山一掌星座。满山摩崖『百越』〔三〕歌。览胜五指山，鼓浪万泉河。

注：〔一〕指五指山因气候变化『人声可唤雨』的奇特现象。〔二〕谷里拾香笼，栈上饮叶蕉：香笼即猪笼草，为五指山特有的一种草本植物，也称为『猪络草』或『食虫草』。『叶蕉』即旅人蕉，也称扇芭蕉，又称旅行家树。其叶柄花间藏储甘水可饮之。〔三〕指海南『百越』族。

华山

鹧鸪天·海南风光

壬辰腊月与友游万绿园后作

海口三岛春日长，天涯归处好风光。东郊椰林听海涛，西岸海风博古章。文昌宦，定安娘，蜈支洲上情人桥。三亚难舍『鹿回头』。崖州古城『满庭芳』。

访『东坡书院』怀别驾〔一〕

己卯作　壬辰整理时有删改

东园井，西园花，『载酒亭』外酒诗家。居士在天涯。风流郎，才子吟，『东坡不幸儋州幸』。边陲为教化。

注：〔一〕指我国唐宋八大家之一的苏轼（苏东坡），北宋时期因政治斗争被贬至儋州曾任琼州别驾三年之久。

儋州游记

龙门山前龙门天，龙门激浪龙洞开〔一〕。

古镇古迹古今调，诗乡诗歌诗如海〔二〕。

注：〔一〕龙门山、龙门、龙门激浪、龙洞均为儋州市峨蔓镇北部海滨的『龙门激浪』的自然景点。

重庆人民大会堂外

〔二〕儋州是海南省著名的『诗乡歌海』，素有『中国楹联之乡』和『中国诗词之乡』的美誉。其中儋州『调声』更是海南地区独特的曲艺形式之一，堪称『南国艺苑奇葩』。为弘扬和保护地方文化，儋州已将农历八月十五确定为『中秋调声节』。

大小洞天〔一〕

大洞天，小洞天，洞洞奇观问道仙，鉴真知何边！东湖长，西湖短〔二〕，东西湖水隔英山。两波〔三〕开琼台！

注：〔一〕大小洞天：三亚著名风景区，位于三亚市崖州湾旁，鳌山下，与南山佛教文化苑毗邻，古称『鳌山大小洞天』，素有『海山奇观』『琼州第一山水名胜』美誉，古今皆为崖州八景之首。景区内山海相连，气象万千，满目苍翠，绮丽奇特，神秘莫测。郭沫若曾有诗赞『南溟奇观』。至今仍有人苦苦寻找大洞天。〔二〕东西湖为海口公园湖泊。一湖被石拱桥分为东西两湖。〔三〕两波：我国汉代开琼置郡的两位将军（路德博将军及其副手杨仆将军）。

东山岭

东山岭〔一〕

东山岭上望海潮，天涯尽处望朝诏。

谁说天涯不故事，『更起』却比『再起』妙。

注：〔一〕东山岭：东山岭位于海南侨乡万宁市外，自古以来被誉为『海南第一山』，又称『笔架山』，素有『海外桃源』之说，是海南著名的佛教圣地。我国成语典故『东山再起』即出于此处。今天当地有另一说为『东山更起』。

玉带滩〔一〕上望博鳌会址

癸巳岁初写于万泉河入海口

天高度人行，涛涨沿岸平。

一带三江合，三岛合水清〔二〕。

石岸容海拱，游人朝暮临。

风吹沙流白，月照天地行。

注：〔一〕玉带滩：位于海南博鳌水城东部，万泉河入海口，为一条天然形成的半岛沙滩，宛如天上玉带。

玉带滩地形酷似美国迈阿密、墨西哥坎昆、澳大利亚黄金海岸，在亚洲可谓绝无仅有。万泉河、九曲江、龙滚河

黄山迎客松

三江在这里交汇入海，东屿岛、鸳鸯岛、沙坡岛三岛共同位于此处，金牛岭、田涌岭、龙潭岭隔滩交相辉映。三岛三江三岭九九合一，组成世间绝有的独特景观，经吉尼斯上海认定为吉尼斯之最，是世界上分隔海河最狭窄的沙滩半岛。〔二〕三江：万泉河、九曲江、龙滚河。三岛：东屿岛、鸳鸯岛、沙坡岛。

车过分界州岛

癸巳年岁初作于海南

天随山岸凉，山尽江山远。

梅开四时红，色分海水半。

双调·折桂令·黄山〔一〕

壬戌仲夏登黄山后作

谁识天下黄山？石开天索，山酿流泉。云养奇松，雾孕灵石，峰纵云盘。二十四溪溪溪梦，三十六峰峰峰连。倚松得寿，傍石偏安。何患空名利！何图假颐年！　今数天下名山！大峨秀眉，天柱紫烟。匡庐瀑飞，岱宗决绝，西岳奇险。

江州挥毫

安得风流登黄山，笑与山神共天眠。梦里呼惊，觉后吁险。天下此山奇，奇山名黄山。

注：〔一〕黄山：古称『黟山』，我国十大风景名胜之一，位于安徽省南部黄山市黄山区境内，地跨歙县、休宁、黟县和黄山区、徽州区辖，面积达一千二百平方公里，号称『五百里黄山』，为『天下第一奇山』。黄山是中国十大风景名胜中唯一的山岳风景区。其以奇松、怪石、云海、温泉、冬雪『五绝』著称于世，与埃及金字塔、百慕大三角同处神秘的北纬三十度一线。其山势雄峻瑰奇，奇中见雄、奇中藏幽、奇中怀秀、奇中有险。整个风景区主要为：玉屏景区、白云景区、北海景区、松谷景区、云谷景区、温泉景区、梦幻景区。黄山是集我国名山之大成者：具泰山之雄伟、华山之峻险、胜峨眉之清凉、惊匡庐之飞瀑、超雁荡之巧石、妙衡山之烟云，黄山均兼而有之。景区内奇峰耸立，有三十六大峰、三十六小峰，黄山四季风景迥异，黄山的奇松、怪石、云海及温泉为黄山的『四绝』。山峰众多，其中以莲花峰、天都峰、光明顶为黄山三大主峰，海拔平均高一千八百米以上。一九九〇年十二月被联合国教科文组织正式列入『世界文化与自然遗产』名录，一九九九年十一月获联合国教科文组织颁发的首届国际梅利娜·迈尔库里文化景观保护与管理世界荣誉奖。

黄山

黄山

壬戌登黄山后感作于江州

黄山迟暮日欲斜，皖水烟雨秦淮家。
天都峰下松石奇，光明顶上生莲花。
朝云朝朝峰峰过，沉雨沉沉枝枝发。
相邀结庐奇山中，从此功名换物华。

路孔古镇〔一〕拾遗

水过路孔，一拱一世界，拱拱千秋还，青砖碧瓦斗拱檐。
人上古镇，一街一时代，街街旧事见，宋窟汉墓明清棺。

注：〔一〕路孔古镇：位于重庆市荣昌县城东一十三公里处，是重庆市首批命名的历史文化名镇。古镇以丰富的文化遗产、流传久远的民间传说、淳朴的民风民俗，彰显出路孔古镇昔日的辉煌和文化内涵。

安徽·天柱山

双调·折桂令·天柱山〔一〕

壬申上秋与友结伴游天柱山后作于江州

皖山一柱擎天，汉武封岳〔二〕，文帝废宣〔三〕。紫阳称雄〔四〕，长白叹险〔五〕，白园锁烟〔六〕。有韵不吟任山裁，无墨灵虚闻天籁。大乔眉弯，小乔玉钗〔七〕。一会在玉宫，一会在蓬莱〔八〕。

注：〔一〕天柱山：位于安徽省潜山县城西北部，因主峰如柱擎天而得名。据《史记》《汉书》载：公元前一〇六年汉武帝赐封天柱山为南岳，后被隋文帝诏废，人们仍称为『古南岳』。春秋时又称『皖山』『皖公山』，安徽省简称『皖』，盖源于此。天柱山以其雄奇秀美的自然山水、令人赞叹的山水文化、争奇斗艳的各色花卉和四季宜人的气候而闻名华夏。一九八二年天柱山被国务院首批为国家重点风景名胜区，一九九二年被林业部批准为国家级森林公园，二〇一一年五月五日，国家旅游局正式授予天柱山五A级旅游景区称号，二〇一一年九月十八日天柱山地质公园正式成为联合国教科文组织世界地质公园网络成员，荣膺『天柱山世界地质公园』称号。〔二〕指公元前一〇六年天柱山曾被汉武帝封为南岳。天柱山被道教尊为第十四洞天、五十七福地一事。〔三〕指后来封岳被隋文帝诏废之事。〔四〕紫阳：南宋哲学家、教育家朱熹。紫阳为朱熹字号名。朱熹曾有诗句『屹然天一柱，雄镇翰维东。只说乾坤大，谁知立极功』，感叹天柱山之伟雄。〔五〕长白：清朝画家李庚。长白为李庚字号。李庚亦有诗句『巍然天柱峰，峻拔插天表。登跻犹未半，身已在蓬岛。凭虚举鸾鹤，举步烟云绕。天下有奇山，争似此山好』，赞美天柱山之奇险。〔六〕白园：喻指白居易。白居易曾作诗咏叹天柱山：

『天柱一峰擎日月，洞门千仞锁云雷』。〔七〕安徽天柱山风景区为大乔小乔二女出生之地。此处以借孙策纳大乔、周瑜娶小乔的历史故事侧面描写天柱山之美轮美奂。喻天柱山如大乔柳叶美眉之美，如小乔如花似玉般的腰身之美。〔八〕借天上的琼宫玉宇和人间的蓬莱仙岛以衬『天柱山』之雄伟壮观。。

乡野

古镇安居游记〔一〕

丙申元宵与诸友驱车安居以观火龙

一条溪河穿城行，两江六岸湮色明。
九宫庭外十八庙〔二〕，又观明清又观今。

注：〔一〕据史记载，安居古镇依山傍水，俯瞰巴渝、涪江、琼江、柏江于此。乌溪河穿镇而过，形成一幅山与城坐拥、城与水并存、城郭下帆船竞举、两江中舟篷穿梭、八方商贾云集、码头文化丰富、山水与古镇相映成趣、人与火龙起舞之立体画卷。撤县并入铜梁县所辖。至今已逾一千五百年悠久历史，是重庆市二十个文化名镇之一，为国家四A级旅游风景区。古镇位于县城城西十七公里，距重庆主城中心约六十公里。〔二〕古镇建立以来相继建有紫王宫、元天宫以及城隍庙、药王庙等九宫十八庙宇。固有九宫十八庙之说。

峡江春色

灯 会

元宵时节赏花灯，人在灯下灯在亭。
欲上云端高处望，更待闲情诗中行。

古镇游记

一条乌溪穿城过，两江六岸景色新。
三月桃李四时春，古渡码头今欲行。

石堤滩头

一篙春水两山闲，月落船头长滩眠。
风光无限人不觉，自信百年还神仙。

峨眉山

灯会观舞龙

二月早春送我行，清风吹过千山明。
乌溪河畔人如织，不是盛世谁赏灯？

峨眉山雪

丙申春日作于乐山

峨眉山上雪，千峰寒堆砌。
朝辞青庐东，夜宿平羌北〔一〕。

注：〔一〕青衣江古时称平羌江、羌江。

『翠云廊』怀古

古道剑门翠云风，占尽风情阿房空。
三百长路十万树，又见岁月又见松。

剑门古关

剑门关

天锁关山云，松摇高天风。
古道何处有？百里长廊中。

游峨眉宿金顶诗赠果政〔一〕方丈

金顶接天穹，日啸万山风。
清音白水出，翠崖绿半松。
席间荤素齐，皆为扁豆弄。
烛短秋月下，五更山寺中。

注：〔一〕果政：法名『释果政』，峨眉山原金顶住持。

古镇津渡

重游『九寨沟』

己丑作于锦官城

水镜照花海，五彩芦苇滩，
犀牛望飞瀑，九寨瑶池天。

夜合花·暮游西湖

癸巳深秋，携妻带孙，随翁与友，杭州三日，许谢相陪，暮游西子，品酒茶园，拈笔泼墨，次攀江郎，绝顶问天，夜返驿站，品味苏杭，『高阳台』后，余兴未已，继而重填，《夜合花》曲，兴致造次，以谢友人。

长堤短桥，垂柳绿桑，秋深唤来潮涨。平沙斜川，温柔便入深巷。观联对，翁浅唱。索纸币、小儿讨赏。随游四处，观鱼莲圃，楫舟横塘。

十年又回余杭。苏白堤上燕，胜却汉唐。别样感怀，吴船压酒成汤。雷锋塔，西冷墙。趁月色、逍遥钱塘。放鹅亭外，天涯望尽，月送夕阳。

香溪

缙云山『九峰』览胜

甲子年作于白云寺

九峰一线南北贯，一峰一景人徘徊〔一〕。

览胜何须应时令，四时风光在眼前。

注：〔一〕缙云山整个山脉从北到南有朝日峰、香炉峰、狮子峰、聚云峰、猿啸峰、莲花峰、宝塔峰、玉尖峰、夕照峰九峰横亘。峰峰景不同。

巴山寄语

癸巳年孟春作

山藏万物惠于林，行时借问上禅台〔一〕。

夜雨更添义山韵，巴山姑由群贤裁〔二〕。

注：〔一〕指北宋才子冯时行，北宋徽宗元符三年（1100）生于洛碛（今巴南区），号缙云。冯曾在缙云寺苦读修行，后为官清廉，遭谗言被弹劾罢官后，遁隐山林，回到故里缙云山结茅而居，写有著名的《缙云文集》数卷。其诗《缙云寺》曰：『借问禅林景若何，半天楼殿冠嵯峨。莫言暑气此中少，自是清风高处多。岌岌九峰晴有雾，弥弥一水远无波。我来游览便归去，不必吟成证道歌。』冯曾感怀缙云山『山到九峰静，云流一派闲』。〔二〕指李商隐。李商隐，字义山，号玉溪生、樊南子。我国晚唐著名诗人。与杜牧合称『小李杜』；与

洛阳桥

温庭筠并称为『温李』。曾留下著名的《夜雨寄北》：『君问归期未有期，巴山夜雨涨秋池。何当共剪西窗烛，却话巴山夜雨时。』此处的巴山即缙云山。

登『洛阳桥』不遇拾遗

壬申秋与子憔同游有感

洛阳桥旁石照壁，崇教佛寺破空还。
山到九峰嵯峨静，云流一派风自闲。

山居赏秋

庚寅秋时作于北碚

九峰南北逶迤连，四面缙霞飞书台。
甘茶一盅怀故友，风雨过后好文采。

龙门西山

游北温泉怀作孚先生

问道仙都神宗前〔一〕，作孚遗下峡温泉〔二〕。

不是瑶池胜瑶池，除却神仙还神仙。

注：〔一〕神宗：明万历三十年（1602）间明神宗朱翊钧在缙云山改建缙云寺并赐题『迦叶道场』一事。

〔二〕作孚：卢作孚。我国著名教育家，爱国实业家，创立中国近现代最具影响力的重庆民生公司以实业救国，合川人氏。他曾誓言『曾救民于水火，现予民以安乐』。于将南宋时期初建缙云寺改造成为现在的北温泉公园。

浣溪沙·阆中古城

秦砖汉瓦三国魂，唐宋格调楼清明。京腔苏韵巴蜀情。

贡院遗风杜陵吟。风水东山傍锦屏。不爱江南爱古城。

张飞庙

中吕·山坡羊·张飞庙[一]前怀桓侯

江上风清，文藻胜地，忠义送相忠勇又送己？当阳桥，虎牢关，飞凤山麓咱洒家酒肆！终了水迁龙安居！逆，三十里；顺，三十里[二]。

注：[一]张飞庙：又名张桓侯庙，为纪念三国时期蜀汉名将张飞而修建。位于与重庆市云阳县城隔江相望的飞凤山麓，系为纪念三国时期蜀汉名将张飞而修建，始建于蜀汉末期，后经宋、元、明、清历代扩建，已有一千七百多年历史。迁建后的张飞庙与云阳新县城隔江相望，相映增辉。张飞庙整体西移了三十公里，有『文藻胜地』之盛誉。为四川省级重点文物保护单位，现为三峡库区内重庆市唯一全淹全迁的重点风景名胜古迹。

[二]逆，三十里；顺，三十里：传说中张飞死后曾显灵将张鹏翩逆风吹送三十里；如今，因三峡工程蓄水，张飞庙溯江而上至三十里处的龙安村处。故词中有此句。

忆张飞二首

（一）

曾闻逆风三十里，今辞飞凤又西下。
都说三国武将多，安知桓侯通书法。

华岩禅寺

（二）

曾经当阳一声吼，横刀退曹五千骑。

如今迁居临江岸，将军依旧占首席〔一〕。

注：〔一〕指张飞庙整体移迁费用。

河传〔一〕·巴马游记

客归，心醉，山青青。命河独行。田埂，村舍草庐月如银。风中，鹭鸶枝上停。

盼春寻春早春临，漫天星。牛马卧圈草。雀秋鸣，炊烟云，帘外，壮家柴火明。

注：〔一〕河传：古词牌名。此词牌发展至今格式衍变较多，常用的字数有五十四字、五十五字、六十一字等。历史上代表作当数温庭筠《河传·同伴》。本词采用五十五字格式。

拜谒华岩寺赏『疏林夜雨』景有感

千子岗下风涛云，万绿丛中巴山峻。

月疏影前生韵多，雨催花发方知春。

普陀山

华岩寺外望『双峰耸翠』有感

双峰亲如并蒂莲，清白自在天地间。
世上圣地多出处，唯有华岩得真传。

踏莎行·拜谒普陀山

菩提海眺，佛门经天，舟山古刹梵音传。千年古樟与天齐，东土菩深护寺禅。
洛迦佛卧，群僧蜃现，海天日出月上天。文章不朽在普陀，观音不度照人寰。

月色邕江〔一〕岸

甲午夏应邀作于广西

百里邕江穿城过，两岸自然春色多。
朝山只须上青秀，观水未必下阳朔。

注：〔一〕邕江：珠江流域西江支流郁江流经广西南宁市河段的别称，全长一百三十三点八公里，被称为南宁市的母亲河。

瓮城民风

长相思·游友谊关[一]随想

左面山，右面山，一蟒分开两面山。几度春秋前。　睦南关，镇南关，关南关北友谊连，几时硝烟散。

注：[一]友谊关：我国九大名关之一，位于广西凭祥市西南端十八公里左右。国道与越南公路相连，是通往越南的重要陆上通道和国家一类口岸。据史料记载，友谊关早在汉朝就已经设关，距今有两千多年历史。先后有『雍鸡关』『界首关』『大南关』『镇南关』『睦南关』等关名。解放后统称为『友谊关』。原关曾在列强入侵中两次被毁，国家在五十年代依原貌重建。关名为陈毅所题。

德天瀑布[一]

一条绢素分流川，疑是天女散花滩。
古木随涛与天齐，飞瀑叠花入云端。
东方瀑布知多少，唯有这里水不断。
谁家儿女不故乡，依旧归春回德天。

注：[一]德天瀑布：因瀑布所在德天村而得名，位于我国广西自治区大新县硕龙镇内，国家特级风景区。

德天瀑布

为世界第四、亚洲第一跨国瀑布。瀑布水起源于区内靖西县归春河，流入越南境内后又返流回广西，流经大新县德天村外遭遇断崖因势成瀑。故有『谁家儿女不故乡，依旧归春回德天』一说。归春河一年四季河水不断，永不干涸，四季风景不同。

观『龙冈石笋』记

岐阳关上古道寻，石笋河畔草场青。
神奇自古天生就，遥指东方说与听。

天下第一坑

谁家缸落岐阳口，千沟万壑堪风流。
四崖奇绝国色美，一谷破山古道幽。

八达岭长城

八达岭长城〔一〕游记

春秋『方城』战国『堑』〔二〕，边陲万里锁狼烟。
华夏文明多少年，明月又到居庸关。
万里长城万里绵，中间多少君王换。
今日放歌八达岭，还教日月换新天。

注：〔一〕八达岭长城：万里长城中位于北京延庆县境内段，也是明长城最具代表性的一段，为居庸关长城前哨。由于该段地形山势十分险要，历来为兵家必争之地，为明朝重要的军事关隘和首都北京的重要屏障。登临长城，居高临下，尽览崇山峻岭的壮丽景色。八达岭景区以其宏伟的景观、完善的设施和深厚的文化历史内涵而著称于世。史称『天下九塞』之一，为万里长城精华所在。〔二〕长城在我国历史上各个朝代称谓不一，春秋楚国时叫方城；战国直到明代一律叫堑；金国时期长城被叫作壕堑、界壕；明朝则叫边墙和边垣。总之，历史上长城的称谓繁多，如堑、长堑、城堑、墙堑、塞垣等。

龙兴古镇

双调·折桂令·长城闻天籁〔一〕

慕田峪外关山，逶迤蜿蜒，风高月白。琴台放歌，燕山乡恋，女儿言怀。有心剪取关山秋，无意岭上闻天籁。人生几何？似醉如仙！一会儿云后，一会儿月前。

注：〔一〕此词为二〇〇九年八月二十二日『谭晶慕田峪长城演唱会』而专作。

嘉峪关感怀

己五年秋日作于香堂

嘉峪关上望狼烟，黄沙万里千山寒。不知当年长城泪，何以成败话从前。

越调·寨儿令·八达岭

『金山』秀，『居庸』险〔一〕。八达岭上梦回秦汉。塞上风月，关下桑田，风光在眼前。虎踞龙盘数千年！烽火狼烟碧血染。御敌长城外，国门自安闲。哉！北国锦绣天！

中山古镇

注：〔一〕即万里长城中的『金山关』『居庸关』。

中山古镇〔一〕游记

作于江州

笋溪河水碧波漾，迎恩门前数辉煌。
双峰寺外三崖翠，十里画廊丹霞赏〔二〕。
岁月方待苍山秀，鹭鸶夜栖龙洞岗。
古镇民风诱人前，明朝更起三省望。

注：〔一〕中山古镇：又称『三合场』『龙洞场』，位于重庆市江津南部山区笋溪河畔，地处川、渝、黔三省交界处，距重庆九十六公里、江津城区六十二点四公里、四面山景区二十一公里，紧邻四川福宝古镇和佛宝国家森林公园。古镇历史悠久，历来是商贸繁荣的水陆码头，重庆、綦江、四川、贵州、合江等地的产品物资大都集中于此交易，是中国历史文化名镇，重庆十大古镇之一。古镇民风民俗浓郁，生活习俗质朴，是江津『爱情天梯』的故事发生地。古镇依河而建，由龙洞、荒中坝、高升桥三条小街连接而成，形似江南水乡风格，是古庄园、古寨、古堡、古寺庙、古桥、古墩等古建筑的集中地，有西南地区保存最完好的明清商业老街，有以枣子坪庄园、龙塘庄园为代表的古庄园和以双峰寺为代表的古寺庙以及以朝天嘴古寨、大岩山古寨为代表的古寨古堡二

长城一隅

十来处，是重庆周边旅游最具人气特质的古镇之一。〔二〕诗中的笋溪河、迎恩门、三崖翠、双峰寺、十里画廊等均为中山古镇相关景致名。

运河风光

壬子记于澄江

十里运河九里湾，清江倒映万家烟。
落霞带雨月色中，小桥流水岸柳前。

中吕·朝天子·龙兴得意楼小酌〔一〕

立铺，横匾，疮痍古街前。银行无钞酒不赊，国泰新片正公演，协和盘绸缎。民国旧话，龙兴昨日。春秋几人谈，堪悲！堪怜！得意楼飞帘。

注：〔一〕龙兴古镇为重庆市十大古镇之一，国家三A级旅游景区。『民国影视城』位于渝北区东南部龙兴古镇旁，属两江新区所辖，作者游历时曾在『得意楼』小酌。

潼南·花海

渔家傲·迤东〔一〕观花海

甲申春月

千里驱车罗雄远，漫山花海映入帘。鸡鸣三省迤东外。蜂蝶忙，高天珍珠落玉盘。

二月赏花趁春闲，皇天赐袍大地宽。神龙戏月叠水悬。布依兴，边陲处处金不换。

注：〔一〕迤东：广西罗平县。罗平地处西南滇、桂、黔三省接合部，属云南省曲靖市辖。东与贵州兴义接壤，南与广西西林隔江相望，西南邻师宗，西北界陆良、麒麟、富源三县，素有『鸡鸣三省』之称。境内旅游资源丰富，九龙瀑布群为中国最美的『六大瀑布』之一，鲁布革小三峡碧波荡漾，多依河风光绮丽，民族风情浓郁。罗平金鸡峰林被中国地理学会评为『中国最美的峰林』。几十万亩连片油菜花海每年吸引万千游客，『罗平油菜花旅游节』盛况空前。徐霞客曾有『著名迤东』之感叹。作者认为不去罗平观花会留下一生遗憾，去后会使人半辈惊叹。

九龙瀑〔一〕

迤东水叠九龙瀑，疑是玉带天上落。

狼烟倒悬震霄汉，银针飞雪似锦帛。

长寿湖初暮

高低宽窄呼啸过，拾级而下自磅礴。
八仙临风花间醉，毕竟李杜说辞多。

注：〔一〕被称为『南国一绝』的罗平九龙瀑布，是颇具盛名的大瀑布群，显著特点是瀑布『尺幅宽、落差大、极数多』。景致极其壮观，为罗平古十景中『三峡悬流』之景冠，位于云南东部罗平县城北偏东约二十公里处，源发于九龙河而得名，当地称为母亲河。颇具盛名的大瀑布群，布依族称之『大叠水』，现称『九龙瀑布』。拾级而下壮观无比幸得览游。

巫山一段云·泰昌古镇〔一〕游记

辛卯春日重记于新牌坊

四门可通话，一灯全城亮〔二〕。小镇不堪后宫凉？水淹古泰昌。树深城头阴，沿江水路平。小街三尺窄廊行。往事何人吟！

注：〔一〕泰昌古镇：大昌古镇。〔二〕大昌古镇始建于晋，有近两千年历史，是三峡地区唯一保存完整的古城。古镇占地仅十公顷，东西主街长仅三百五十米，南北长仅二百米，是一座真正的南方『袖珍古城』。『四门可通话，一灯照全城』喻指古镇之小。

川江纤夫

梦江南·飞云洞悬棺有感

辛卯春作于渝州

临江头，飞云洞不朽。峡里千帆水迢迢，巫山云雨路悠悠。谁知古人愁！

秋日即景

半山松林三两家，凉风吹熟野山洼。
四周一片蝉鸣声，缕缕炊烟和云霞。

宁厂古镇拾遗

白鹿泉[一]出白卤盐，万里黄金走楚汉[二]。
半边街口[三]使人醉，谁将当时盐工怜。

〔一〕来自当地一古老传说故事。〔二〕据《中国历代食盐货典·盐法》载：宁厂食盐开采至北宋建隆年间，可产盐达四百余万斤，可谓『利分秦楚域，泽沛汉唐年』『一泉汉白玉，万里走黄金』。可见宁厂古镇盐业开采已臻兴盛时期。〔三〕为逐盐利，古镇商贾云集，逐渐形成七条街巷里的『七里半边街』，方有后来之说。

巫山

净音寺

八百天梯步步高，深山古刹开天朝。
善恶真假有公论，来往游人枉费钞。

大溪河游记

大溪流水绿如黛，两岸飞翠观云台。
不朽还看千年棺，悬崖深处道明白。

唐多令·大溪[一]史话

辛卯年作于巫山

黛溪[二]五千年，遗址今日见。瞿塘东口大溪滩。金戈铁马征人还，身朝北，头向南[三]。　旧屋穿堂风，牌坊记情怀。肯教将军拒吴联。沙落坪前问鼎天[四]，人心近，河山远。

注：〔一〕大溪：大溪文化遗址。遗址位于湖北宜昌瞿塘峡东口，长江南岸与巫山县大溪镇大溪河交汇处，

王屋山

面积仅为七百五十平方米的三级台地上，距奉节县城十五公里。大溪文化遗址是我国长江流域古文明的发祥地之一，它是中国新石器时代母系社会的重要遗迹。郭沫若称之为『大溪文化』。大溪河水碧如黛，名曰黛溪。黛溪汛期时水势浩浩，因而又名大溪。遗址距今五六千年，属母系氏族晚期至父系氏族的萌芽阶段，是中国著名的原始社会古文化遗址之一。〔二〕黛溪：巫山大溪河。盖因大溪河水湛蓝如黛而得名。〔三〕指悬棺墓葬体位与朝向。经发掘发现多数为身朝北、头向南。〔四〕指巫山当时的著名戍边将军匡鸣鼎。民间传说吴三桂亲临力邀出兵反清复明而遭匡婉拒之事。沙落坪为当地一地名。

破阵子·登王屋山〔一〕望天坛

曾闻移山有篇，何晓此山谁边？群雄逐鹿八百里，太行脊上王洞天。愚公不愚顽！

阳台宫接天恩，高坛先祖祭天。未曾一人开山事！何必砥柱在中原。今人当汗颜！

注：〔一〕王屋山：位于河南省济源市境内，据地理志《禹贡》载，『以其山形若王者之屋』而得名。主峰之巅有石坛，据传为轩辕黄帝祭天之场所，『黄帝于此告天，遂感九天玄女、西王母降授《九鼎神丹经》《阴符策》，遂乃克伏蚩尤之党，自此天坛之始也』。故又称『天坛山』。主峰海拔近两千

天坛公园

米，独具『王者风范』，素称『天下砥柱』，历来有『北国风光最胜处』之美誉，为国家四A级风景名胜区。占我国古代九大名山之一，道教十大洞天之首，号称『天下第一洞天』。王屋山风景区内峰峦叠翠，气壮势雄，宫观林立，人文荟萃，泉瀑争流，树古石奇。有奇峰秀岭三十八处，神洞名泉二十六地，碧波飞瀑八大景致，洞天福地五形奇观。誉满中外的《愚公移山》故事就发生在这里。历来是华夏子孙寻根问祖之地，是一处有万年文化积淀、千年道教文化传统的融人文、自然、历史于一体的品位极高的山岳风景名胜区。

天坛峰

癸巳年春末作于济源城

峰峦叠翠临宫观，开坛祭天轩辕前。
乐上天峰随夫子，笑与愚公开山峦[一]。

注：〔一〕李白吟王屋山诗句中曾有『愿随夫子天坛上，闲与仙人扫落花』，借引时有调整。

巫山风光

霜天晓角·三峡怀古〔一〕

荆楚巴蜀，难断今与古。江山几多豪杰，巫山云，巴峡雾。　天罡望月疏，水深送柳浮。花开花落有时，开也妒，落也妒。

注：〔一〕霜天晓角，词牌名。又名《月当窗》《长桥月》《踏月》。越调，仄韵格。历代多有变格体裁，各家不一。惯常以辛弃疾《稼轩长短句》为准。双调四十三字，前后片各三仄韵。别有平韵格一体。

登华山远眺五峰〔一〕

日出『朝阳』天似血，『玉女』『落雁』『莲花』侧。『云台』势飞关东外，西岳影入渭水北。

注：〔一〕华山有东峰为『朝阳』，南峰为『落雁』，西峰为『莲花』，北峰为『云台』，中峰为『玉女』五大主峰。

九龙山摩崖墓群

车过『泥河湾』怀古

壬午精阳记于太原

远看河湾海天平，始知此处有先民。
今日重回燕赵地，千年过后吾先行！

初游四洞沟

沟沟水漪洞洞涟，洞洞清冽碧碧潭。
有心无心观瀑下，有情无情乐人前。

天仙子·重游九龙壁〔一〕

九龙壁前九龙叹，除却故宫不登台。真假帝王何乱界？端礼门，和阳街，为君全无襄民怀？　九龙升腾代王眩，西京刹时甘霖来。苍天留下井两眼。社稷悲，庶民怨，真龙何日到龙台！

注：〔一〕九龙壁：位于山西省大同市城区和阳街，建于明洪武末年，史书称为明太祖朱元璋第十三子朱桂代王

塞外风光

府前的琉璃照壁，距今已有六百多年的历史。其规模胜于故宫九龙壁。九龙壁坐南向北，全长四十五点五米，高八米，厚二点零二米。它的建造年代比北京北海九龙壁早二百五十年，体积是北海九龙壁的三倍，是中国现存规模最大、建筑年代最早的一座龙壁。九龙壁作为明代著名古建筑，已被国务院正式列入第五批全国重点文物保护单位名单。

双调·折桂令·登泰山有感〔一〕

辛巳年夏阳

齐鲁五岳独尊〔一〕，司马封禅〔二〕，仲尼邱陵〔三〕。柳泉斋变〔四〕，子美诗岱〔五〕，太白山吟〔六〕。高接王气吞西华，天下圣域皆无颜。南北俯首，中嵩肱参。泰山一日安，四海平千年。

注：〔一〕泰山：中国三山五岳中的五岳之首，古名『岱山』，又称『岱宗』。泰山是我国黄河流域古代文化的发祥地之一，位于山东省中部，绵亘于泰安、济南、淄博三市之间。南麓始于泰安，北麓止于济南，方圆四百二十六平方公里。矗立在鲁中群山间。泰山主峰玉皇顶，海拔一千五百三十二点七米。泰山是中国第一批国家级风景名胜区之一。泰山气吞西华，势压南衡，独驾中嵩，雄轶北恒，为五岳之首。从来有『五岳独尊』之称誉。历史上自秦汉之后，泰山逐渐成为皇家政权的象征。据中国古代各朝代文献记载，秦始皇首开大规模封禅仪式后，雄浑泰山就成为皇帝设坛祭祀祈求国泰民安和举行封禅大典之地。中国人崇拜泰山，历史上早就有『泰山

沙龙即景

安，四海安』之说法。在泰山封禅祭祀被认为是天神必将赐予吉祥的『符瑞』，形成了泰山大典的历代传统。一九八七年被联合国教科文组织列入世界自然文化遗产名录。〔二〕司马：指司马相如，汉代文学家。四川蓬州（今南充蓬安）人，原名司马长卿，因仰慕战国名相蔺相如改名。建元六年（前145）奉命出使西南有功，后为孝文园令。见武帝喜好神仙之术，曾上《大人赋》欲以讽谏，后病卒于家。遗有《封禅文》一卷。据史料称，在泰山筑坛祭天叫封，在泰山下筑坛祭地叫禅，相传为古代帝王重大祭典。《封禅文》系司马相如遗作，死后上奏汉武帝。〔三〕仲尼邱陵：鲁国鲁哀公十一年间，特遣市使以迎孔子回鲁国，孔子途经泰山时，感慨万分，遂作之为《邱陵歌》。歌中既描写了泰山之雄浑，又将自己一生命运与泰山内相联系。据说此诗为孔子首创将山水与志向结合。原文为：『登彼邱陵，逦迤其阪。仁道在迩，求之若远。遂迷不复，自婴屯塞。喟然回顾，题彼泰山。郁确其高，梁甫回连。枳棘充路，陟之无缘。将伐无柯，患滋蔓延。惟以永叹，涕落滂爱。泰山岩岩，鲁邦所瞻。』〔四〕柳泉斋变：蒲松龄字柳泉。指蒲松龄一生中多次登临泰山，而且在其《聊斋》中讲述泰山神话演变之事。〔五〕子美诗岱：子美即杜甫，之字。唐玄宗开元初期，杜甫赴洛阳应试不中后游历赵国、齐国间经泰山时所感作诗《望岳》。〔六〕太白山吟：太白，为李白字。唐开元初期李白与山东名士等隐居徂徕竹溪，诗酒唱和，时称『竹溪六逸』。天宝元年（742）游泰山时所赋《泰山吟》诗六首。

蓬莱阁

渔家傲·泰山游记

辛巳年夏阳时节作于泰安

华北之隅齐鲁间，西望黄河东临渊。天下五岳独尊前。夫岱宗，日出东方万人前。

盘古开天遗篇多，历代王侯好封禅。不假天意在人寰，东方白，君临泰安神奇见。

泰山望远

远望黄河水流东，雄磐齐鲁华北中。

封禅历来非王意，千年百姓千年风。

蓬莱阁游记

辛巳年夏阳记于胶州

蓬莱仙境蓬莱山，蓬莱古今有圣贤。

把酒临风自潇洒，人到蓬莱便是仙。

铁山坪一角

夜半二首

（一）

夜半窗外又闻风，一山千枝婆娑松。
南来北往避暑客，谁在女儿相思中。

（二）

半山农家半山闲，观涛闻风听蝉眠。
欲收青山如画里，奈何明月不肯还。

江城子·铁山坪[一]风光

铁山坪上好春光，宝珠水，青屏障。峦峰翠叠。林中有温汤。冬无霜寒夏无暑，舟未渡，趁天朗。

罗汉洞外滴水岩，古僧杳，空寺禅。梅开满山，月下帘风卷。游人不知暮色残，篝火旁，炊烟前。

注：[一]铁山坪：铁山坪森林公园是重庆近郊主要天然公园之一，为主城绿色屏障，是江北地质的绿色宝石，是重庆近郊天然氧吧。被誉为『绿色宝珠』。

滕王阁

游滕王阁[一]有感

滕王阁里滕王欢，一代歌女倾王前。
江山不与王者在，社稷处处多民怨。

注：〔一〕滕王阁：位于江西省南昌市西北部沿江路赣江东岸，与我国的黄鹤楼、岳阳楼并称为『江南三大名楼』。为古典建筑巅峰之作，始建于唐永徽四年（653），为高祖李渊之子李元婴任洪州都督时所创建，为南方现存唯一一座皇家建筑。据史书记载，永徽三年，李元婴迁苏州刺史，调任洪州都督时，从苏州带来一班歌舞乐伎，终日在都督府里盛宴歌舞。后来又临江建此楼阁为别居，实乃歌舞之地。因李元婴在贞观年间曾被封于山东省滕州故为滕王，且于滕州筑一阁楼名以『滕王阁』，后滕王李元婴调任江南洪州，又筑豪阁仍冠名『滕王阁』，此阁便是后来人所熟知的滕王阁。滕王阁在古代被人们看作吉祥风水建筑。滕王阁建成后历经宋、元、明、清历次兴废，今天的滕王阁为宋式建筑。滕王阁因『初唐四杰』之首的王勃脍炙人口、传诵千秋的《秋日登洪府滕王阁饯别序》（《滕王阁序》）而名贯古今，誉满天下。文以阁名，阁以文传，历千载沧桑而盛誉不衰。

『滕王阁』怀古

滕王阁上望赣江，云烟散在九宵堂。

金山寺

当时王勃一口醉，从此江湖有文章。

读王勃《滕王阁饯别序》夜作

王勃小酌梦别庭，一行登楼待召吟。
忽闻清风与君来，报知诗人已辞行。

辞别王兄赴美有感

友登大洋路，腰系两担书。
日暮心不归，回首有人呼。
桑干水不断，未抵离愁顾。
岁月如陨落，情怀长河路。

西湖

南吕·四块玉·金山寺

癸巳端午记作于金陵古城

金山寺，寺金山，山山无处不金銮。寺寺山门向西开。龙游东晋归，七峰留云还，江山一亭前！

莫愁湖畔

癸巳端午节记于金陵

莫愁湖边莫惆怅，青山归来观湖忙。
诗流江楼醉云榭，岸风堤柳沾水香。
都说金陵好风景，古今圣贤任游逛。
兰棹片片烟雨舞，流莺点点隔空唱。

莫愁湖

通水院前苏合厢，兰台宫里水榭出。
金陵名胜风光好，秦淮河西莫愁湖。

张飞庙

金陵悲

湖边莫愁岸上忧，金陵歌舞几时休？
南唐原本诗一人，国破不待虞姬留！

赏『金陵四十八景』

都说西子美如画，千里烟波金陵霞。
我说莫愁赛西子，四十八景谁不夸。

端午宜兴席间作

端阳三日宜兴走，酒火狐狸醉我友[一]。
秦淮河畔芳草绿，太湖柳岸观日头。

注：〔一〕火狐狸：白酒名称。

古剑山

东溪古镇〔一〕

癸巳夏日游后记

一村二碑三宫瀑，四街五桥六院树。

七巷八庙九寺道，十景大美东溪谷。

注：〔一〕东溪古镇为重庆綦江区南部一小镇。小镇与光明录接壤，为万盛、石林、铜鼓滩漂流、金佛山、四面山旅游风景区重要中转地。唐高祖时期设为丹溪县，过场为万寿一村、二碑、三宫、四衙、五桥、六院、七巷、八庙、九寺、十景之传说。故作者写下此古镇数字诗。

渔家傲·东溪

丙寅孟秋记于东溪口

大娄山北綦江南，东接扶欢西丁山。盐马古道逾千年。东溪河，金瀑银瀑流水前。

黄葛树下绿荫多，万寿场上清凉烟。三省相映民风淳。古镇里，路人又掀杏旗帘。

钓鱼城

原韵和清陈锟《古剑山诗》

丙寅秋作

上月剑山钩，落霞半山绕。

净音寺自清，白云报天晓。

林深叠奇峰，断崖悬飞桥。

寻春不知春，远教近不教〔一〕。

注：〔一〕源自当地民间一传说故事：『鸡公嘴的菩萨应远不应近。故有此「远教近不教」诗句。』

东溪会友别情

大暑东溪北窗凉，清风一缕生梦香。

忽闻子规报客至，奈何一醉与秋长。

满庭芳·三江〔一〕口放怀

癸巳记于合阳湾

山深紫霞，水清白沙，眼前江山如画。渠水出滩，涪子穿陕巴。最是嘉陵西

秦淮河岸

下，汇合处，洗尽铅华。夕阳落，月笼古街，流水绕白塔。　大道绿荫，长亭风轻，滨江暮色初挂。上帝鞭折，瓮城话古刹。江城境迁物化，情未了，放歌三峡。晚钟起，阑珊一片，灯火照万家。

注：〔一〕三江：涪江、渠江、嘉陵江，三江在合阳汇合。

龙年花墒偶感

龙年小暑观花墒，笑与松林争清凉。
何患人间浮名利，平沙雁落小山岗。

夜泊秦淮河

夫子庙外十里春，乌衣巷口花船行。
谁说风尘不秦淮，百年不待纨绔吟。

泸沽湖

兴游大宁河剪刀峰

辛巳夏作于巫溪县城

都说三峡有波澜，大河不与小河前。
『牛肝马肺』妙趣多，『青狮白象』自天然。
横如画屏侧似架，远是刀锋近是剪。
除却人生烦与忧，便出巫溪到巫山。

重阳

癸巳重阳夜漫步『十里温泉城』外作

松青占林雅，竹深滴翠长。
黑泥翻藕白，绿柳戏鹅黄。
沟谷瓜果熟，野田稻禾香。
十里迎疏月，九峰恋夕阳。

夔门秋色

情走泸沽湖〔一〕

壬午夏日云南记

一串明珠落云南，三岛翠色碧水涟。

沧浪叠波氤紫气，连峰垂影倒湖天。

青山有约海子误，错把娘惹当女唤。

摩梭转山酿情深，宁蒗米酒〔二〕醉不还。

注：〔一〕泸沽湖位于云南丽江宁蒗県县北部和四川省盐源县左侧万山丛中，距丽江古城二百公里左右。泸沽湖为川滇两省界湖，为四川、云南两省共有。湖水清澈蔚蓝，是云南海拔最高的湖泊，也是云南第二深的淡水湖之一。泸沽湖美丽的神话和传说让人向往，如诗如画般的自然风光让人感叹流连。泸沽湖又称『泸沽海子』，也叫『亮海』，古时因此地曾设治所，亦称过『左所海子』。摩梭族语『泸』即『山沟』，『沽』即『里』意，泸沽湖即为『山沟里的海』。湖中有五个全岛、三个半岛和一个海堤连岛，形态各异，翠绿如玉。泸沽湖素有『高原明珠』之称。湖中各岛亭亭玉立，形态各异，林木葱郁，翠绿如画，身临其境，水天一色，清澈如镜，是一个远离尘嚣、未予污染的高山处女湖。如一颗洁白无瑕的巨大珍珠镶嵌在祖国的西南部。如诗如画的旖旎风光，亘古独存的摩梭族母系氏族遗风民俗，二〇〇九年十一月，泸沽湖景区被国家评定为四A级风景名胜区。作者曾经三次游历此地，每每感觉不同，一次比一次强烈，一次比一次震撼。〔二〕指丽江宁蒗接待之盛情。

玉龙雪山

亮海情歌

情人滩上情人堡，情人树下情人桥。
山美水美人更美，舀杯清水亮歌早〔一〕。

注：〔一〕诗中的情人滩、情人堡、情人树均为泸沽湖独有的自然景致。

高原魂

亮海明镜心扉开，玉湖碧波迷人眼。
船入三岛群鸥戏，人隐山林众鸟唤。
边陲一捧天池水，醉卧花楼柳外岸。
我与马儿捎句话，女儿国里走婚前。

偶阅《祁连山丹霞风光》有感

山如斧劈沟似剪，日光岩照不开眼。

蓬莱阁

色若丹渥璀为缙。莽原神曲龙虎盘。
火红本是黄土地，铁血不怜草不沾。
水过关楼生绿州，大漠边关胜江南。

西子柳

残雪断桥西子云，平湖孤山钱塘门。
扶春摇夏烟波柳，晓风岸堤吴越魂。

为某会馆征联而作（二）

小戏台大社会纵由生旦净末丑扮相，
旧八股新人文全凭甲乙丙丁戊评说。

雨后涂山花前蜀水重现湘楚世风，

草原景色

行吟屈子鼓瑟湘灵涅槃巴蜀民俗。

一方戏台几副脸谱道人间冷暖，

满堂看客三二文章说世上不平。

注：〔一〕曾应湖广会馆征楹联而作，后因会馆资金未落实未采用。

书屋偶作

世间何人与吾来，啖香赏茗歌满怀。

毕竟无意成大事，死后还要诗里埋。

观瀑得句

两崖青山烟色多，临渊还见玉带落。

从来无人卷瀑去，看我掀帘与水卧。

西湖风景

渝北拾遗

青山烟霞穷无边，三面峰环水一湾。
夜半徒儿报客至，相邀明月住松间。

高阳台·西湖秋渡

癸巳暮秋与子瑛并杭州友人同游西湖后记

沉雾浮莲，流岚飞烟，夕阳平沙斜川。断桥初寒，驿外行色解缆。人生能有几番游？上西泠，无奈帘卷！暮霭下，柳护双堤，月映三潭。白园东坡情未了[一]，回首已千秋，梦里江南。钱塘三叠[二]，鸣雁更比啼鹃。画舫香袖酒正酣。孤山外，景色半眠。莫停船，怕耽风情，恐添遗憾。

注：[一]白园东坡情未了：白园，即白居易。白居易曾于八八二年任杭州刺史，曾上奏治理西湖，始留今日白堤。东坡，即苏东坡。据史载，苏东坡曾于南宋时元祐中上奏朝廷开浚湖水，草筑长堤，起南讫北，横跨湖面，绵亘数里称为苏公堤，后为苏堤。此为借喻。[二]钱塘三叠：钱塘，指周邦彦。周邦彦为古钱塘（今杭州）人。史上曾称其为『词家之冠』。南宋初美成曾有名篇词『兰陵王·柳』被广为流传，当时即有『谓城三叠』之说。此处借以诗说西湖暮秋胜春夏之意。

腾龙洞

东山游记

甲子仲夏作于东山一酒肆

秦淮烟岚灯两岸，谁家游子半卧船。
临风把酒告虞姬，夜半歌声唤婵娟。

望江南·太湖东山

东山游，湖水千层愁。风吹芦花秋色香，月落水面推行舟。醉里上江楼。

风入松·东山紫金庵

长堤水漫芦苇滩，斜阳下东山。花树左右紫金庵。长亭中、风轻月淡。坊间煮酒绿苔韵，笑声来回秋千。

庭前佳联梦江南，荷香山寺漫。平塘豆娘绕池闲。暮色里、落潮归烟。日后重来此地，扫尽曲径深阶。

江郎山

与友人暮游西湖

钱塘门外西子景，三面青山一面城，
犹忆当年吴越风，斜阳一抹下秋亭。

西湖『湖心亭』观莲

湖心亭外莲子开，便觉秋风四处来。
桃红柳绿苏白堤，夕阳未必催人还。

醉书西湖

风吹茶树满林香，绍兴黄酒待客忙。
小溪烟雨千树歌，流云飞絮万家坊。

一线天

登『江郎山』〔一〕

癸巳秋日与杭州故人登临『绝顶问天』有感〔二〕

攀登十八盘，汗洒开明禅。
三川平地起，拔剑向苍天。
胆斗半崖风，魂断天一线。
古道长短亭，落霞远近山。
鸟争黄昏后，月光少年前。
归来半壶浊，琴动五更弦。

注：〔一〕江郎山：历称金纯山、玉郎山，当地俗称三爿石，分别为郎峰、灵峰、亚峰，位于浙江省江山市西南部。仙霞山脉北麓为浙、闽、赣三省交界处，国家五A级景区。景区集奇、险、陡、峻于三石，雄伟奇特，蔚为壮观，群山苍莽，林木叠翠，江郎山有八处著名风景：『三峰列汉、一蹬盘空、松梢挂月、树杪飞泉、洞岩钟鼓、烟霞楼台、古寺春云、山林暮雪』。徐霞客曾三游江郎山时赞叹此山『奇』『险』『神』。有『雄奇冠天下，秀丽甲东南』之美名。〔二〕应杭州友人相邀，此为八百里驱车登江郎山返后于西湖君谰酒店之作。

冬日九寨沟

江郎山八景诗

『三峰列汉』自亮剑，『一蹬盘空』心胆寒。
『松梢挂月』望空尽，『树杪飞泉』人流连。
『洞岩钟鼓』声不断，『烟霞楼台』锁周天。
『古寺春云』开明禅，『山林暮雪』震东南。

黄钟·节节高·夜宿松桃

癸巳秋与子瑛翁诸友游后记于松桃县城

松江水环，孟溪烟岚，寨英龙滚，王城龙潜。洞中水，坝上田，三更梦，万树火，不夜天[一]。

注：[一]词中松江、孟溪、寨英、龙滚，王城、龙潜、洞中、坝上均为松桃当地地名。

横山偶作三首

乙未年作于江州

（一）

镇远风光

独卧山林风，眼前白云涌。
儿童追逐声，正和蝉鸣中。

（二）

山林婆娑松，暮对半坡风。
不知今夜里，谁人卧床东。

（三）

松林一山涛，窗外千枝摇。
夜半蝉鸣里，回看月半娇。

梵净山

云深访仙名刹远，山中问道古寺前。
梵土净天书万卷，游人方觉学问浅。

江边小镇

与汉林〔一〕游『梵净山』后记

癸巳秋作于黔

云高名刹坛，山深古寺庵。
万卷天书叠，游人不得翻。
学问在行路，胆识从历练。
浮云可千秋，功名不身还。

注：〔一〕汉林，即张汉林，作者黔中好友。

雨中登山有感二首

（一）

登山又遇暮色临，云中蹒跚雨里行。
关山雾锁眼不开，归来不知梵山清。

（二）

雨中蹒跚自丁零，一路踌躇不欲行。
欲将灵山揽入怀，登山还待天色晴。

黛湖秀色

赴大路以会汉林贤弟

梵山归来乱云霁，松江烟岚孟溪雨。
王城秋风煮蟹忙，大路村头正飞旗。

改韵回建新《黛湖》诗〔一〕

癸巳『五月飞花五人展』后改韵回复

月落秋高望九峰，烟树柳堤在雨中。
英雄何言成与败，半湖亭松一山风。

注：〔一〕建新即刘建新，资深记者，作者挚友，曾专事题诗赠予，附原诗：『黛湖秋色一潭碧，清风带雨绕长堤。雄论诗赋天下轻，何处杏家不飞旗。』

黛湖夜吟

昨日黛湖外，菊花扑满怀。
推帘一屋香，猜与美人来。

高隆湾

高隆湾

癸巳冬作于海南高隆湾

冬至走海南，天涯在眼前。
潮水东西涨，夕阳南北岸。
平沙风千里，椰林人一湾。
远近皆乡音，老少单衣衫。

上里古镇三首

甲午小满雅安记事

（一）

一路青石傍溪河，五庭六院景色多。
十八罗汉朝观音，二仙桥上听佛说。

（二）

一缕春风过拱桥，小街处处春色到。
蒙顶原本青山秀，笑声不闻上里道。

红土地

（三）

一串石板秋风扬，小桥流水上里场。
酒醉不知身何处，半壶蒙山九里香。

御街行·高隆湾

癸巳冬记于海南

日初海霞雾光眩，逐浪高，落银霰。百里平沙东西岸，椰风暖阳滩伞。月黑风回，夜寂星寥，潮声千里远。沉云忽掀长帘卷，海自歌，浪成湮。南北无端醉一湾，惊起人声无限。年年孤旅，夜夜放怀，今宵当不还！

夜游宫·东郊访友遇雨后作

潮浪沙蟹海趣，椰风动，飒飒千里。几时长堤桥横立？黄昏逼，灯火起，滩人稀。木楼笑声低，矮窗雨滴。当年风光今不觅，钓翁叹，老媪悲，小儿啼！

龙门石窟

与子瑛驱车重游红土地

甲午仲夏

同在高原不同天，东川巧织锦红缎。
明年初春再云上，定将年华付莽原。

红土地随想

云上儿女出嫁忙，万千玉帛万千裳。
赤橙黄绿青紫蓝，流萤飞花星斗忙。
青云凭空歌里醉，红霞无端雨带狂。
回看龙门人自闲，惹得滇池射天狼。

西山龙门游记

甲午仲夏再登西山龙门

美人偷得白云闲，一寺两阁锁西山。
云上千寻碧波涌，太华一峰烟雨岚。

万峰林

盘空蹬道夕阳斜，丈栏临风月半悬。
我今有幸过龙门，身价更比王侯前。

龙门

甲午夏与子琪登西山有感

龙门一啸四海掀，云上三叠白云闲。
缘何西山征人多，从此身在五岳前。

云上

一潭天水笼西山，千尺蹬道上龙门。
借得苍山白云归，从此权贵不与臣。

小南海

思帝乡·天梯〔一〕

甲午年作于江城

日落残，温酒不耐寒。心在峭崖悬岩，几时返？昨日花轿人前，妾心颤。归来痴情汉，一生盼！

注：〔一〕天梯位于重庆市江津区中山古镇，是中国历史文化名镇，重庆十大古镇之一，是江津『爱情天梯』故事发生地和景点参观地。

青秀山游记

半城绿树半城山，青山绿水两相连。
民歌湖畔人如织，箫台一曲震东南！

游马鹿山望『羊肠飞寨』〔一〕有感

马鹿山上渝东险，一寨锁关危梯前。
曾记太平天国事，至今仍闻马蹄欢。

山水人家

蜀中剑阁何处求？一寨锁关危梯走。
不知当年何入川，仿佛又得马蹄悠。

注：〔一〕『羊肠飞寨』为重庆市石柱县马鹿山西一古石寨。始建于元大清年间，羊肠飞寨筑于其山顶，历来被称为『一寨锁关』，有『蜀中第二剑阁』之称。相传太平天国时期，石达开曾率兵攻打过此寨，如今寨上马道仍留有马蹄印。

『武鸣歌圩节』上

偶然赶圩夜不眠，壮乡飞歌使人前。
如若牵得美人回，不辞长住在岭南。

破阵子·北部湾感作

六十年家与国，四万里云与天。半城绿树半城楼，五象谐定八桂安。一水绕青山。
壮怀未必冲冠，白发无端梦还。长螺一声催征人，金珠银珠落港湾。东风吹岭南。

珍珠海瀑布

三里洋渡〔一〕风光

明山巍峨东西连，芳草湿地白鹭闲。

一峰独秀平畴起，洋渡无人舟自横。

注：〔一〕三里洋渡：广西境内著名风景区，素有『小桂林』之称，位于广西南宁市上林县澄泰乡。明代我国著名的旅行家徐霞客曾在此有过长时间的逗留和考察，并写下了大量的游记。该风景区最著名的景观便是岩溶洞穴，例如明镜岩、独山岩、琴水岩等多处溶岩。三里洋渡风景区最突出的景观就是美丽湿地水上公园，成片葵花的金色世界和小桥流水、曲水流觞的田园风光以及连绵横亘的溶岩山峰景色。

上林风光

上林春色三里早，湿地花海晓鹭蓼。

不解侠客未了情，津口不上金莲道。

天柱山

望江南·青秀山

甲午仲夏重登青秀山

似梦里，江水千层碧。灵秀青山三寺归〔一〕，不似遐荒浮屠立〔二〕，笛声月色里。

注：〔一〕三寺：据《邕宁县志》载，青秀山顶曾在宋代建有白云寺、在山中腹地曾建有万寿寺、在临江地带曾建有独孤寺。史书没有记载三寺何时湮灭。现在的妙超寺、马寺、青山寺系后来在原址恢复修建。〔二〕不似遐荒浮屠立：摘自徐霞客游记中对岭南青山绿水的评说。浮屠：青秀山之九级龙象塔。

起风山

『起风山』前忽闻风，春光尽在风雨中。
摩崖尽处观不厌，笑与凤凰上天穹！

春到大明山〔一〕

远看春雨犹带风，近闻溪水响流钟。
金龟瀑前暮色近，大明山半人倚松。

黑水河

注：〔一〕大明山：广西大明山风景区。

杜鹃

闲折两枝插路侧，细看不似人间绝，
春风放胆云中乱，流水无欲山月缺。

游大明山有感

甲午中秋记于南宁

松涛闹月惊云天，子规随风妆红颜。
一身清白成千瀑，满腔情怀冲霄汉。
春夏秋冬不同色，悄然梦里与君前。
几度凭栏观不够，总把明山当庐山。

常家庄园

明山松

明山两棵松，相望云海中。
风雨三春别，花开四时同。

黑水河〔一〕游记

一条溪河碧如黛，两岸锦绣纷登台。
问渠哪得清如许？农家皆说出岭南。

注：〔一〕黑水河：发源于广西白色市靖西县内。

灵阳寺〔一〕

千年禅寺百年僧，不让中军礼贤仁。
借问三界何处去？先生挥扇向古零。

注：〔一〕灵阳寺：广西马山灵阳寺，位于南宁市马山县古零镇内，是我国广西地区最大的位于岩溶洞穴内

常家庄园

的一寺庙。据历史资料记载，该寺始建于宋元丰元年（1078），曾经历宋、元、明、清诸朝代，距今已有近千年历史。原址在古零街西面，至清代中期曾因民房失火，造成寺庙大部分殿堂楼宇被毁，一直到清道光十五年（1835）方予重新修复扩大。改革开放后寺庙被当地改作学校，寺院迁于后山近百米高的荔枝洞处至今。由于多次选址不随意，当地关于寺院迁址曾有一传说于此山是『佛意』，便有新址为『如来神指』之地，拜佛灵验，故香客不断，礼佛者络绎不绝，是广西著名的佛教圣地之一。

秋游『常家庄园』

癸巳年作于西京

庭树秋风黄，野塘夜月苍。
乌觅荒草黍，丘沙驮寒粮。
庄园杏林多，牌楼满祠堂。
榆次一叶下，自觉塞外凉。

天涯海角

西湖

孤山夕照雷峰岭，三面青山一面城。
双堤三岛柳色中，五湖碧波六桥影。
七八才俊九行诗，十里荷塘水面蜓。
人间天堂西子湖，钱塘门外今欲行。

相见欢·东阳渡头

丁亥仲夏记于北碚

凭江独步夜风，夕阳红，水掀一湾舟篷。渔歌三峡中。　苇草低，笙歌动，意谁同？唯有月光，人影在芦丛。

浣溪沙·云山秋寄

暮菊香销梅落残，夜风愁卷烟波帘。花前月下惆怅多，谁人怜！　细雨觉后山道浅，临窗又闻指笛寒。多少伤痛泪不干！醉倚栏！

古镇小道

蝶恋花·夜泊陵江岸

峡泊愁对暮江风，流岚飞烟，分明柳色浓。阡陌多少行色中。不知今日与谁拥。

襟怀空与归鸟逢，山深林密，柴门灯火红。回首依然故人空。憔悴何似英雄同。

采莲令·登青秀山眺望绿城风光

日初归、云散月收曙。箫台上、横笛洞竹。不见花开，登浮屠、青湖岸边鹭。

辞古道、青枝绿垂，朱槿红露，由衷怎与人诉？ 大鹏乘风起，一路飞镝又征途。五象地、匆匆行色，揣揣顿悟。莫等闲、平生再忍辱。望故乡，山外夜深，陲边飞瀑，隐隐一山烟树。

秋蕊香·棕榈泉

甲午秋木与保玉、郝婕诸友小酌京都

红砖碧瓦青墙，照壁庭院花缸。流莺飞蝶乱草蝗，满池叠波涌浪。 窗外酒旗歌正扬，秋暮黄，晓风柳岸檐外廊，一席醉梦他乡！

浣花溪

唐多令·辞绿城

己未年中秋作于八桂绿城

倚楼添新愁？离人又悲秋。边陲外，朱槿红透。炎暑不解衣衫透，心家山，身外楼。

万事何所求？落英倦不休。千里路，星空月留。归心未必寻端由，整行装，唤扁舟。

望江南·古街遇

甲午仲夏作于北碚

似梦里，佳人阡陌寄。白塔青山江水急，不忍离情衣角湿，山深月色里。

秋日观崖岭〔一〕

大暑暮色观日落，一弯月挂高天照。

背山倚林乘风凉，临湖推窗梦秋早。

注：〔一〕观崖岭：『横山观岭』一风景点。

抚仙湖

浣花溪头

己未夏日作于锦里街口

浣花流殇水低弹，秋风茅屋五更寒。
春社结庐七八人，皆为草堂子美来。

西陵夜泊

己未立冬作于西陵峡口

西陵昨夜江雾沉，两岸山鹞云上行。
半坡人家炊烟起，一声笛鸣到夔门。

登坛子岭有感

己未年作于黄金六号轮上

登上坛子岭，放眼三斗坪。
横断长江水，高峡平湖行。
赤壁事已休，神女巫山岭。
白帝江中眠，夔门枉称门。

白帝城

三峡今日事，百年待后人！

一剪梅·日光岩

己未仲秋游鼓浪屿偶得

一缕乡愁愁几多！海上浪卷，山中瀑落。市井风情酒肆错。长滩岸涂，秋雨高坡。遥听乡梓琴瑟拨。友情不寄，离情难却，时事无端作弄我。今日暑高，明日霜过。

原韵和林则徐《镇远道中》诗

两府夹道舞水过，一湾风情秋色淹。
人在山上影在水，不恋美人恋江河。

附：林则徐曾三次路经镇远作有『镇远道中』一诗：『两山夹溪溪水恶，一径秋烟凿山脚。行人在山影在水，此身未坠胆已落。』

西江千户苗寨

飞泉瀑下

丁亥小暑南泉飞瀑下作

可怜飞瀑一潭水，更有春风劝人醉。
莫道土地不善饮，呼风唤雨月下回。

白帝城

己未年作于江轮上

江雨霏霏江岸平，汉室托孤更无凭。
即使天公弄乖巧，江水依旧向东行。

西江千户苗寨〔一〕

己未年与冀中诸友同游后记

客行青山下，车泊白水前。
月落千家楼，风吹一湾田。
巴人〔二〕坐长桌，秋雨到方街〔三〕。
苗家三杯酒，催我与君别。

南海观音

注：〔一〕西江千户苗寨：位于贵州省黔东南苗族侗族自治州辖雷山县东北部之雷公山麓，白水河穿寨而过。整个山寨由十余个依山而建的千户苗族自然村寨组成，是我国乃至全世界最大的苗族聚集村寨，是贵州东网民族风情旅游重要景区，二〇〇五年千户苗寨被列入首批国家级非物质文化遗产名录，当年中国民族博物馆西江千户苗寨正式挂牌。是目前保存苗族原始生态文化最完整的地方。〔二〕巴人：巴翁本人。〔三〕余秋雨先生。余秋雨先生曾称西江千户苗寨为『用美丽说话的地方』。

花溪十里河滩

己未立冬与友赏酒梓木山庄后作

路依竹林深，春与花溪长。
时有落红至，沿河十里香。
山随白日尽，月照翰林堂。
桑梓半壶干，高坡晒衣裳。

杜甫草堂

冬日喜雪缙云山

丙申春作于北碚

谁将巴山千堆雪，剪翻化作万树花[一]。
寒霰三日即行远，庭前枝头还欲发。

注：[一]韩愈有句『谁将平地千堆雪，剪刻作此连天花』。引用时有改动。

南山

寅丙申初春于南山书院

昨夜北风漫，今朝南山寒。
飘絮垂枝头，飞花落窗台。
童稚堆雪忙，孤寡烘箩待。
举杯思故友，采风出山寨。

重游杜甫草堂有感

乙未岁末作于锦里街头

围墙十余亩，茅屋七八檐。

峨眉山雪

松占浣溪头，桃开亭山前。
天高云堆月，风醉雨带烟。
相邀锦官城，只为『秋风』来。

云山早雪

不知霁霰今朝落，疑是千树昨花开〔一〕。
春风不解冬日事，万点飞絮上书台。

注：〔一〕宋之问有诗句『不知庭霰今朝落，疑是林花昨夜开』。引用时有改动。

登八门楼望古镇

小城三水间，六岸古风前。
登上八门楼，便知安居南。

左江风光

古镇游后

新城三面水上春，九宫十八庭前明。
两江六岸风光好，古渡码头船欲行。

峨眉山雪

丙申年作于青庐

峨眉山上半坡雪，风光唤来江州客。
辞却青庐上乌尤，载酒亭外月半缺[一]。

注：[一]凌云山半山腰一山亭。据传当年苏东坡京城科举中进士前曾在嘉州（今乐山）凌云禅院治学授徒。小憩时常与友人在此山亭中饮酒观月，赋诗品茗，后人从此称此亭为『载酒亭』。

三峨雪早

一山九岭庙堂高，三峨春早雪未消。
千树万树寻芳踪，一寺更比一寺遥。

乐山大佛

归自谣·佛图关外

戊子秋于佛图关上亭记

何处箫，秋风亭台梦里遥，小路尽头雨潇潇。去年离别今年到。颜未改，却是鬓角添霜毫。

小镇春色

一条乌溪穿城过，两江六岸景色多。
三月桃李四时春，九宫十八庙堂锣。

长亭怨慢·故里

辛亥初夏回澄江故里后作

乘东风，澄江水岸。难忘当年，柴门不掩。追风捕蝶，童戏野溪趣无限。今回故地，山还绿，屋不见。伤心处流连，总归是，楼空人散。痛前。不知往日愁，自在山北山南。怨春时短。更深刻，水漫墙檐〔一〕。望不尽，十里漕河，一湾柳，归来恨晚。但唤得船回，惊醒一河两沿〔二〕。

川江纤夫

注：〔一〕指作者儿时老家山洪暴发水淹旧屋一事。〔二〕指作者四岁时曾随母亲赶场离散独自一人搭船回家之事。

嘉州乘船观佛记

凌云西望乐山秋，三江从此一水流。

危崖一栈两处险，佛前拜后辞乌尤。

万峰林赞

天下山峰毕竟多，独有此地峰成林〔一〕。

三更与君梦里别，车回滇池天不明。

注：〔一〕徐霞客曾有描写万峰林诗句：『天下山峰何其多，唯有此处峰成林。』此处借用时有改动。

壶口瀑布

盐业博物馆观后

丙申初写于自贡客栈

月洒釜溪夜正凉，四处凿井起卤忙。
百姓三餐酒席中，没有此物不成汤。

远　望

白云出没群山中，烟树流岚淡又浓。
无边夕阳看不够，不尽秋色万千重。

玉京秋·东溪

丙申初春，与友袁永，太平渡口，石桥旧屋，东溪故地，盐马古道，千年小镇，好生情怀，遂作此词。

古渡前，苔深古碑残，春寒还暖。清溪淌谷，老树叶添。三百梯人流连，好风光，写意千年。当顾盼。乡里人家，征师出川。欲寻茶道骡盐。长歌短，玉壶缠绵。书院徜徉，乡韵沉香，青石流泉。三宫八庙、四街连。记起往事无限。暮色中，人在江风桥岸。

马仑草原

渔歌子·三多桥

三多桥外白鹭飞，田园风光惹人醉。

鸟相逐，人相偎，溪畔林间不须归。

九乡洞外随笔

高崖树深春无影，山洞泉落秋有声。

一线天下雌雄归，始见盲鲅[一]始见人。

注：[一]盲鲅：九乡溶洞中独特的洞穴鱼类，该鱼无眼故称盲鲅。

为东杏凉茶题书

甲午仲夏书于石斋书屋

医者仁心七星岗，悬壶济世两江头。

取道日月熏百草，禅定东杏写春秋。

大小七孔桥

西溪子·南山笛

癸丑秋作于古道途中

道上一管空竹，唤来清风无数。古道幽，解语疏，灵霄出。吹尽霸王决处。虞姬别，来生顾。

西湖暮色

癸巳秋与子瑛诸友乘船游西湖

毕竟西湖暮色前，卯时不与巳时天〔一〕。

一湖涟漪沸腾时，秋鸿未必逊春鹃。

注：〔一〕借用宋杨万里西湖诗句『毕竟西湖六月中，风光不与四时同』，有改动。

暗香·秋风山梁

甲子秋记于北碚街舍内

荒丘村舍，望几处炊烟，吹而又灭。岸边飞鸿，孤单无惧云堆砌。半山一坡桑植，风吹过，无端萧瑟。趁年少，枝点黄沙，青涩岁月〔二〕。热血。心不灭。望故乡夜深，安知诀别。糊涂难得。欲寄不寄天际缺。曾经意气风华，清风里，逐日

中国东盟会址

跨月。又缕缕，还片片，何时愁歇。

注：〔一〕指作者六十年代下乡南充时曾利用当地好用知青看山机会折桑枝为笔、黄沙为纸练习写字一事。

千秋岁·子夜歌

子夜歌早，夜半乐前调。湘春夜月红锦袍。沉醉东风里，长亭怨慢乔。青哥儿，卖花声咽碧玉箫。疏影暗香生，烛影摇红桥。刮地风，节节高。醉扶归未归，霜天晓角早。望湘人，燕山亭外步步娇。

金殿即事

丙申夏与滇诸友金殿绿叶席后作

满山落红花欲果，金殿堂前笑声落。

当年冲冠为红颜，如今席间酒后说。

湿地风光

九乡风光

九乡流出云南红，便觉醉在景色中。
麦田深谷一线天，盲鲅无端与人逢。

茶山竹海有感

乙未立夏作

半山绿茶半山竹，寻春夜上金盆湖。
农家捧出杜康醉，归时不知来时路。

附录

甘霖诗词部分手稿

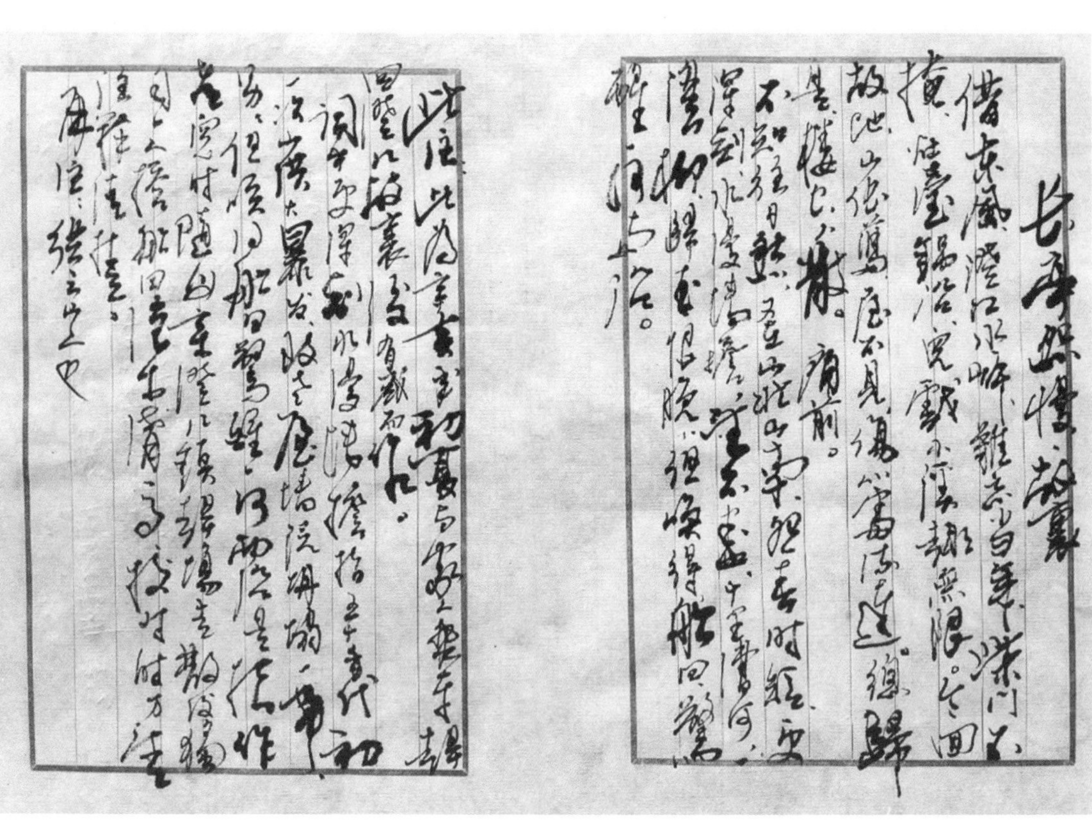

古渡頭，苔深古碑殘，君恩還暖。
活水出穀，黄楊攙流。
三百條小溪連，柏風光，萬家年。
古驛路，卿望小家，征師出門。
敬君茶道驛站。
長歌短，玉壺纏綿。書信綿祥，卿親人信。
青石宗泉。
三宮八廟，四街連。
記古風經年無限，
暮色中，人立江風橋山岸。王家新、李偉

注：湖中詞書与發表於七年後以
紀揚古鎮古建築演變地，李二人在
這千年小鎮的生活情懷為作此詞。

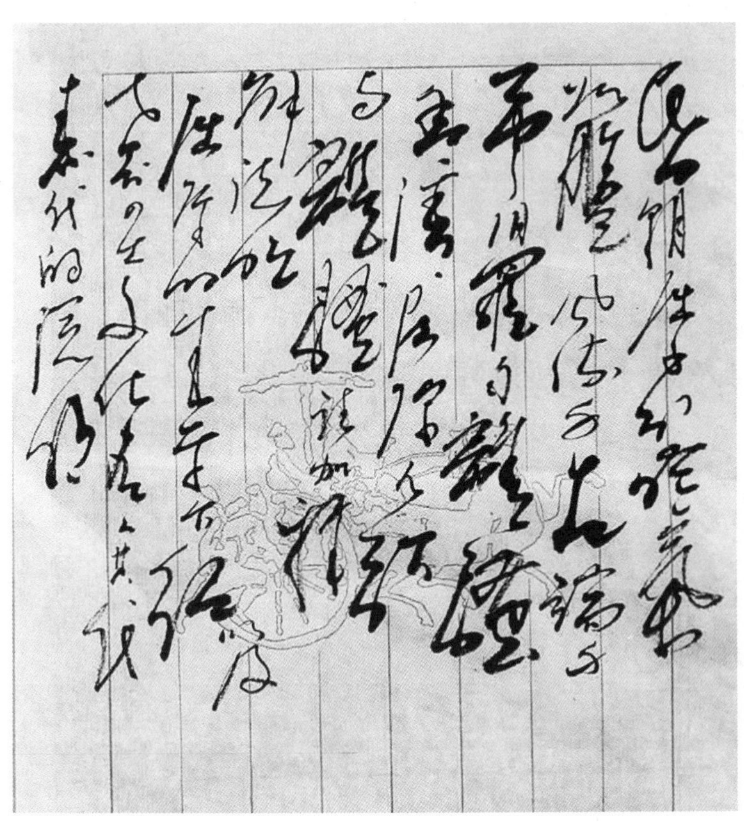

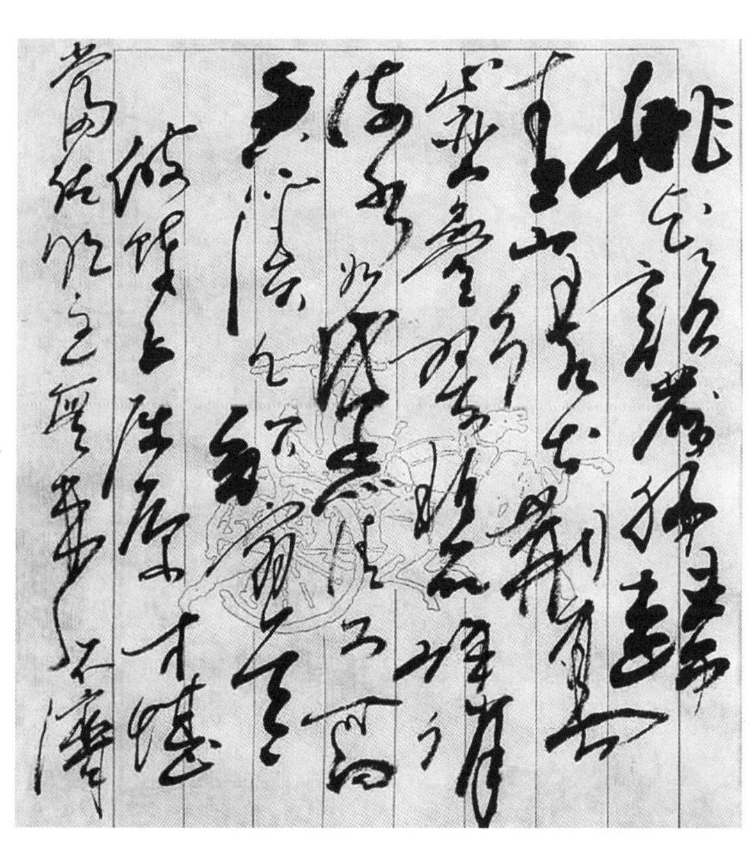

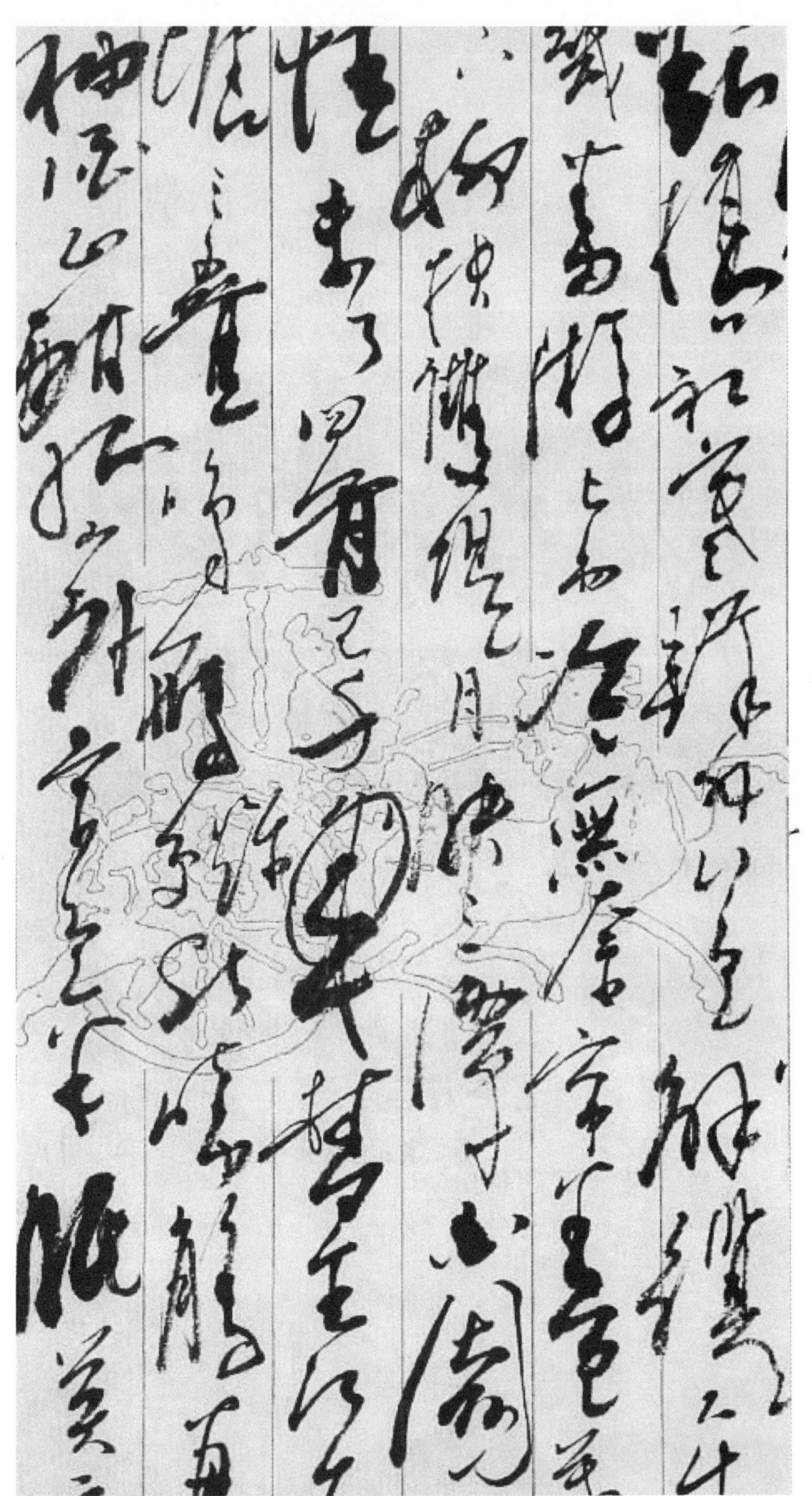

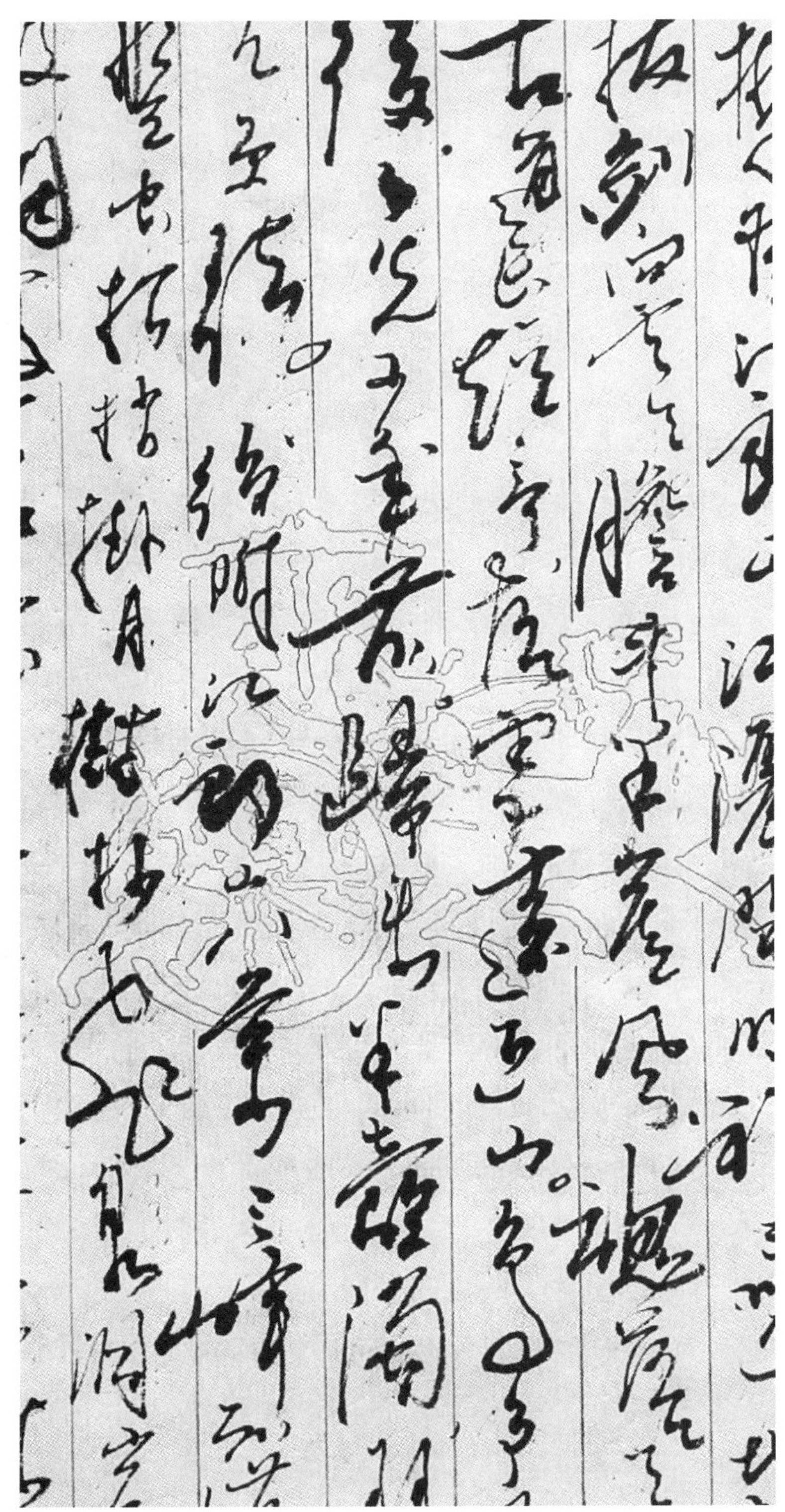

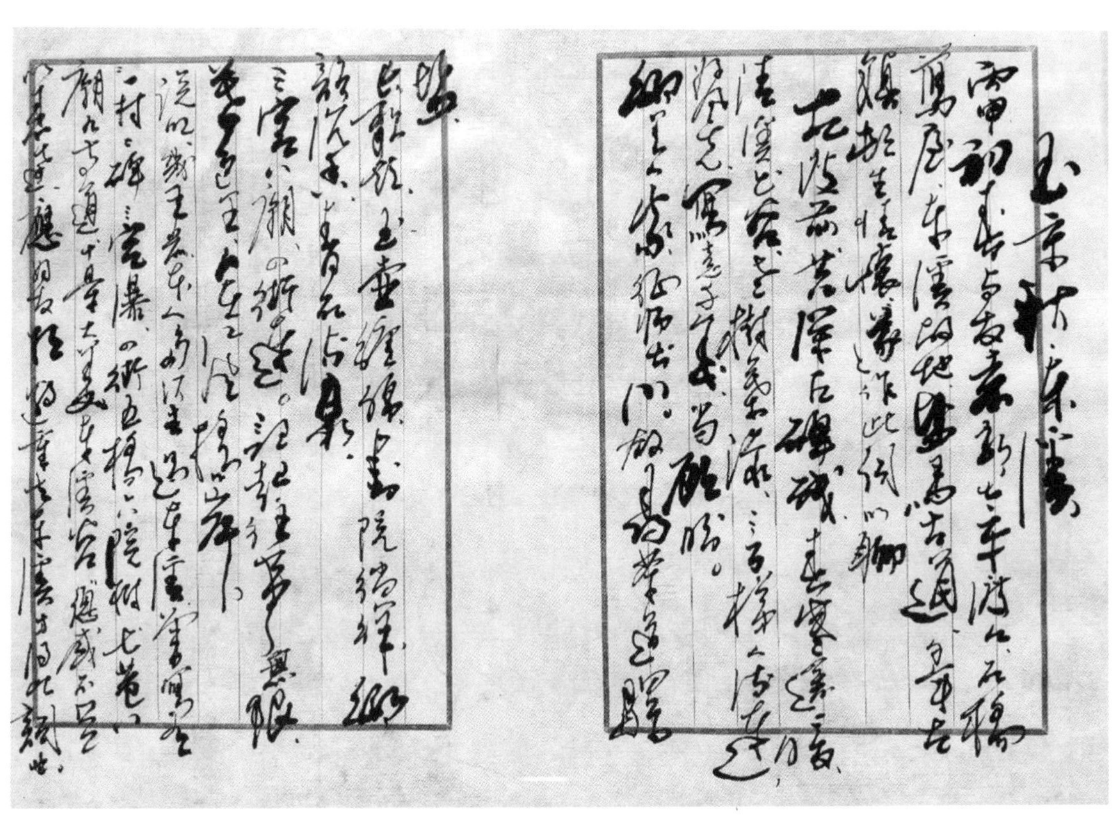

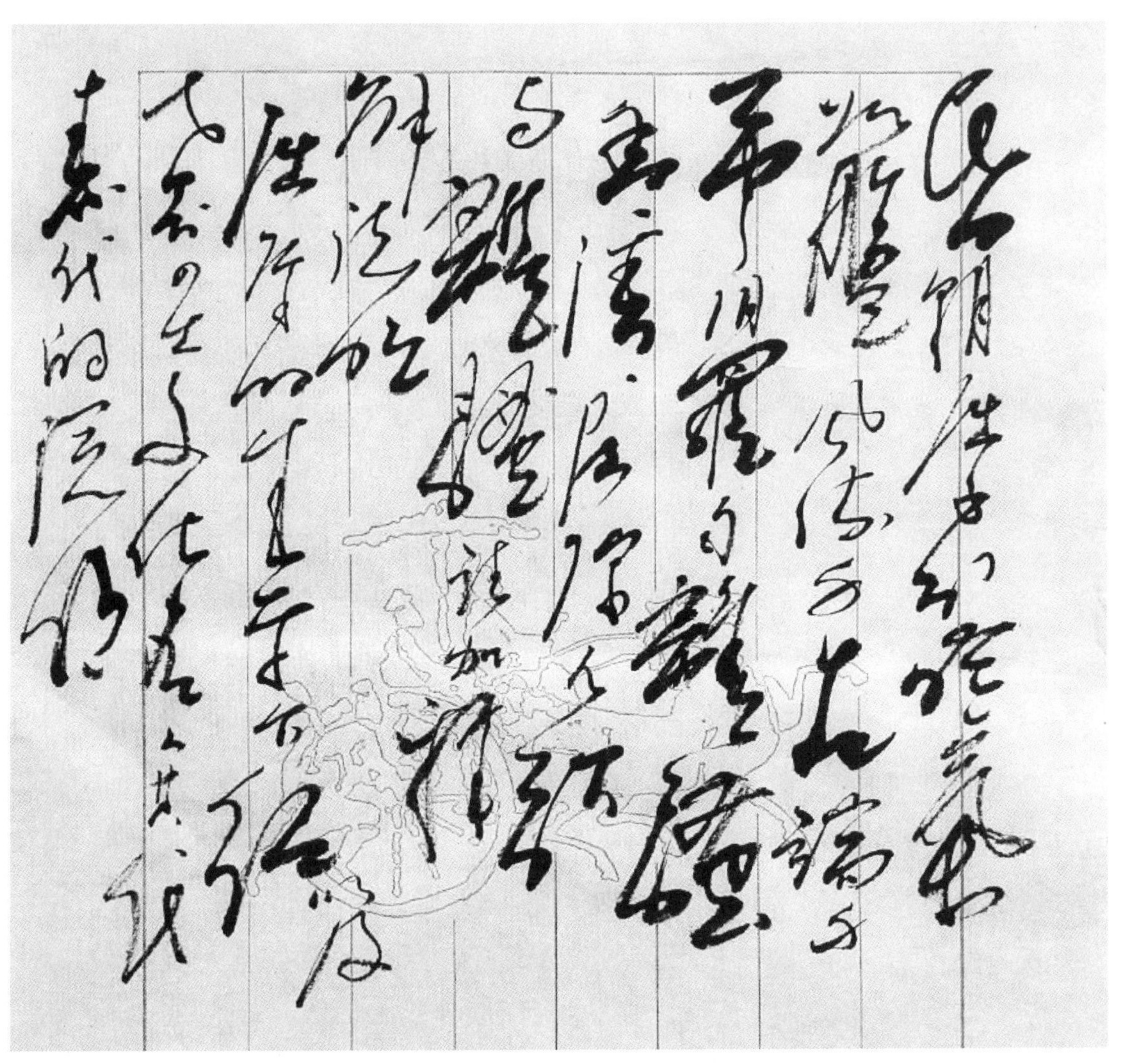

后记

《石斋诗札》在国内众多同行和朋友的关爱下，今天终于付梓了。

在这里，我首先要感谢滕子瑛、黄新初、王保玉、刘国正、朱晴方、邓宗华、李来源、王学仲、杨开金、韩亨林、龚廉淳、郑勇、潘衍习、刘艺、丁谦、李刚、艾智泉、陈夷茁（女）、陈联合、张海、孙甚林、李书敏、汪木即、甘时勤、刘治荣、黎方映、柯琦、张汉林、王红蕾、丁黔林、王婷婷（女）、余颖（女）、侯光明、刘庆渝、桑希杰、谭新明、毛锡雄、项大庚、杨仁树、李敢、何伟、魏功钦、张健、刘建新、张北泉、高元平、龚光万、刘之俭、尹国均、项杰、古月、叶化龙、李先祥、郑福伟、郝琳文（女）、周永军、朱墨、费宏、胡天寿、朱斌、杨建、张尚平、杨贵明、袁永、高元平、高俊美（女）、徐奎良、徐一宁、林夏、杨海波、汪秀生、刘燕（女）、王应新、陈俊杰 彭时良、尹晓灵、左继豪、彭长河。他们在我的书法艺术创作之路和诗词创作过程以及在《石斋诗札》出版过程中都给予了很大的提携支持和真心帮助。一声谢谢不足以表达我的由衷感激，『桃花潭水深千尺，不及汪伦送我情』，如有幸，将来定当涌泉相报！要感谢的朋友很多，由于时间仓促难免忘却，如有遗漏万请谅解，我将在下集《巴翁文摘》再次表达我的谢意。

甘霖于石斋书屋

二〇一六年九月二十八日

图书在版编目(CIP)数据

石斋诗札 / 甘霖著. -- 北京 : 中国文联出版社,2017.6
ISBN 978-7-5190-2680-6

Ⅰ. ①石… Ⅱ. ①甘… Ⅲ. ①诗词－作品集－中国－当代 Ⅳ. ①I227

中国版本图书馆 CIP 数据核字(2017)第 135629 号

石斋诗札

著　　者：甘　霖

出 版 人：朱　庆
终 审 人：奚耀华　　复 审 人：曹艺凡
责任编辑：周劲松　　责任校对：仲济云
封面设计：林　夏　　责任印制：陈　晨

出版发行：中国文联出版社
地　　址：北京市朝阳区农展馆南里 10 号，100125
电　　话：010-85923039（咨询）85923000（编务）85923020（邮购）
传　　真：010-85923000（总编室），010-85923020（发行部）
网　　址：http://www.clapnet.cn　　http://www.claplus.cn
E - mail：clap@clapnet.cn　　zhoujs@clapnet.cn

印　　刷：重庆雅昌彩色印刷有限公司
装　　订：重庆雅昌彩色印刷有限公司
法律顾问：北京天驰君泰律师事务所徐波律师
本书如有破损、缺页、装订错误，请与本社联系调换

开　　本：787×1092　　1/16
字　　数：100千字　　印　张：22.5
版　　次：2017 年 6 月第 1 版　　印　次：2017 年 6 月第 1 次印刷
书　　号：ISBN 978-7-5190-2680-6
定　　价：216.00 元